丛林记忆
The Jungle Memory
施韦泽医生的人生传奇

王平 著

苏州大学出版社
Soochow University Press

图书在版编目(CIP)数据

丛林记忆:施韦泽医生的人生传奇/王平著. ——苏州:苏州大学出版社,2015.12(2016.3重印)
ISBN 978-7-5672-1624-2

Ⅰ.①丛… Ⅱ.①王… Ⅲ.①传记文学-中国-当代 Ⅳ.①I25

中国版本图书馆 CIP 数据核字(2015)第 319091 号

书　名	丛林记忆——施韦泽医生的人生传奇
著　者	王　平
责任编辑	刘一霖
装帧设计	吴　钰
出版发行	苏州大学出版社(Soochow University Press)
社　址	苏州市十梓街1号　邮编:215006
印　刷	苏州工业园区美柯乐制版印务有限责任公司
网　址	www.sudapress.com
邮购热线	0512-67480030
销售热线	0512-65225020
开　本	700 mm×1 000 mm　1/16　印张:18　字数:260千
版　次	2015年12月第1版
印　次	2016年3月第2次印刷
书　号	ISBN 978-7-5672-1624-2
定　价	52.00元

凡购本社图书发现印装错误,请与本社联系调换。服务热线:0512-65225020

目录

楔　　子	1
少年心事	5
年轻心绪	20
大学时光	34
双料博士	45
选择学医	56
拥抱爱情	65
走进非洲	76
丛林诊所	88
救死扶伤	102
战火之殇	116
文化危机	127
生命价值	139
再铸信心	152
重返非洲	164
丛林医院	176
兄弟情深	191
体验歌德	203

病人之村 …………………………………………… 213
二战爆发 …………………………………………… 226
战后岁月 …………………………………………… 239
诺奖感言 …………………………………………… 250
化作永恒 …………………………………………… 262
尾　声 ……………………………………………… 275

楔 子

1

他是20世纪诸多世界伟人中的一个独特人物,一个思想深刻的人,一个才华横溢的人,一个全面发展的人,一个充满爱心的人,一个对人类苦难无比同情的人,一个虔诚对待生命的人,一个充满了传奇的人。

走过了一段阳光灿烂的青春岁月后,他放弃了自己在欧洲的优越生活和远大前程,以极其热忱的献身精神,志愿前往非洲的兰巴雷内,不辞辛劳地忙碌在贫瘠荒蛮的热带丛林里,救死扶伤,呵护健康。这一坚持,就长达半个多世纪。

岁月的守望中,他在那里建立丛林医院,设立传染病区、精神病区,建造麻风村,义务为非洲人民治病,历尽艰辛,百折不挠,直至生命的最后一刻。在治病救人、挽救生命的过程中,他用心体会病患的情感,感受他们身心的疾苦,竭尽全力去呵护生命,为丛林村民撑起了一片健康的蓝天。

如梦似烟的过往岁月里,无论危机四伏,还是战火燃起,他怀揣初心,始终如一。他是非洲人民的苍生大医,在风起云涌的世事变幻中,关注人类的生命价值和文化命运,将全部精力致力于促进生命健康及减轻人类苦难。

远离了都市的人声嘈杂和虚幻浮华,在生命现象最为勃发的非洲原始丛林里,在帮助土著黑人摆脱病痛的医疗实践中,他提出了"敬畏生命"的伦理观,并从哲学上对此做了论证,竖起了一座标志着西方道德进步的里程碑。

他知识广博、思想深刻,是一位思想和行动高度统一的医学伦理学家,一位行动的人道主义者。在他身上充分体现了大医的情怀、人类的善良与博爱的精神。今天的时代,面对不同价值观念的冲突,他所倡导的具有普世价值意义的敬畏生命的伦理观,对人类社会的健康发展依然具有重大的指导意义。

他的一生,是情系非洲、播撒爱心、救死扶伤、无私奉献的一生。他在非洲丛林里用医术济世、治病救人,将大医的情爱洒向人间最苦难的角落。他的行为与思想,在欧洲乃至全世界产生了广泛的影响。他不仅为了非洲人民的福祉而自我献身,更为世界和平与反对核战争做了不懈的努力。他在人生的最后时刻还在为人类的未来和免于毁灭而担忧。

他的一生漫长而曲折,90年的人生岁月跌宕起伏,散发出人性的熠熠光芒。受他的影响,一些年轻医生放弃尘世繁华,追随他的足迹,义无反顾地走上了在缺医少药的边远贫困地区志愿医疗服务的道路。时至今日,依然有无数的志愿者,正在以他为榜样,践行四海一家的人道与奉献精神。

2

他,就是1952年诺贝尔和平奖获得者、丛林圣人、非洲之子、伟大的医生阿尔贝特·施韦泽博士。他是20世纪人道精神划时代的伟人,几十年来他的名字已经成为"人类之爱"的代称,成为这个世界上的一盏照亮道德暗域的明灯。

有一种付出叫奉献,有一种奉献叫关爱,有一种关爱叫温暖,有一种温暖叫感动。他对非洲人民毫无保留的真情付出,深深感动了全世界的人们。回望如织岁月,满眼都是伟人隐隐约约的身影,在滚滚的红尘中,闪耀着领悟生命的灵光。

岁月烟雨,铅华尽洗。在靠近赤道的非洲丛林里,他终于舞尽了一生的激情。罗素这样评价他说:"世界上真正善意、献身的人非常罕见,施韦泽就是真正善意、献身于世界的人。"爱因斯坦则说:"像他这样理想地集善和对美的渴望于一身的人,我几乎还没有发现过。"

岁月悠然,流光飞逝。1965年,他停止了在大地上的劳作,在非洲丛林的小木屋里安静地离去,享年90岁。他的离去,在山长水阔、暮色苍茫之中,沧桑了多少人的思念,激荡了多少人的情怀,为我们这个世界留下了无限念想。

时光可以带走许多东西,却带不走对生命的感动。任岁月枯荣,年华老去,他的品行、他的无私、他的大爱、他的精神,经过时间的沉淀,依然如此感人,如此闪光,如此值得我们崇敬。时隔经年,如若再见,他一定依然是他,英俊潇洒,豪迈如初。

爱是人间至美,不问海枯石烂,只管倾情付出,天涯咫尺,没有距离。施韦泽为我们留下了人间的至美大爱。回眸历史,想要再找出一位像他一样充满爱心、道德高尚、无私奉献、广受崇敬的伟大人物,实在太难了。

3

我喜欢施韦泽,喜欢他年少时的一颗童真之心,喜欢他青春岁月的无尽才华,喜欢他30岁之后的志愿献身,喜欢他服务非洲人民长达半个多世纪的大医情怀。他是一个襟怀开阔、意志坚强的人,虽几度沉浮、历尽劫数,却依然不忘初心、义无反顾。

他这一生,笔墨千阕,给我们留下了许多文字。这文字带着思想,是欢乐与悲苦在他心底的奔涌,激起了我们感悟生命的浪涛,令我们对生命敬畏,对真善美赞颂。他是一个高尚的人,一个纯粹的人,一个有道德的人,一个崇尚生命价值的人。他的无私大爱和有始有终的毅力,值得我们作为自己一生的榜样。

时光流转,唤醒了岁月深处的记忆。回望历史,那一张张泛黄的书页上,他从字里行间向我们走来。眷眷回眸中,来路已依稀。星月之下,湿热之中,非洲原始森林的崎岖小径上,他正踏着林间微弱的光斑,一路风尘。微风吹拂着他的衣衫,在一个人的静夜里,他吟风踏月,只

为前方等待他的那个病痛的身体。

即便客死他乡，一生的繁华都化作尘与土，他也要背井离乡，望尽千万里路上的云和月，走进贫瘠广袤的非洲丛林，为弱势的土著黑人奉献自己的一切。这一程又一程的回望，怎不令我们泪水盈满了眼眶，内心深深地感动。

剪一段时光将往事回味，让那些已逝的流年重现。岁月深处，一个伟大的医生，他的跨越了世纪的故事，依然在光阴里闪烁发光，在烟火中书写传奇，令我们在无限的感动中，了悟爱的真谛，懂得敬畏生命，让爱常驻心中，装着温暖，装着阳光，面朝大海，春暖花开。

一腔思绪，荡漾着斑斓的色彩。故事里，流年的记忆清晰如昨。下面，就让我们携一米阳光于心，随着伟人的足迹，走进岁月深处，在这寥廓的人间剧场，去回顾他的人生往事，探寻他事业与思想的根源，感受他的人性光辉。

少年心事

1

在德、法边界阿尔萨斯福格森山中部,有一个叫凯泽贝尔的地方。石头路、长流水、色彩斑斓的老屋和尖顶的古城堡是它的特色元素。城外有大片的葡萄园和绵延起伏的丘陵,到处都是青绿苍翠和莺声燕语。远处的山水若隐若现,朦朦胧胧,像青天下一幅唯美的水墨丹青,将大自然装点得分外明丽。

1875年1月14日,新年的帷幕刚拉开不久,一个小生命就在这座小城高处尽头左边的一幢建有小钟楼的房子里呱呱坠地了。这是一个非常瘦弱的男婴,哭声低哑,与其他初生的婴儿相比逊色了不少。这个不起眼的小小的新生儿,就是本书的主人公阿尔贝特·施韦泽。

当时没有人会料到,这么普通的一个家庭,这么普通的一个孩子,从他降生到这个世界上的那一刻开始,就已经注定了传奇的人生在等待他去演绎,有起伏,有跌宕,有欢欣,有悲苦,有风雨,有彩虹……

凯泽贝尔,一个满含诗意、韵味天然的小城。这一年,这里的葡萄园取得了大丰收,酿造出了大量上好的葡萄美酒。然而,对于这儿画一般的秀美风景、诗一样的流年锦图,施韦泽没有太多的记忆,因为他才半岁的时候,就离开了这座小巧的古城。

这儿,仅是他的诞生地而已。在他的记忆里,刻骨铭心的是另一个叫根斯巴赫的地方,那是他母亲的出生地。那儿的一山一水、一花一草、一树一木,都会深深地牵动他的心,成为他天涯咫尺的牵念,因为他的童年生活,他人生最清纯的岁月,就是在那儿度过的。

事实上,在施韦泽的晚年,他在非洲的原始丛林里,经常回忆故乡根斯巴赫,并幽默地告诉别人,他在少年时曾经期望自己是根斯巴赫雷帕山上的一棵松树或一棵橡树。他多次这么说:"如果我真是一棵树的话,我的根扎在根斯巴赫的沃土里,我的枝叶长在了赤道非洲的丛林中。"

2

施韦泽出生于新年伊始之际,很快就迎来了满目芳菲的春天。春天的鸟语花香和五彩缤纷,给人以暖暖的、快乐的感觉。然而春天过后,还有夏天、秋天和冬天,有冰火两重天的季节交换。对于一个生命来说,如果能够经历人生的四季,不管沿途有多少风云雷电和荆棘坎坷,都将是充实而完整的。

施韦泽的家是一个新教牧师家庭,有着基督教的虔诚信仰。父亲路德维希·施韦泽做了一辈子牧师,颇受人尊敬。他怀着对信仰的一片赤诚,严格按照教义去做人做事,虔诚地讲道布道,一心传播基督的福音。母亲阿德勒也出生于牧师之家,知书达礼,爱人如己,是一个富有同情心的善良女子。

家,是身心停泊的港湾,是人间之爱弥漫的地方。只有有缘之人,才能同进一个家门。在家里,父亲是船,母亲是帆,孩子就是这船上的未来。施韦泽有幸拥有一个富于文化教养和道德情操的家庭。

仿佛命中注定,这艘"爱之方舟"上的施韦泽,他的未来也一定充满了爱的奉献和信仰的力量。

确实,施韦泽是幸运的,他从小沐浴在洋溢着爱心的基督教家庭之中,家乡特殊的地理位置又使他能够惠泽于德、法两种优秀文化之间。宗教氛围浓郁的家庭教育,两大优秀民族传统文化的熏陶,天生善良的本性,似乎注定了他今后的人生之路必将是独特、神秘而富有意义的。

3

阿尔萨斯坐落在美丽的莱茵河与绵延的福格森山脉之间,北部边界是德国最大的森林山脉,西部也山峦起伏,东部则是连绵的沃野。承蒙大自然的恩赐,这里山清水秀、风光旖旎、物质富裕、民风淳朴。绚丽的云霞下面,一座座古城堡镶嵌在绿色之中,苍老的历史由此焕发出勃勃的生机。

这里阳光充足,气温寒冷,降雨量低,土质肥沃。由于自然环境十分适合白葡萄生长,所以这里盛产白葡萄酒。一座座葡萄园和酿酒庄园仿佛令空气中也溢满了葡萄美酒的芳香。毫无疑问,这里是欧洲的美丽酒乡,拥有深厚的酒庄文化。

这里是一个美酒飘香的地方,一个天生浪漫的地方,一个文化厚重的地方,一个无须过多笔墨点染便诗韵盎然的地方。葡萄美酒传承着辉煌的历史,将宗教、艺术、人文和大自然融为一体。有人说,阿尔萨斯是用法兰西的方法酿造了日耳曼风味的葡萄美酒。这么浪漫的话语,也只有用在这里才最适合。

施韦泽出生在这里,这是他的幸运,但也给他造成过麻烦。阿尔萨斯因其天然的地理位置和丰厚的自然馈赠以及复杂的历史原因,成了德、法两大民族的权力角逐之地,其归属在德、法两国之间不停变换。施韦泽出生时,这里属于德国,因此他的前半生持有德国护照,这使他在第一次世界大战期间在法属赤道非洲的兰巴雷内行医时被法国政府宣布为战俘,他苦心经营的丛林诊所也不得不停业。

特殊的地理环境,使施韦泽从小受到德、法双方优秀文化的熏陶。他通晓德语和法语,用他自己的话来说:"德语和法语都是极其优美的语言,我用法语就像是在美丽的花园里整修得很好的林荫路上行走,而用德语则像是在美妙的森林里散步。"他倾心吸收两大民族的文化精髓,纵观其历史,亲近其人文,成为一个有良知、有爱心的欧洲人。他毕生的伟大成就,他为人类贡献一生的崇高品德,使得包括德、法两国在内的全世界都因他而骄傲。

4

出生6个月后,施韦泽吮吸着母亲的乳汁告别了凯泽贝尔,随父母迁居到明斯特山谷中的根斯巴赫。这里是阿尔萨斯的一个极不起眼的小村庄,是他母亲出生的地方,当时只有几百名村民生活在这里。父亲在凯泽贝尔时是副牧师,此时已荣升为根斯巴赫教区的牧师了。

根斯巴赫远离都市,被山丘树林和葡萄园、蛇麻草园包围着,是一个十分僻静的地方。和别的村子一样,这里也有中世纪风格的石桥、石屋和配有管风琴的教堂。村民住宅的围墙上点缀着花边样好看的装饰。大家互相熟悉,彼此友好。

由于父亲的职业关系,施韦泽全家住进了村里一幢已有上百年历史的石头老屋之中。这是专门给牧师家庭居住的,虽然有一个"牧师公馆"的好听名字,其实屋子很陈旧,很潮湿,天气热了还常常发霉,以至于后来住的时间长了,施韦泽的父亲还患上了腰痛的毛病。

根斯巴赫虽然是一个小地方,但山林河域的自然生态环境极好,田园风光十分秀丽。小小村庄掩映在绿色之中,村外的山峦起伏多变。山上树荫蔽天,林中野趣十足。山谷里是大片的葡萄园和蛇麻草园,谷底是四季奔流的菲希多河,缤纷的花朵在河边绽放,随处都可听到小鸟悦耳的鸣唱。

这是一片迷人的土地,清丽的阳光下,花草树木将小小的山村点缀得格外美丽。施韦泽结缘于此,这里便成了他一生的牵挂。凯泽贝尔是他的诞生地,这儿才是他的真正故乡。无论远行的步履有多远,无论时令徙转、浪里浮沉,根斯巴赫永远扎根在他的心里了。

5

关于施韦泽,他的人生极不寻常,曲曲折折,波澜壮阔,充满了传奇,让人惊叹,令人敬佩。其实,他不想成为传奇,可他本身就已是传奇,无法复制,也无法重来,让许多人无法真正懂他。

刚出生的时候,他身体瘦弱,脸色枯黄,哭声乏力,就像一粒小小的

尘埃,在风雨中飘摇。母亲曾经担心过他是否能够长大,甚至担心是否能够养活他。为此,母亲还偷偷地流过眼泪。然而,结缘根斯巴赫后,这里的清新空气和新鲜牛奶彻底改变了这一切,他很快就长得结实强健了。

故乡给予他的强健体魄令他一生受益,使他在后来志愿服务赤道非洲的热带丛林里,可以抵挡得住当地潮湿闷热的恶劣气候,以长达半个多世纪的坚守,在水与丛林之中顽强地扛起了救死扶伤、治病救人的重任,给非洲人民带去了福音。

想起他在赤道非洲当丛林乡村医生的日日夜夜,也就想起了他那张在丛林医院前照的黑白相片:身穿短袖工作衣,颈挂听诊器,头戴宽沿遮阳帽,怀抱一个黑人小孩。这孩子,小脸紧贴在他的胸前,童稚的笑容像阳光一样明媚。

照片上的他,应该是中老年的时候了,头发和胡须已然花白,身板依然硬朗,双目炯炯,正自信地注视着前方。远处,就是广袤的非洲丛林。这是一位苍生大医的形象,坚守在非洲大陆的异乡丛林间。那是一个叫兰巴雷内的地方,像根斯巴赫一样成了他心中的挂念。

在他的心中,他乡兰巴雷内就是自己的故乡,和根斯巴赫一样亲切的第二故乡。那儿的丛林村民,也就成了他的兄弟姐妹,成了他此生最惦念的人。若将洁白的工作服换成便装,摘去听诊器,照片上这一老一小,分明就是亲密无间的爷孙俩。

看着这张照片,遥想这样一位志愿献身非洲,在极其艰苦的条件下,在丛林的乡间创建诊所、扩建医院、心系病患、赤诚奉献的医学博士。他的医者仁心,他的博爱情怀,他的善良人性,他的崇高品德,无不令我们深深感动。

6

在施韦泽出生之前,路德维希家已经有了一个女儿路易丝,因此施韦泽是家里的老二。来到根斯巴赫后,施韦泽接着就有了自己的三个妹妹阿德勒、玛格雷特、艾玛(艾玛不幸早年夭折)和一个弟弟保尔。

这是一个幸福热闹的家庭,父亲路德维希严厉而理智,教育孩子们要热爱人类、珍爱自由。父亲是施韦泽生命中第一个崇拜的对象,并成了他一生中最好的朋友。母亲阿德勒温柔善良,疼爱子女,对于施韦泽的种种逆反行为也善于理解容忍。施韦泽晚年忆起母亲时常常充满了内疚之情。施韦泽和姐姐、弟妹们在父母的呵护下,在根斯巴赫乡间度过了自己快乐的童年。

施韦泽的童年和乡下其他小孩没有什么区别,一样天真、好奇、贪玩。在暖阳下面奔跑,坐在葡萄藤秋千架上荡秋千,看蚂蚁搬家,望倦鸟归巢,与花草言欢。这一切都足以令他快乐得忘乎所以。

炊烟起了,小黄狗摇摆着毛茸茸的尾巴欢快地跑回家去,小黑猫伸了个懒腰一跃上了屋顶,小蚂蚁驮着比自己身体大得多的食物在慢慢爬行,不知名的小花儿正在偷偷浅笑……"小花儿你告诉我,小蚂蚁的力气为什么这么大呀?"施韦泽对着小花儿天真地发问,在他的心里,或许真能听见花草的呢喃。

在这美丽的小山村,有春花的烂漫,夏雨的飘逸,秋叶的静美,冬雪的晶莹。这所有的一切,都是施韦泽眼中最美的风景。这里,是他童年的天堂。其实确实很简单,只要拥有一颗童真简洁的心,一切都会变得如此美好。

夕阳下面,施韦泽蹲在地上,出神地看着忙碌了一天的小蚂蚁还不肯归家,依然在为蚁族大家庭不知辛劳地寻找食物。小蚂蚁仔细搜寻地上的每一个角落,连细小的缝隙也要钻进去看个究竟,看看里面是否藏着一颗粮食或一个虫卵。

突然,一阵风儿吹过,刮来了一根枯枝。不幸的是,一只小蚂蚁的腹部和两条后腿被枯枝刮伤了,小蚂蚁立即趴倒在地上。虽然它使劲想用自己前面几条细腿把身体支撑起来,可是努力了一次又一次,身体根本就活动不了。它伤得很重,痛苦地活动着触角,一筹莫展。

此情此景,令施韦泽非常难过:"可怜的小蚂蚁啊,我怎样才能帮你呢?"他想抢救这只可怜的小蚂蚁,可不知道该怎样救它。

就在这时,又一只小蚂蚁跑了过来。它围着受伤的小蚂蚁兜了几个圈,将自己的触角和受伤小蚂蚁的触角对碰了一下,立即毫不犹豫地叼起受伤小蚂蚁,使出浑身的力气,举着它艰难地向蚁巢而去。

看到受伤小蚂蚁终于被救了起来,施韦泽松了一口气,他为蚂蚁家族的这种深情所感动,觉得那只前来救命的小蚂蚁实在太了不起了。

7

根斯巴赫乡村是美丽的。施韦泽喜欢这里的一切,即使是一只小小的昆虫,都能引起他的巨大兴趣。

春天来了,枝头吐绿了,水仙花儿绽放了,各种各样的昆虫都活跃了起来。阳光融融的午后,施韦泽在河边草地上快活地玩耍着,眼前一根野藤上,正灿烂地开着一朵小黄花,仿佛有灵性似的正在静静地看着他。

"啊,美丽的小黄花儿,你太漂亮了,我以前怎么从来没有见到过你呢?"

施韦泽从未见过这样的小花,心里充满了好奇。他跑过去,伸出手想把花儿摘到手中。令他吃惊的是,他的手指刚刚触及小花,小花竟然立即飞了起来,落在了旁边的小草上。

"啊,会飞的花朵,真好玩!"

此刻,施韦泽更加好奇了。他童心大发,连忙跑过去凑近一看,发现这朵小花竟不是一朵真正的花儿,而是一只从未见过的虫子,小小的身体像小草一样翠绿,绽放的小花其实是它淡黄色的毛茸茸的尾巴,像扇子一样展开着,盖在它的背上。

"啊,原来你是一只小虫子啊,你叫什么名字呢?"

这个发现,令施韦泽特别开心,他想把这只小花一样不知名的小虫子抓回家放在瓶子里欣赏,可一想到如果把它抓走的话,到了晚上它的妈妈找不着它,将会多么伤心啊,立即就放弃了这个念头。

对这只十分喜欢的小花一样的小虫子,他看了一眼又一眼,终于对它挥了挥手:"小虫子,我走了,明天再来看你,祝你快乐每一天。"

告别了小花一样的小虫子,施韦泽开心地往家里走去。天空中飘逸的云朵,游弋着他的童年之梦。一路上,美丽的小鸟在天上飞过,停

留在不远处的树枝上,叽叽喳喳唱着歌儿,又将他深深地吸引住了。

施韦泽在根斯巴赫的学龄前生活,就这样无忧无虑、简约如画。他的脑子里满是五彩缤纷的趣事儿。开心地玩,就是生活的全部。他的一颗童心洁净如水,纯洁无瑕。

然而,纯真美好、无忧无虑的日子并不长久,因为成长的步伐不可阻挡。

8

流光似水,日历很快就翻到了1880年。

进入秋季,施韦泽5岁半了。虽然一脸孩提的稚气,可他必须上小学了。这意味着他将远离清纯,开始漫步在红尘的烟火里。

与大多数孩子一样,他喜欢玩耍,不爱上学。一想到自由自在的生活就这样结束了,他伤心地哭成了泪人。

尽管十分不愿,但终究只能认命。他的童心一直在渴望飞翔,但上学以后,自己还能够自由地飞翔吗?他的耳边,响起的不是他想要的回答,而是父亲的叮嘱:"上学以后一定要听老师的话,好好读书。"

"好好读书!"他是个乖孩子,虽然贪玩,但终究记住了父亲的叮嘱。

就这样,他很不情愿地进入根斯巴赫乡村公立小学读书了。班里有十几个孩子,都是村里的穷孩子,穿着破旧的衣裳,过着半饥半饱的生活。他这位牧师的儿子虽然家境并不十分富裕,但穿着整齐,衣食无忧。在那些农夫孩子的眼中,他无疑是一位有钱人家的公子,一位阔少爷。

上课的时候,他记得父亲的嘱咐,脑子里不再想那些虫子呀小鸟呀的趣事儿,而是尽量集中注意力听老师讲课。他的成绩不算突出,也不算差,属于中等水平。这平淡无奇的读书生活,就这样一日日地展开了。乡村小学读书的日子原本就应该是这样清纯简单的,可事实并非如此。

9

施韦泽班上有一个名叫格奥尔格·尼舍尔姆的男生,身材高大,力气也大,谁也不怕,是班级里出名的顽童。有一天放学回家的路上,施韦泽与尼舍尔姆因一件小事发生了争执,两人谁也说服不了谁。

尼舍尔姆看着身材不如自己高大的施韦泽,把他当成了牧师公馆里徒有虚名的无能少爷,认定他不是自己的对手。

尼舍尔姆傲慢地看着施韦泽,轻蔑地说:"不服啊,不服我们就摔一跤,摔你个狗吃屎,看你还服不服!"

"好,摔就摔,"一向温文尔雅的施韦泽在尼舍尔姆的挑衅下,倔强的个性被激发了出来,"难道你个子比我大,你就比我强,就一定能将我摔倒?"

周围的同学一听,立刻就来了劲,一齐起哄,使劲喊道:"对啊,摔一跤,看看到底谁厉害?"

"摔一跤,摔一跤!"在同学们的起哄声中,两个倔强的孩子就地比试了起来。他们把书包扔在枞树下,脱去外衣,互相抱在一起使劲摔了起来。

同学们围在四周,大声为两人鼓劲。原以为很容易就能取胜的尼舍尔姆此刻发现自己错了,因为他感到施韦泽竟然像牛一样浑身是力。

施韦泽咬紧牙关,两脚稳稳地扎在地上,半弯着身子,双手紧紧抓住尼舍尔姆,使劲将他往地上摔去。尼舍尔姆顽强抵抗着,也使劲把施韦泽往地上摔去,可他发现施韦泽居然兀如山立,根本就无法将他摔倒。

两人竭尽全力,你进我退,我进你退,然后就僵持在那里。

围观的同学更起劲了,在旁边大声喊叫着。施韦泽圆睁双眼,咬牙坚持着,绝不松一口气。

终于,尼舍尔姆支撑不住了,他刚松一口气,施韦泽便抓住机遇,猛地振臂一挥,将他四脚朝天摔倒在地上。

这一刻,围观的同学惊得目瞪口呆。他们无法相信这个文质彬彬的牧师儿子居然这么勇猛,可以把班里公认的顽童尼舍尔姆摔倒在地。

这时，倒在地上的尼舍尔姆虽然输了，却一点也不服气。他跳起来拎起书包就走，临行时丢下了这样一句话："哼，如果我像你一样每周都能喝上两次肉汤，你根本就不是我的对手。"

听到此话，施韦泽一愣，围观的同学也在听了这句话后，向他投来了冷冷的、藐视的目光。

同学们各自跑回家去了，只留下施韦泽一个人呆呆地站在那里。

在这一场意志与力量的较量中，他虽然赢了，却特别沮丧，一点也高兴不起来。想想也是，同学们都过着贫穷的生活，他们怎么可能有肉汤喝呢？家境的区别使他和小伙伴们之间产生了隔膜，这个事实令他深感痛苦和迷惑。

这样的事情，虽然只是童年生活中的几个小插曲，抑或几滴小雨点，但是于他而言，实在不同寻常。他小小年纪，却敏锐易感，不想与别人不一样。人与人之间为什么要有区别呢？大家都一样该多好啊！

10

从那天起，施韦泽再也不想喝肉汤了。一看到肉汤，他马上就想起了尼舍尔姆丢给他的那句令他震动的话，想起了同学们投向他的冷冷的、藐视的目光。

细心的母亲马上就发现，每当自己把热腾腾的肉汤放到儿子面前时，他就只当没看见，一口也不喝。

"阿尔贝特，"母亲感到十分奇怪，"你怎么啦，肉汤也不想喝了，难道是病了吗？"

"没什么，"施韦泽的脸上没啥表情，"我没有生病，只是不想喝肉汤罢了。"

"既然没什么，那就喝肉汤吧。"母亲担心儿子的身体，听他说没事，也就放下了心，"你现在正处在长身体的时候，多喝点肉汤，身体可以长得更结实些。阿尔贝特，你喝吧。"

母亲的话似乎证实了尼舍尔姆的说法。施韦泽听后，心里更不舒坦，连看都不愿看肉汤一眼了。

之前儿子是十分喜欢喝肉汤的,现在他却突然不想喝了,既然身体没有问题,那就一定发生了其他什么事情。

母亲反复追问,后来父亲也问过他几次,但他始终只讲一句话:"我就是不想再喝肉汤了。"

即使父母很生气,他依然固执地不肯喝肉汤。他自己也不明白,这到底是一种怎样的心态?他只是觉得,那些贫困的同学没有肉汤喝,自己却可以喝到肉汤,这不公平,他不能忍受。如果大家都有肉汤喝,他也一定会喝得很开心的。

或许生活就是这样,不如意之事十之八九。好在姐姐路易丝理解弟弟的心思,这给了施韦泽一些心灵的安慰。

11

都说童年生活无忧无虑,可小小年纪的施韦泽就常被这样那样的问题困扰,令他有过一段时间的长吁短叹。

然而,对于强者而言,在失落之中不甘消沉,踏着泥泞一路向前,便会不断成长,越来越成熟。

作为一个敏感早熟的孩子,施韦泽并不因为自己的家境比别人好而产生优越感,也不因为同学们对自己另眼相待而憎恨他们,与他们疏远。相反,他对班上这些穷孩子抱有很深的同情心。看到他们的生活过得很辛苦,心里便很难过。自己吃得比他们好,穿戴比他们整齐,生活比他们幸福,都令他感到深深的不安。

自从那次摔跤事件之后,他开始事事注意。他和这些穷孩子一起上学、一起做作业、一起玩耍,刻意穿一些破旧的衣服,吃粗粮,以便大家没有身份上的区别。他特别愿意去帮助他们,小小年纪就学着不抱偏见地和贫穷的孩子平等交往、友善相处。

这是一个多么善良的孩子啊,从小就懂得去关心别人,同情生活困难的人。一个人独处的时候,他常会想一些大人才会去想的问题:"这人世间的种种不如意都是命运使然吗?一切浮华都是过眼烟云吗?"虽然还不是很懂,但他隐约觉得应该慈悲地对待身边的人,似乎这样才是对的。

作为一个新教牧师的儿子,施韦泽从小就有了基督教信仰的虔诚,内心深处充满了爱的力量。

12

阿尔萨斯的冬天是寒冷的,刺骨的寒风呼呼地刮着,雪下得纷纷扬扬,整个世界成了一只巨大的冰箱,直把人冻得浑身发抖,两脚像冰块一样。

母亲最是知冷知暖,入冬后,她让村里的老裁缝用父亲的旧大衣为儿子改制了一件儿童大衣,穿上这件大衣,今年冬天儿子就不会挨冻了。

老裁缝是个做事细心、认真负责的人,有着一手好手艺。他整整用了好几天的时间,将旧大衣改成了一件非常得体的儿童大衣。试穿衣服的时候,他激动地对施韦泽说:"阿尔贝特,太棒了,穿上这件大衣,你简直就是一位小绅士了。"

老裁缝对自己的手艺非常满意,笑眯眯地欣赏着这几天的劳动成果,不停地赞美这件儿童大衣,夸赞施韦泽穿上大衣后的神气劲儿。可是他丝毫没有察觉到,在他不停的唠叨声中,这个孩子的眼睛里已噙满了泪水。

大衣拿回家了,但不管天气有多冷,施韦泽宁可受冻,也不肯穿着大衣去上学。

这天,凛冽的北风呼呼地刮着,像一把把刀子刮得人的脸上辣辣作痛。终于,母亲忍不住发话了:"阿尔贝特,今天风这么大,天气这么冷,你赶紧穿上大衣去上学吧。"

"妈妈,"施韦泽怯怯地望着母亲,声音坚决,"班里的同学都没有这么好的大衣穿,他们没有,我也不要穿。"

"傻小子,你穿自己的大衣,与别人有什么关系呢?快穿吧,天这么冷,冻坏了身子可就糟了。"

"不,我不要穿,我不想变得与众不同。而且,我身体强壮,冻不坏的。"尽管这几天上学的路上,呼呼的北风将施韦泽吹得透骨的冷,但他还是坚持不肯穿这件大衣。

"唉,你这孩子,我该说你什么呢。"

这世界上有很多美好的情感,可以超越一切隔阂,包容一切遗憾。母亲对儿子的爱,便是如此伟大,如此无私。虽然心中不快,但母亲还是依从了儿子,叹着气将大衣收了起来。

施韦泽感觉自己对不起母亲,尽管他心中明白母亲的心里一定比自己还要难过,可他依然坚持着。他下决心要在其他方面多听母亲的话,少令她伤心,这样他自己的心里也可以好受些。

可是,他能做到吗?

13

另一次,母亲带施韦泽到繁华的大都市斯特拉斯堡去看亲戚,途经一家专门营销高档帽子的商店。橱窗里陈列着款式多样的帽子,有优雅高贵的,有休闲运动的,每一款都太精致、太漂亮了。母亲兴奋地领儿子走进店里,让店员为他挑选一顶好看的帽子。

店员非常热情,让施韦泽试戴了一顶又一顶帽子,可施韦泽不是说戴着不舒服,就是说不好看、不喜欢。

"我看这顶水手帽很好看,你戴一定特别合适。"母亲一边说,一边高兴地将一顶精巧华美的帽子戴在施韦泽的头上,旁边的店员也连声赞道:"哇,他戴着真好看。"

这顶水手帽戴在施韦泽的头上确实神气,可村里的孩子是没有一个有钱买这么贵的帽子戴的。施韦泽坚决地摇着头说:"不要,难看死了,我不要戴这顶帽子。"

母亲拿他没有办法,只能继续为他挑选,可始终没有他满意的。

最后,母亲万般无奈地说:"阿尔贝特,你到底喜欢什么样的帽子啊?这里帽子这么多,你都不满意,我已经没有办法了,你自己挑一顶吧。"

橱窗里、架子上的帽子都十分漂亮,也很昂贵,可没有一顶是村里

小伙伴们买得起的。犹豫了半天,施韦泽终于鼓起勇气,怯怯地对店员说:"你们这里有没有便宜的、适合乡下孩子戴的那种帽子?"

店员从角落里一个大纸盒内,找出了一顶过时的、廉价的、很土的、可以遮住耳朵的褐色风帽。施韦泽一见,正是村里男孩们戴的款式,他高兴极了,立即戴在头上,欢喜地让母亲付钱。

母亲感到十分难堪,丢尽了脸面。她匆匆付掉钱,谢过店员,拉着施韦泽快步离去。

尽管心中不快,可是她并没有对施韦泽发火,更没有骂他。这是一位善良的妈妈,心中明白自己的儿子正在严肃、认真地为某种思想而烦恼,她是能够理解自己的儿子的。

回家的路上,施韦泽戴着新买的褐色风帽,心里却不好受,因为他又一次令母亲伤心了。"唉,今后可不能再伤妈妈的心了。"他在心中默念道。一路上,他尽量与母亲说一些开心的话题,表一下今后要听母亲话的决心。当母亲听后笑起来时,他舒了一口气,也开心地笑了起来。

斜斜的阳光,照在母子俩的身上。地上拖得长长的,是融合在一起的一个影子。

14

一日,施韦泽随父亲来到有着"小威尼斯"之称的科尔玛小镇。这里是阿尔萨斯的葡萄酒中心,也是伟大的雕塑家、大名鼎鼎的自由女神像作者弗雷德里克·奥古斯特·巴托尔迪的故乡。

美丽的自然风光、神秘的酿酒工艺、特色鲜明的木筋房和个性迥异的葡萄藤在这里相映成趣,吸引了无数游人。然而,这一切并没有给施韦泽留下太多印象。

让施韦泽终生难忘的,是马尔斯公园里由伟大的雕塑家巴托尔迪创作的一个雕像——一座科尔玛籍海军大将军布鲁阿斯的纪念碑。将军被雕塑家刻画得英勇威武、光彩夺目。

然而,深深吸引施韦泽目光的并不是英武的将军,而是纪念碑底座上的一个黑人雕像。

这是一个悲伤忧郁的雕像,人物头部特写极具特色。高耸的颧骨,厚实的嘴唇,细密卷曲的头发,令施韦泽看过后终生难忘。雕像脸上那一根根粗细不一的线条极富沧桑感,线条刻画的忧郁眼睛和不屈唇角与结实强健的身子形成了强烈的对比,像是在诉说、在呐喊,要通过抗争去扫清黑暗大陆上空的阴霾。

黑人雕像悲愤挣扎的神情以及沉默中肩负的悲苦深深震撼了少年施韦泽。他有一种身心被狠狠抽打的痛觉。

虽然他并不懂得这个雕像所要表达的真正内涵,但他朦朦胧胧地感到了一种苦难,人类的苦难,非洲黑人的苦难。

刹那间,他竟然对那个神秘遥远的非洲大陆充满了牵挂。尽管相隔万里,却有一种近在咫尺的感觉。

难道,这是冥冥之中的一种缘分?

年轻心绪

1

小学的读书时光通常都是漫长的，然而在渴望长大的期盼中，时间的流淌似乎也不算太慢。在几个四季辗转的轮回过后，日历很快就翻到了1884年。这一年秋天，最后一个学期结束以后，9岁的施韦泽小学毕业了。

小学4年间，同学们虽然和他相处得不错，与他一起学习，一同玩耍，可他们毫不掩饰地将他看成富家子弟，把他当成另一个阶层的人。所以他表面开心，内心深处其实深藏着一份孤独。好在他是一个心胸开阔、内心强大的人，始终能够抛弃成见，坦然地与同学们平等相待、友好相处，共享童年生活的乐趣。

尽管读的是一所乡村小学，但施韦泽依然对自己能在这儿上学感到幸运。回忆是那么绚烂，过去的时光是那样美好。他喜欢小学这几年的生活，喜欢自己这些贫穷的同学，喜欢和他们在一起的时光，这是发自他心底的喜欢。

事实上，这些穷同学的成绩并不比他这个牧师的儿子差，他们中的一些人好几门功课都比他好。他由此发现，这些身穿补丁衣服的穷人家的孩子，穷的只是金钱，而不是聪明才智。他们年少的心灵同样单纯，一样洁净。

然而，施韦泽很快就发现，这些穷同学小学毕业之后的人生际遇却与自己完全不同。离开小学校后，他升入了明斯特职业中学就读，而此刻，他的好多同学都已辍学。这些农民的孩子因为家境贫寒，父母已经没钱供他们上中学了,所以他们必须为父母分担,帮助父母务农。

他心中清楚,他们和自己一样,也有着满腔希望和心愿,可是他们却无力拨开遮挡在眼前的雾霾,只好走向残酷的现实,把对生活的无限憧憬深深埋在心底。

同样生活在这个世界上,为什么人与人之间会有这么大的差距?但愿他们今后的命运,会有机会发生改变。愿他们此时的平淡,能够等得彼时的灿烂,在尘世间获得幸福。

这是施韦泽心里的真实想法,他默默地为小伙伴们祝福,相信他们只要有决心,肯努力,一定会有机会发生命运的逆转,拥有一个美好的未来。

然而,这只是他一厢情愿的一个美好愿望。

2

小学毕业的时候,一天晚上吃过晚饭,施韦泽将心中一个想了很久的问题向母亲发问:"妈妈,我想知道,你们为什么给我起名为'阿尔贝特'呢?"

儿子的提问,勾起了母亲的心事,她的眼睛变得湿润了。沉默了一会儿,母亲告诉他说:"阿尔贝特,你怎么突然想起问这个问题呢?妈妈有一个同父异母的哥哥叫阿尔贝特,还没有生你的时候他就已经去世了。妈妈心里惦念着他,给你起这个名字,就是为了纪念你的这位舅舅。"

于是,施韦泽从母亲的口中知道了阿尔贝特舅舅的故事。

原来,阿尔贝特舅舅也是一个基督徒,他在斯特拉斯堡圣尼古拉教堂当牧师,虔诚地布道,宣扬爱的教义。他心地善良,胸怀爱心,又非常正直,乐于帮助需要帮助的人。他曾长期将自己唯一的一份牛奶送给一位贫困的老妇人喝,宁可自己饿得眼冒金星。类似的善举,还有很多。

在魏森堡战役后,斯特拉斯堡的药品急需得到补充。经过挑选,阿尔贝特舅舅被派往巴黎去领取一批紧缺的药品。可是赶到巴黎后,他

并没有及时领到这些药品,而是在各个部门之间被推来推去,耽误了许多宝贵的时间。

当阿尔贝特舅舅好说歹说,终于拿到了一部分急需的药品后,他立即星夜兼程地赶回斯特拉斯堡,可终究还是晚了一步。当他到达城郊的时候,斯特拉斯堡已经被德军团团围住了。就在阿尔贝特舅舅试图进城的时候,他被俘虏了。虽然指挥围城的冯·维尔德将军同意让人将救人性命的药物送进城去,但阿尔贝特舅舅以俘虏的身份被扣留了下来,并且被迫一起参加围城。

这一段经历使阿尔贝特舅舅在精神上遭受了巨大的折磨。他是个正直的人,同时也十分敏感,一直担心别人误解他,担心他的教区认为他在最困难的时刻抛弃了自己的同胞。他的身体并不好,患有心脏病。他在遭受了这次打击之后,一直郁郁寡欢,于1872年就英年早逝了。

母亲在讲述阿尔贝特舅舅往事的时候,眼泪止不住就流了下来。看得出来她是很爱自己的这位哥哥的。失去的太美好,也太短暂了,所以就有了怀念。施韦泽出生的时候,阿尔贝特舅舅已经去世3年了。给儿子起名为"阿尔贝特",母亲这一份爱的思念就转移到了自己的孩子身上。

就这样,阿尔贝特舅舅的故事定格在了施韦泽的记忆之中,即使他早已淡出了生命,但他已经出现在施韦泽的生命中了。施韦泽非常敬佩舅舅的为人,心中暗下决心,一定要像舅舅一样做一个善良的人,一个正直的人,一个心中有爱的人,一个对他人有帮助的人。让一个活在母亲心中的人体现在自己的生命中,将他的优良品德发扬光大,这样的想法深深激励着少年施韦泽。

3

秋风静静地吹拂着大地,叶儿在风吹中渐渐泛黄,光与影的交错,织成了自然最美的一季,惹得望见她的人都留恋不舍。那曾经的满目葱绿,在季节的更迭中变成了缕缕金黄的思念,在质的蜕变中,让生命

变得丰盈。

在这个葡萄种植迎来了又一季大丰收的时节,看着高天上流云的聚散,闻着酒庄里飘溢出的葡萄美酒的芳香,施韦泽成了明斯特职业中学的一名中学生。这是一所新式、宽松的学校,学生在这里不必学习希腊语和拉丁语,学费也比普通中学要便宜很多。

学校所在地明斯特,是一座拥有千年历史的文化古城。这座美丽的城市位于根斯巴赫南部,离施韦泽的家约3千米远。施韦泽每天沿着山脚下的山路来回走读,由于身边没有也要走山路的同学,因此基本上都是他一个人行走,但他一点也不觉得寂寞,因为沿途的风景美得令他沉醉。

每天早晨上学或下午放学后,施韦泽轻快地行走在山路上。路的两旁是一片片的树林,枝叶茂密郁郁葱葱。山谷里,有一个挨着一个的葡萄园和蛇麻草园,谷底菲希多河的清流日夜不息地潺潺流淌着。施韦泽常常一个人行走在山林中,喜欢到绿荫遮掩的黑堡宫废墟中悠闲地漫步,遐想当年发生在这里的一个个传奇故事。

当一场潇潇细雨下过后,满山呈现出一片刚刚清洗过的新绿。空气清新极了,浓郁的树叶味扑鼻而来。他喜欢这好闻的大自然的味道。一股股山泉在林壑间淌过,留下一连串叮叮咚咚的旋律,音乐般轻轻叩击着他年轻的心扉。

随着季节的变换,大自然也在不停地变换色彩。橡树叶、槭树叶渐渐变红,松树叶却固执地不肯卸去绿装。这样的时节,施韦泽更是惬意地在层林尽染的树林中流连忘返。山野的美丽风光,对他来说拥有太大的吸引力了。

4

新吐绿的枝条,萦系着飞扬的青丝生生不息。祥云凝碧的河面,片片落红随着波浪起伏。蓝天下的一切实在太美,给了施韦泽太多的遐想。在村外树林的清新空气中,在一碧如洗的草地上,在结满果实的葡萄园里,在清风微拂的每一个日子里,他都可以恣意地与大自然对话,

尽情释放自己年轻的心绪,不辜负这美好的光阴。

人生中每一次用心的探求,都是一种经历,一种修行,一种成长。他也有少年人的冲动,大自然的美触动着他的心灵,他想用诗歌来表达自己对家乡的热爱。于是,他开始写诗,可是每当写完诵读的时候,自己都不满意,内心深处的那份情感基本上没有表达出来。

于是,他又拿起了画笔和调色板,想用色彩定格下家乡的美景和心中的情愫。可是每当画好以后,自己都觉得这样的作品太过平常,很难拿出来向人展示。至此,他停止了这方面的努力。懂得放弃,及时转身,这是人生的一种智慧。

音乐——这才是他的最爱。他爱听音乐,更爱亲自弹奏键盘乐器。静听一首好听的曲子,仿若静夜听雨,听它轻柔的絮语,像在吟唱大自然的风花雪月与四季温情。亲自弹奏一曲,仿佛在竹丛花间浅唱低吟,在月色下面起舞弄影。

在音乐方面,他拥有极高的天赋。因为喜欢,所以他学得十分刻苦。天才加勤奋,注定了他在音乐领域的杰出成就。还在3岁的时候,他跟父母去教堂做礼拜时,只要听到大风琴声庄严地响起,就会立即停止东张西望的好奇,全神贯注地倾听,深深地陶醉。

在施韦泽的家族中,父亲擅长钢琴,祖父辈的几个兄弟都是一流的风琴手,外祖父更是将一生精力都花在了管风琴演奏和制作上。5岁的时候,施韦泽就开始在父亲的指导下学习弹钢琴了。上小学以后,他特别喜欢音乐课。当双声部的歌曲《我恬静地坐在那边的磨坊下》或《谁有你,美丽的树林》开始演唱时,他就会激动起来。他尤其醉心于管风琴演奏,每当成功弹奏完一首曲子,下面掌声响起的时候,他却还沉醉在自己的音乐中。

"音乐实在太美妙了,它包含着人间最真的情感,可以潜移默化地美化人的心灵,愉悦身心,陶冶情操,丰盈生活,"他常常这样对自己说,"它是我们的精神食粮,是人类灵魂的家园"。

事实上,音乐伴随了他一生,陪伴他坚守在荒蛮的兰巴雷内,为他筹得维持丛林医院开支的一部分款项。在他后来的音乐世界里,他把家乡的美丽风光,把非洲丛林的风土人情,把对生命的敬畏和对人性善良的追求,都完美地融入了音乐之中,深深激励了自己,也激励了他人。

5

流年的脚步匆匆,追逐着如水的眷恋。风中晃动的风铃,宣告了一段悠闲时光的终结。

施韦泽在明斯特职业中学只就读了一年,就突然结束了在这里的学业,令他有些始料不及。可细细一想,却又好像是预料之中的事。

是父亲做了安排,让他去转读米尔豪森普通中学。普通中学属于旧制中学,教学课程中有希腊语和拉丁语,毕业后可以去考大学。

上大学,这是施韦泽的梦想,将使他能有机会获得更多的知识。可转学仍然令他感到难过,因为他再不能自由自在地徜徉于山林之间了。为此,他还偷偷地哭了好几个小时。

对于这样的山林漫步,他已经习以为常了,有一种自由散漫的舒心和惬意。一个人无忧无虑地往返于林中小道,走过一道风景,迎来另一道风景,与大自然亲密接触,尽情地享受静谧与安宁,恣意地与森林对话,尘世的烦恼被洗濯得一干二净。这样的心情,是多么澄明,他甚至想做这山上的一棵树木,长成自己喜欢的模样,在这里永久驻守。

但是,现在已经没有一点办法了,父亲早已给他办好了转学手续。在米尔豪森普通中学,牧师的儿子能够申请免费就读。虽然小学时同学们把他当成富家子弟,其实他明白自己家里并不很富裕,父亲只是一个乡下小教堂的牧师,收入有限,家中兄弟姐妹又多,对于想上大学的他来说,能够免费就读于普通中学,真是一件大好事,他没有理由拒绝。

他毕竟是个聪明人,向往美好的明天。很快,他就彻底想通了,愉快地听从了父亲的安排,接受和适应生活的转换,于1885年秋天来到米尔豪森普通中学上学。他相信这一次转学,可以为人生带来更多的机会,只要努力,就可以去上大学,收获更多的知识,打开更广阔的眼界,提升自己生命的价值,迎接更加美好的未来。

6

施韦泽能到米尔豪森普通中学读书,完全得益于叔祖父路易斯。路易斯长期从事儿童教育,是米尔豪森小学的校长,非常欣赏施韦泽的才华,认定他如果能够得到良好教育的话,将来一定会有大出息。

于是,在某一天和施韦泽的父亲闲话家常聊起这孩子的时候,路易斯发话了:"阿尔贝特天资聪慧,将来必定前程远大。我看,让他去米尔豪森读普通中学吧,这样的话中学毕业后可以去大学里进一步深造,将来获取功名,为社会多做贡献,否则就太可惜了。"

"你说得非常对,我也不想把阿尔贝特给耽搁了。可是,我们出不起昂贵的学费啊,家里还有四个孩子要抚养。"父亲无奈地回答道。

"我已经打听过了,米尔豪森普通中学有专为牧师子女设立的奖学金,可以让阿尔贝特去申请奖学金嘛,这样读书就不用交学费了。至于住宿,这个你不用操心,就让他住我家里吧。我们家没有孩子,他来了还可以为我们带来很多快乐哩。"

路易斯夫妇没有孩子,长期两个人生活,让施韦泽住在自己的家里,倒真的是一件很不错的事情,既解决了施韦泽求学的住宿问题,又能给老两口带来家庭的乐趣。听到路易斯这么说,父亲的心里非常感激,连忙应道:"是嘛,那就太好了,只是阿尔贝特要给你们夫妻俩添麻烦了,我怎么过意得去呢。"

"看你说的,我们都是自家人,哪里用得着这么客气。阿尔贝特能读普通中学才是最重要的,希望他将来能有大出息。"

在叔祖父爽朗的笑声中,事情就这样决定了。

人生就是这样,关键时刻若遇贵人,便将深深地影响其一生。正是因为有了叔祖父这位贵人,有了这个看似不经意间做出的决定,才让施韦泽的人生有了实质性的转变。

人生就像一场旅程,每迈出正确的一步,离前方美丽的风景也就越近了。

7

很快,施韦泽就以牧师子女的身份申请到了米尔豪森普通中学的奖学金,寄宿在米尔豪森的叔祖父家里,开始了他人生的新阶段。为了他能适应这里的生活、健康地成长,叔祖父与他进行了一次促膝长谈。

叔祖父说:"阿尔贝特,你已经不小了,是个中学生了,很多事情都应该好好思考清楚,这关系到你是否能够顺利完成中学的学业,养成良好的习惯,真正学到知识,健康地成长。"

施韦泽对这位认真又严厉的叔祖父从心底里有点害怕,他怯怯地说:"亲爱的叔祖父,您说得很对,我一定听您的话,好好把一些事情想清楚,按您的吩咐去做,请您放心。"

叔祖父的脸上露出了慈祥的笑容,他继续说道:"你这么说,我很高兴。你要记住,现在是你世界观、人生观、价值观形成的重要阶段,你一定要正确地对待每一件事情。"

看到叔祖父慈爱的笑脸,施韦泽一下子就放松了不少,连连点头:"嗯,我记住了。"

叔祖父说:"好,下面的话你要给我好好听进去,你要养成良好的学习、生活习惯,在学校里要遵守校规,尊敬老师,团结同学,认真听课,及时完成每天的作业,考试成绩要保持在良好以上。"

施韦泽答道:"请您放心,我一定努力每一天,取得好成绩。"

叔祖父说:"在家里,你也要养成良好的生活习惯,作息要有规律,空时多读书看报,也可以出去活动活动,增强自己的体质。"

看到施韦泽听得十分认真,叔祖父很欣慰:"我知道你喜欢音乐,每天在完成作业以后可以弹一会儿钢琴。音乐是好东西,会对你终身有益的。"

施韦泽感激地应道:"我喜欢音乐,一定按您的嘱咐去做。"

叔祖父最后又以强调的口吻说:"生活中,做人、做事、做学问的方式最重要。做人要低调,要知足,做事、做学问要不知足,全力以赴去做,持之以恒,有始有终。"

施韦泽望着叔祖父智慧的眼睛,不停地点着头,心中暗暗对自己说:"我一定要听叔祖父的话,努力每一天,不辜负大家对我的期望。"

8

小城故事多,见证了少年施韦泽的悲与喜、甜蜜与苦涩、迷惘与努力、进步与成长。人生可以平平淡淡,亦可以异彩纷呈,相信只要自己足够用心,上天就不会将你辜负。

整整8年时间,认真而固执的叔祖父对施韦泽进行了严厉的管教,为他立下了这样那样的规矩。这段经历对他来说十分有益,让他安全度过了青少年时期的青春叛逆期,学会了读书、写作、学习,养成了勤俭、节约、朴素的好习惯,懂得了怎样去做人、做事、做学问,并于1893年6月18日获得了中学毕业文凭。在叔祖父的家里,他领受了巨大的恩惠。

同时,由于来到了米尔豪森小城,他有机会跟随圣史蒂芬教堂的尤金·孟许老师学习管风琴演奏。孟许是一位音乐天才,毕业于柏林音乐学院,极度崇拜巴赫,音乐是他生命的全部。一些机遇,无须刻意,施韦泽能够师从这位年轻的管风琴大师,完全是命运对他的垂青,是他的人生之幸,也是他日后能在音乐领域取得杰出成就的一个真正起点。

在孟许老师的悉心指导下,施韦泽在有三段琴键的巨型管风琴上苦练弹奏。他喜爱音乐,拥有天赋,并且十分勤奋,而今得遇名师,更是如鱼得水,演奏技巧有了快速提高,对巴赫的音乐也有了更深的领悟。

除了巴赫,他还学习演奏莫扎特、肖邦、门德尔松、贝多芬、勃拉姆斯、瓦格纳等大师的作品。拜师仅仅一年,他就可以代替老师在礼拜中担任司琴一职了。

很快,在老师亲自指挥的勃拉姆斯《德意志安魂曲》的表演中,他被安排担任管风琴伴奏。站在庄严的舞台上,在无数双眼睛的注目下,他的双手在琴键上自如地弹奏着,一颗心也随着音乐起起伏伏,蛰伏在心底的情感彻底被激发了出来。他全身心投入,用音乐诠释着人世间最美的乐章。

遗憾的是,他与孟许老师缘分不深,没过几年,老师便因伤寒英年早逝了。

阡陌红尘,烟雨人生,有多少遇见可以沁入心扉?老师的猝然离去,令他感受到了人生的无奈和生命的脆弱。为了纪念老师,他将老师生前的种种事迹写成了《尤金·孟许》一书,不署名出版。这是他生平第一本著作。

烟雨红尘,情深几许?在米尔豪森期间,施韦泽的心里时刻牵挂着根斯巴赫。他怀念故乡的山野清流,常常一个人爬上米尔豪森南部的山麓,眺望家乡山脉,看天上云卷云舒,呼吸从家乡吹来的清新空气。

青松立峭壁,长河衬落日。一样的山水,一样的景色,这儿虽好,却是异乡。

9

牧师家庭的背景,使施韦泽从小就沐浴在人道、博爱的基督教氛围之中。父亲在教区讲道布道,忙碌了一天回到家中,便真诚地做晚祈祷。父亲的虔诚信仰和念祷告词时朴实、凝重的神态,给施韦泽留下了极其深刻的印象,使他终生难忘。

人生苦短,生命可贵,我们要珍惜身边的一切。还在读小学的时候,施韦泽就看不得周围人的不幸,别人过得不好会令他难过。他喜欢小动物,尤其喜欢精灵般可爱的小鸟,不能忍受可怜的动物受到人类的虐待或残杀。

很多次从河边经过,看到有人将鲜活的蚯蚓截为两段,从断口处将半截蚯蚓钩入钓鱼钩当鱼饵时,他就感到一阵心悸,脸色变得苍白。当鱼儿被活生生地钓出水面,重重地甩在地上,鲜血直流的时候,他更是感到无比心痛,仿佛血滴在自己的心头。

有一次,他看到邻居家的老马驮着沉重的货物回家了,主人正从马背上将物资卸下。他一时兴起,想要骑马跑几圈,邻居爽快地将缰绳递给了他。他跨上马背,脚掌轻踏马蹬,双腿夹紧马肚,收腹挺胸,扬鞭策马,老马立即甩开蹄子大步流星地疾跑了起来。

老马竭尽全力奔跑着,施韦泽紧握缰绳,身子随着马儿的起伏而起伏。他太快乐了,随着风儿在耳边呼呼而过,他用腿拍打着马肚,催

促老马越跑越快,顷刻间有了一种主宰一切的感觉。跑了若干圈之后,他兴冲冲地策马而归,翻身下马的时候,突然发现老马正大口大口地喘着气,口中冒出了一些白沫。

"啊,老马太累了,我怎么可以只图自己的快乐,而这样摧残它呢?"一时间,他羞愧得无地自容,连连自责,心中极度难过。

施韦泽是一个心地善良的人,他的体内流淌着基督徒的血液,对基督教有着虔诚的信仰,善良与博爱构成了他的人生底色。走在生命的长廊上,作为娑婆世界众多生命中的一员,他苦恼地思索着:"人的生命是有价值的,需要尊重与呵护,那么动物的生命呢?植物的生命呢?同样是大自然的生灵,它们的生命难道就没有价值、不该尊重?作为一个个独立的生命个体,应该都有自己生存的权利,可是人类为什么要去侵犯它们的生存权呢?人类有这个权利吗?"

这个少年,他尚未经历多少人生的春风秋雨、寒霜冬雪,便已开始思考生命的价值了。

然而,世事繁杂多变,许多事情,岂是自己所能主宰的。身边,人们依然若无其事地虐待动物,攀折花枝,践踏草木。他无法阻挡别人对生命的残害,除了唏嘘叹息之外,唯一能做的就是自己不残害生命,并在心底为那些被摧残的生命默默祈祷。

10

青山如黛,绿树成林。

白云出岫,倦鸟归巢。

根斯巴赫山村外的雷帕山上,勃发着生命的激情,充满了太多的神奇。学校放假的日子里,施韦泽便和小伙伴们一起去村外爬山。他们年少气盛,精力充沛,一边谈论着有趣的事儿,一边在山坡上追逐戏耍。

山林里的树枝上,到处都是停歇着的鸟儿,他们兴致高时,便会顽皮地掏出自制的弹弓,用小石块对着鸟儿瞄准、弹射。

可是,每当看到有小鸟被打落在地上,或在痛苦地挣扎,或已死去,

施韦泽总是无比难过,心头沉重得如坠铅块。

这怎么可以?他多么不愿意和小伙伴们一起打鸟啊,那可是他最爱的小动物,是山林里最美的精灵,是活生生的生命。生命值得尊重,人类有权力残害它们,甚至剥夺它们的生命吗?他心情沉重,痛苦地思考着,隐隐觉得自己的行为正在走向尊重生命的反面。

可是,究竟该怎样对待生命——人的生命、动物的生命、植物的生命?他想啊想,就是想不出个头绪来,纷乱的思绪始终难以理清。此刻,他朦胧地感觉到人类有同情人类之外其他生命的必要。一种对生命的尊重和关爱之情,在他的心底萌芽了。

从此,在做晚祈祷的时候,在和父母一起结束祈祷并互道晚安之后,施韦泽继续暗地在心中用自己编的祈祷词为所有的生命祈祷:"亲爱的上帝,请保护和赐福所有生灵,无论是小鸟和小鱼,还是小草和小花,都要保护它们,使它们免遭灾祸并安宁地休息。"

只有为生灵做过祈祷后,他才能安睡。有关生命的哲学思考,就这样在不经意间进入了他的思想。他这一份思索,不仅是对生命的善待,更是一种心灵的品德。在这滚滚红尘中,每一个生命都是时间的背影,他要握紧生命的杠杆,去拉伸生命的长度,拓展生命的宽度,为呵护生命尽心尽责。

11

春寒清冽,空气清新,仿佛滤过了一般。菲希多河两岸盛开的水仙,正散发出诱人的芬芳,弥漫在根斯巴赫幽谧的山林里。

此刻,施韦泽和小伙伴们正戏耍在村外的雷帕山上。风吹树动,枝头轻晃,孩子们早已玩得陶然忘返了。

突然,他们发现前方一棵枝叶稀疏的山毛榉树上,几只金翅雀正在突兀的枝丫上啁啾鸣唱,看上去特别美丽。像往常一样,他们互相交换了一下眼神,悄悄来到山毛榉树前,操起弹弓向树上的雀儿瞄准。

尽管心里万般不愿,但为了不扫大家的兴,施韦泽还是掏出了弹弓,胡乱地对着树上做瞄准状。由于受到了良心极大的谴责,他发誓把小石块射向树外,决不伤及小鸟。就在这时,村子里突然传来了一声声低沉、洪亮的钟声。

"当……当……当……"

那是教堂的钟声,是召唤信徒的"主鸣"前半小时的"初鸣"。

钟声清脆而响亮,朴素而庄严,一声接着一声,弥漫在辽阔的乡间林中,像是基督的声音,一字一句十分清晰,在不停地诉说:"你——不——能——杀——生!"

刹那间,《圣经》里不杀生的戒律,电光石火般掠过施韦泽的脑际。他的思维旋风般极速转动着。

"我——不——能——杀——生!"

施韦泽听到了自己内心的声音,像是教堂钟声的回音,清晰而响亮,瞬间弥漫到全身的每一个细胞。

倏然间,他彻底清醒了,确信这教堂的钟声是在向他发出警告:"生命宝贵,你不可杀生!"他的心灵受到了极大的震撼,人性善良的底色在刹那间极致绽放,化作一片绚烂。

他再也顾不得小伙伴们的异议,奔到山毛榉树下又蹦又跳,挥舞手臂大声喊叫:"小鸟儿,快飞走,这里危险。"

或许,这世间所有的感动,皆因了一份来自心灵的懂得。

因为懂得,所以慈悲。于是,眼前这一切,都变得富有了灵性。

在施韦泽急切的呼喊声中,树上的雀儿刹那间呼啦啦全都飞走了,飞向自由自在的天空。

小鸟儿得救了,它们可以继续幸福地相聚,快乐地生活,尽情地鸣唱,惬意地飞翔。施韦泽的内心一阵激动,青春的脸上挂满了泪珠。他对小鸟儿心灵深处的一抹牵挂,即便无言,也暖在心间。这一份温暖,令人感动,足以唤醒沉睡千年的生命。

施韦泽头也不回地向远处跑去,他清楚地听见自己的奔跑带起了一阵风。欢喜的热泪,在他的脸上长流。耳边,风儿拂过;心底,欣慰无比。在小伙伴们目力难及的远处,他展开四肢,一个人惬意地躺在草地上,张开嘴巴,大口大口呼吸着芬芳的山林空气,静听风的吟唱,笑看鸟儿飞翔,用心感受生命的美好。

教堂的钟声,催醒了施韦泽天性中一心向善、尊重生命的潜在意识。幸运的小鸟儿,成了他善良人生中最美丽的遇见。

　　当教堂的钟声在大脑里久久萦回不去的时候,他的人生就此有了转折,对生命的价值真正有了深刻的思考。

　　从生命的不可逆性和教堂钟声的召唤中,施韦泽愈发感到生命的可贵。渐渐地,他有了自己最初的信念:尊重生命,善待生命,若无不可避免的因素,决不能给其他生命带来痛苦甚至死亡,否则就是对生命的亵渎。

　　天地永恒,人生须臾。如果世界没有了生命,将是一片苍白与死寂。生命如此伟大,值得互相珍惜,用心呵护。

　　从此,对生命的敬重,让生命绽放火花,成了施韦泽的坚定信念,伴随着他一路成长,直至永远。

大学时光

1

那年、那月、那时光中，青葱少年勃发的生命就像花儿一样，在色彩斑斓的流年里恣意绽放。

枕着岁月的臂弯，沐浴着阿尔萨斯的暖阳，施韦泽在米尔豪森普通中学努力学习新知识，享受美妙音乐带来的快乐，只觉得岁月静好，人生幸福。

施韦泽的世界清纯干净，少年人的喜好毫无掩饰地翩舞在生活中。他是一个奇才，从小就表现出了非凡的天资。虽然写诗作画不是很得要领，可是在音乐的领悟方面，他的超一流禀赋实在令人吃惊，小小年纪就能弹奏出天籁般触动人心的曲子，美妙的乐声令人陶醉。

他喜欢历史悠久的大型键盘乐器管风琴，喜欢它那浑厚、庄重、宏大、多样化的声音。他对音乐的喜欢是与生俱来的，或者说是带有遗传因素的，血液中流淌着一个个音符。他的父亲爱好钢琴，祖父辈的几个兄弟都是一流的风琴手，外祖父更是将风琴的制作和演奏当作了自己的生命。

5岁的时候，施韦泽就随父亲学习钢琴演奏，上小学后开始练习管风琴，7岁时创作了一首赞美诗，还编写了和声，附在合唱曲的旋律里。演奏时，他的手指跃动在键盘上，神情专注而陶醉。管风琴发出的音色优美的丰富和声，总是令他激动万分，仿佛自己也变成了乐曲中的一段旋律，长久地在舞台上回荡。

9岁上小学四年级的时候，音乐老师瓦特·伊尔蒂斯惊讶地发现他弹奏管风琴的技巧已经远远超过了自己,便放手让他独自弹奏了。上中学时,在一次教堂的礼拜中他代替孟许老师担任风琴师,并且很快就独当一面,正式承担了教堂礼拜的司琴工作。

演奏中他倾心投入,小小年纪就能够比较准确地把握作品的内涵,台风优雅大方,乐声婉转悠扬,直抵心扉,让人产生心灵的共鸣。当孟许老师亲自担任指挥的勃拉姆斯的《德意志安魂曲》响彻整个教堂时,担任管风琴伴奏的他感到了一种前所未有的激动。

"我喜欢音乐,喜欢演奏,尤其喜欢管风琴,那乐器弹奏出的动人旋律,于我而言是多么美妙。"音乐是生活中的一道清风,是心湖里的一荡微波,是施韦泽这一生中最大的安慰。他与音乐心有灵犀,内心中许多美好的情愫都因有了音乐的滋润而不断地滋长。

每当谈及音乐,他就会十分开心,滔滔不绝,激动地对人说:"这世界上,再没有一样艺术可以像音乐这样打动我的心了。"

2

在诸多音乐大师中,施韦泽特别钟情于巴赫,对这位有着"西方现代音乐之父"之称的杰出作曲家、指挥家、管风琴演奏家极为推崇,把他当作自己的心灵导师。除了家学渊源外,他的第一位音乐老师孟许就特别喜欢巴赫,把巴赫当作古典音乐之神来膜拜。

施韦泽跟随孟许老师徜徉在巴赫的音乐中,时时触及灵魂深处,从此便一发不可收地爱上了巴赫。

事实上,巴赫是如此出色,如此吸引人,他将自己超越常人的才华与坚持不懈的进取心结合在一起,用一生的时间来践行自己的艺术追求,越上了一个又一个高峰。

巴赫的音乐是崇高的、内省的、专注的,不媚俗、不欺世、不做作,是真情流露,是灵魂洗礼,充满了神性。由于他具有人道主义的崇高信念和对美好生活不屈不挠的执着追求,他的音乐生机勃勃,充满了人情味,能够走进人的心灵深处,成为不朽之作。

对巴赫作品的研究越深,施韦泽就越喜欢他,感觉他是一个在精

神气质上特别吸引自己的人。这一切,深深影响了施韦泽的精神世界,影响了他的一生。聆听巴赫的音乐,施韦泽的眼前就会浮现出根斯巴赫起伏的山峦和淙淙的清流。弹奏巴赫的音乐,施韦泽的内心深处就能呈现出一片广阔与圣洁。

"巴赫音乐最伟大的地方不仅在于完美的技巧,还在于巴赫的乐声充满了自然的生命,尤其是从音乐里飘出来的灵魂,更是象征着人间和平的最高境界。"施韦泽这样评价巴赫的音乐。

不容置疑,巴赫的音乐其实就是一个宇宙。施韦泽用自己毕生的时间去满怀惊奇地探索和研究,并以法语和德语两种语言写出了《巴赫论》这部不朽名作,介绍巴赫的人生、巴赫音乐的特质与内涵,分析作品和正确的演奏方法。

于施韦泽而言,巴赫究竟意味着什么?对此,施韦泽这样说:"巴赫是一位精神的安慰者,他使我坚信无论在艺术还是生活中,真正的真实是不可能被无视和压制的。只要时间一到,不需要人为的帮助,就能依靠自己的力量达到它。为了生活,我们需要这种信仰,巴赫就有这种信仰。他在狭隘的环境中不屈不挠,真实地创作。真实——这是他的唯一目标!因此,巴赫的作品像他本人一样伟大,他本人也像他的作品一样伟大。"

施韦泽喜欢音乐,喜欢巴赫。正是音乐的陪伴,让他找到了一条回归内心的路,有了强大的精神支撑,充实了他这一生。

"音乐给人激情,给人力量,给人安慰,给人动力,"施韦泽如是说,"它可以荡涤心灵,启迪智慧,引领情感的走向。"

正是有了音乐,才使施韦泽有了真正属于自己的精神家园。

3

时光在日月星辰的交替中,匆匆而过。不知不觉之间,8年过去了。

1893年6月18日,施韦泽在期盼之中完成了漫长的米尔豪森普通中学的学业,获得了中学毕业文凭。

施韦泽在中学里大部分功课的成绩属于一般水平,但在历史方面成绩突出,获得了"优"。

他喜欢历史,阅读了大量历史书籍,把注意力集中在历史事件和历史人物上,善于从历史的进程中总结成功的经验,吸取失败的教训。他毕业考试的历史成绩令他的主考官大为赞赏。考试最后,主考官折服于他历史知识的广博与独特领悟,竟然不再考他,而是和他互相切磋,深入探讨希腊人与罗马人殖民活动的不同之处。

此时,中学毕业的他已经18岁了,幼小时他那么羸弱,如今长成了一个身材结实、英俊潇洒、丰神俊秀的青年人。年轻的气质,不动声色的纯真,令他越来越自信了。他不能辜负了自己,不能辜负了青春,他渴望睿智地成长,使自己变得日益质朴、日益真诚、日益纯洁、日益平和、日益温柔、日益善良、日益富于同情感、日益坚强,让追逐的梦想能够早日化作现实。

其实,这时候的他就其年龄而言,已经很成熟了,远远超过了许多同龄人。他听从理性的声音,追求健康的成长方式,期待青年理想主义之铁能够锻炼成不会失落的生命理想主义之钢。他要为了自己的理想而努力。

马上就要离开叔祖父的家去上大学了。分别是痛苦的,却是必需的,因为人生还有更重要的事情在等着他。这些年,叔祖父教会了他很多东西,让他懂得了许多做人、做事、做学问的道理,养成了良好的生活习惯。所有这些,他都永远铭记在心里,感恩一生。

告别了朝露纯净的中学校园,回首少年时代,除了父母亲、叔祖父、老师、同学之外,还有很多人需要感谢。施韦泽懂得了感恩,学会了说"谢谢"。他开始独立思考问题,不再人云亦云了。他常常这样对自己说:"不要以为领受别人的恩惠是理所当然的事,那是因为他们拥有一颗善良的心。我们必须知恩图报,懂得感恩,感谢生命中所有帮助我们的人。一声道谢,对人生来说何其重要,如此一来,世界上善的力量就会大大增强。"

能够这样想,说明他真的长大了。远方,是一米阳光,还是一袭烟雨?其实,这些已经不重要了。人生就是一场旅行,行在旅途,星月无边,一路阳光灿烂,一路栉风沐雨,只要怀有一颗感恩的心,心无旁骛地一路前行,就一定能找到人生的绿洲。

4

挥手作别了少年时代,在岁月的岸边,通常会有一艘渡河的船,载着你前往另一个期待已久的地方。等你,或在绿水青山,或在田间巷陌,或在灯红酒绿,或在学术殿堂……问题是,面对这一个令人炫目的青春驿站,你自己是否已做好了准备?

现在,施韦泽已经是一个风华正茂的青年人了,等待他的是期待已久的大学生涯。他想着接下来的崭新生活,兴奋、激动、快乐,甚至连着失眠了好几个晚上。

受家庭影响,他喜欢神学,愿意成为上帝的忠实信徒,在人间播撒福音;他善于思考,喜欢哲学,要用哲学思想来解答长久困惑自己的生命问题;他喜欢音乐,要让音乐伴随自己一生,回响在生命全部的时光里。他是个求知欲旺盛的人,要去学习他所喜爱的一切。

他知道,如果同时学习这么多内容,一定是一件非常辛苦的事情。可是,他认定自己身体健壮,年华青葱,精力旺盛,又能吃苦,拥有征服困难的渴望和雄心,一定能够坚持完成自己选择的学业。而且,如果连自己喜欢的这几门学业都不能完成的话,那么今后还会有什么出息,还能去成就什么大事?

他相信有志者事竟成,这一路上会遇到挫折,但也能越过。他还相信岁月一定是有记忆的,会记下这一路上的努力与拼搏,艰辛与付出,将人生的奋斗之美沉淀。

想到这里,他不禁哑然失笑。他喜欢每一天的遇见,遇见更好的自己,遇见更美的一天。他的心是那样虔诚,那样自信。

1893年10月,施韦泽进入斯特拉斯堡大学就读。与别人不同的是,他在哲学系和神学系注册了两个专业,同时继续自己的音乐爱好,这意味着他将要比别人多付出许多。然而,他已经在心中为自己描绘了美好的未来,为了明天,他会不停歇地向前奔跑。

他是人生的智者,懂得必须燃烧生命的激情,才能知道自己真正的价值所在。他的灵魂里住着期待,住着向往,住着热情,住着美好,也住着春天。

总有一种灵魂的相契,在某个意念交汇的时刻,满怀期待地站在如约的渡口,将生命中那些感动来见证。斯特拉斯堡大学校园里,有很大一片树林。一棵棵树挺拔地站立在那里,守望着生命的花开,见证了施韦泽这些年的努力与付出。

5

斯特拉斯堡是一座古老而繁华的城市。莱茵河从这里流过,歌德、莫扎特等名人在这里生活过,在中世纪狭窄的街道两旁,并排的房子好像就是格林童话里的城堡。

斯特拉斯堡大学以这座城市命名,注定了是这里最负盛名的一所大学,这也是施韦泽选择它的原因。它始建于1538年,是伟大的诗人歌德的母校,著名微生物学家巴斯德也曾在这里执教。

斯特拉斯堡大学历史悠久,知名教授云集,多少年来一直保持着自己的权威地位,十七世纪就已成为欧洲的文化堡垒。同时,它从不守旧,风气开明,思想活跃,深得年轻人的喜爱。

此刻,施韦泽徜徉在斯特拉斯堡大学的校园里,一幢幢哥特式建筑在他的眼里尤为庄严神圣。他从中感受到了这所大学深厚的人文底蕴。静谧的晚霞为学校建筑群披上了一层绚丽的色彩,给他以心灵的感动。他意识到,自己的人生在这里将有一个新的开始。

在斯特拉斯堡大学就读期间,施韦泽住在圣托马斯神学院的宿舍里,他拒绝了红尘世界的杏花春雨,在众多一流教授的指导下,以过人的精力和巨大的热情同时学习神学和哲学,深入思考《新约》福音中的重要问题,细致探讨康德的宗教哲学思想,系统研究欧洲哲学和伦理学史,涉足印度和中国的哲学研究,收获了广博的宗教、哲学、历史与人文知识。

其间,他还按照当时的德国法律,于1894年4月1日起,在斯特拉

斯堡以志愿兵身份服役一年,接受了极为严格的部队训练。他虽然是个学生兵,但黝黑而健壮,善于吃苦,事事争先,部队训练中不比任何人差。他还利用自己的健康身体和顽强毅力,在空闲时间和夜间读书,继续他的学业。

6

斯特拉斯堡的大学时光,对于施韦泽来说是充实而愉快的。他在这里惠泽于一流学者的讲学,在研究哲学、神学的同时,继续研究巴赫的音乐作品,并有幸在巴黎的大学听课,结识了巴黎著名管风琴大师夏尔·马立·魏多。

施韦泽能够师从管风琴大师魏多,完全得益于居住在巴黎的伯父和伯母的帮助。伯父是他父亲的二哥,一位出色的语言学家,由于在改进新语言课方法上的创新而闻名。正是在伯父和伯母的一次次推荐下,魏多才接待了他。

魏多在音乐界名声卓著,作为当时的管风琴巨擘,他自视甚高,不肯随便接收弟子。一开始,他根本就没把施韦泽放在眼里,只不过碍于施韦泽的伯父伯母的推荐,因为朋友之情,才勉强听他弹奏一曲,想随便找个理由把他回绝掉。

于是,魏多意态悠闲地对施韦泽说:"好吧,你随便弹个曲子吧。"

施韦泽听后,怯怯地对大师说:"老师,我弹一段巴赫的音乐吧。"

巴赫?魏多以为自己的耳朵听错了,这个乡下孩子居然敢在他的面前弹奏巴赫!他带着看好戏的口吻随意应道:"巴赫?好吧。"

"谢谢老师!"得到肯定的答复后,施韦泽努力控制自己那颗激动的心,尽量平静地坐在管风琴前,伸出双手,手指在键盘上灵巧地弹奏了起来。

顷刻间,优美流畅的乐声从他的指尖流泻而出。魏多惊讶地看着他,但见他神情自如,目光自信柔和,手指的控制能力和左右手的协调性都非常好。

一曲弹罢,魏多对施韦泽的弹奏技巧和对作品的理解都大为赞叹,他马上就改变了主意,毫不犹豫地收下了这位音乐天才。

施韦泽是个心怀抱负、对艺术充满敬畏的人。在孟许老师之后,他又一次得遇名师,极其珍惜这来之不易的机遇。大概有六七年之久,他不辞辛劳地往返于斯特拉斯堡和巴黎之间,认真、刻苦地跟随这位极其卓越的大师学习,悉心接受他的指导,迅速开窍,音乐修养有了突飞猛进的提高。

魏多老师极其宠爱这位学生,毫无保留地教他。老师对音乐的理解,用自己的全部情感来演奏乐曲时的投入、立体演奏技巧都使施韦泽大获裨益。

自此,音乐真正成为施韦泽生命的一部分了。

魏多老师交往甚广,施韦泽在老师的援引下,有缘结识了巴黎文化、艺术、学术领域的许多名家。就是在这时候,他结识了著名文学家罗曼·罗兰,当时他们是作为音乐家而认识的。两人谈论音乐,也谈论政治、社会、哲学、文学,在许多方面有相当一致的看法,成了好朋友。

在巴黎的"语文协会"活动中,施韦泽还用德语做了关于德国文学和哲学的系列报告。发言中,他谈到了他崇拜的尼采,还有他十分敬佩的歌德的《浮士德》,等等。他的哲学和文学修养深得大家的赞赏。

光阴清浅,静守流云;对酒当歌,人生几何。站在红尘之中,聆听别人的故事,分享高尚灵魂的精神品质,在与这些社会名流的交往中,施韦泽学到了许多,令他获益良多。

浅望幸福,轻握懂得,当岁月的霓虹灿烂了施韦泽的人生之际,他的心中已多了一份责任。

7

大学生活紧张而充实,而今,施韦泽已彻底喜欢上了这里的一切:神学、哲学、音乐、同学、老师、朋友。

他英俊潇洒,健壮结实,头脑灵敏,机智幽默,大家都愿意与他接触,因此他拥有了一大批朋友。他们年轻,是青春的主人,在如花的岁月里播下希望的种子,辛勤耕耘,期待收获。

施韦泽是一个热情好客的人,学校放假的时候,他会带上几个同学回到根斯巴赫的家里。此刻,他们家已经搬离了阴暗潮湿的老房子,住进了一幢暖和干燥、采光和通风都很好的新房子。房子前面还有一个开满鲜花的漂亮园子,阳光抵达之处,尽是草木葱茏。

这幢房子原是一个牧师之子的私宅,他在临终前将屋子捐给了教会。有幸,施韦泽一家搬了进来,居住条件就此有了极大的改善。

还有一件开心的事是,母亲从一个没有孩子的远房亲戚——瓦塞尔海姆的法比安太太那里继承了一小笔遗产,家里的经济状况又一下子改善了不少。

看到家里的一切都变得如此顺利,母亲的眼里洋溢着一抹淡淡的喜悦。施韦泽感到十分欣慰。

都说岁月如歌,回首经年,那些走过的光阴,那些有喜有悲的日子,而今都已成了美好的回忆。

站在光阴中,听岁月在风中述说,体味流年的故事,总能让人产生丝丝缕缕的遐想。此时,施韦泽通过自己的不懈努力,在哲学、神学和音乐方面都取得了不小的成果。无论从哪个方面,都可以预见他将拥有远大前程。山风吹动着他的秀发,令他十分惬意,他只觉得自己是如此幸福。

8

青春年华,因为执着的追求而愈发趋向成熟;流年岸边,童年时就蛰伏于心中的情愫,执意在枝头吐绿。

转眼间,已是1895年1月14日,这一天是施韦泽20岁生日,他回到根斯巴赫的家里,大家都非常高兴,平素最疼爱他的母亲更是开心极了,张罗着给他烧最好吃的菜。全家人团聚在一起,为他唱生日歌,向他送上祝福语。快乐的气氛深深感染了他。

太阳落山了,天边的晚霞由绚烂归于平淡,很快就变成了一片苍茫暮色,而他的心情却如黎明一样明媚。放下学习的疲惫,他尽情酣睡了一夜。清晨,布谷鸟一声接一声的啼鸣将他唤醒。有风如歌,正簌簌

地吹动着枝叶。他从床上起来,轻轻推开窗户,映入眼帘的是朝霞破瞑的晨晓和黄杨树上嬉戏不停的晨鸟。

思绪跃入脑海,心事乘着蒲公英的翅膀翻飞。作为一个虔诚的基督徒,他觉得自己十分幸运,在许多方面蒙受神恩,得到了太多的东西。他接受了良好的教育,学术上硕果累累,物质富足,生活安稳,人生无忧无虑。

可是,是否真的可以把这种幸运当作理所当然,然后心安理得地享受?

不知道是承受不起生命之重,还是担不起生命之轻,自从他懂得独立思考后,肩上就多了一份责任,思想也更加活跃,近年来这个问题更是一直萦绕在心头。

他觉得,如果一个人在健康、天赋、才能、成就、美好的童年、和谐的家庭关系等方面比别人获得了更多,那么他不可以把它作为理所当然的东西接受下来,他必须为此付出代价,必须为生命做出特殊的奉献。

那些本身经历了畏惧和痛苦的人,在整个世界中是休戚相关的。一条神秘的纽带将这些受苦的人联系在了一起,他们知道人类会受到灾难的打击,并渴望摆脱痛苦。而摆脱了痛苦的人,则不可以为自己现在自由了,可以随意去享受生活,而不承担任何责任。摆脱了痛苦和畏惧的人,必须竭尽全力去帮助遭受畏惧和痛苦的人,使他们得到解脱,就像过去自己得到解脱一样。在生活中受到了善举帮助的人,应该会受到类似的感召,为减轻他人的痛苦而奉献自己的力量。一个高尚的人,只要努力追求心中的光明,他的身上就会发出光芒。

施韦泽这样的思考,是发自内心的。其实,还在很小的时候,他的心里就已经泛起过这样的涟漪。他为自己能喝上肉汤而不安,为自己的衣服没有补丁而难过,为买一顶新帽子而烦恼,为人类残害动物而伤心……这个世界上还有很多不幸的人,他们食不果腹、衣不蔽体,连最基本的生存条件都没有。

在他的脑海里,时常会浮现出科尔玛的那个悲伤忧郁的黑人雕像。雕像脸部悲愤挣扎的神情,常令他陷入这样的沉思:"是否该把自己享受到的幸福统统抛弃,然后加入到贫困、苦难的弱势人群中,去替

他们分忧解难,为他们谋些福利?"

同时,作为一名虔诚的基督徒,宗教信仰也使他坚信:"一个只为自己活着的人,在光阴的流逝中,必定会失去生命的价值,最终被彻底遗忘。唯有那些心怀大爱、全心全意为别人奉献的人,才能与日月同辉,得到真正的永生。"

施韦泽的生活是幸福的,可是近观现实,面对这个矛盾突出、贫富差距显著、充满不公、充满罪恶的世界,他觉得自己的幸福生活也由此蒙上了阴影。然而,从另一方面考虑,他在哲学、神学、音乐方面的成就,带给他的是一种世俗的满足和快乐。要突然抛弃这些,一时还真难以做到。

他的内心充满了矛盾,常常在月色弥漫的夜间沉思:"享受还是奉献?这两种截然不同的生活方式,究竟哪一种更高贵?自己究竟要以何种姿态行走于人世间,才可以做到真正有意义?"

此刻,疑惑使他变得焦虑不安。矛盾重重的他觉得自己不再是一个幸福的人了。

双料博士

1

人生就像一部戏,情节环环相扣,缺少了任何一个环节,戏就唱不下去了。

带着对人生价值的思考,在思绪飞扬中,时光的隧道又现亮色,1896年在悄然之中来临了。

携一颗素简的心,追随着时光的步履,踏进了新的一年。这时,施韦泽刚满21岁,强健的身躯,潇洒的英姿,超越年龄的成熟,走在拥挤的人群中,显得越来越有成人风范了。

圣灵降临节的假期,施韦泽回到根斯巴赫家中,与父母相聚,尽享亲情的快乐。

用过午餐后,他登上村外的雷帕山,走进熟悉的山林,大口呼吸清新的空气,用心与森林湖泊对话。那一刻,就着清风,与山水相依,与白云相望,只觉得花香已醉了流年。

心旷神怡间,他展开四肢,舒适地躺在树林的草地上,嘴中吹着美妙的口哨,一声接一声,清脆、婉转、响亮。此刻,林中的鸟儿叽叽喳喳地鸣唱得更欢了,似是听懂了他的哨声,在快乐地回应着。这感人的一刻若能停留,成为山林里永远的晴天,该有多好!

自从去年生日有了对人生价值的思考以后,这一年多来,他想了又想,反复考虑,对"人的一生应该怎样度过"这个问题已经有了自己的答案。"一个人若是在生活中获得了许多美好的东西,他就应该懂得感恩,努力做出相应的贡献,帮助弱势的人们,因为我们必须承担起这个世界上所有痛苦的重负。"这是他一年多来思索的结果,他要用自己的奉献,去分担他人的不幸,让生命在红尘岁月里起舞。

2

蝴蝶因花而妩媚,细雨因风而柔醉,明月因夜而皎洁,人生因爱而生辉。而今,他终于明白,自己在享受眼前这一切幸福的同时,不能忘了那些处在不幸之中的人们。自己必须有所行动,以爱的奉献去帮助他们,给他们带去人世间的温暖。

他要做一个高尚的人,一个纯粹的人,一个有道德的人,一个心中充满了真爱的人。

他发誓要在某一天之后,把自己完全奉献到对人类的服务之中,用自己奉献人类的一个个足印,去触摸生命的深度,延伸生命的长度,让生命放光。

经过反复思考,施韦泽把自己奉献人类的这个时间节点定位在了30岁那一年。或许他认为,30岁之前是他的前半生,30岁之后就是他的后半生了。30岁之前他要努力学习,在哲学、神学和音乐中丰富自己的生活。30岁以后他要献身于人类,走直接服务之道,为弱势人群奉献自己的人生。

人的一生中,一个重大的抉择就是一次生命的洗礼。自此,施韦泽人生中至关重要的一个环节被确认了下来。这个环节一旦确定,他那独特的、神秘的、富有意义的人生传奇也就随即确定了。今后的人生之路,无论有多少沟壑、多少险滩、多少风雨、多少劫难,都将按照戏路的演绎,坚定地走到闭幕的那一刻了。

这时候,萦绕心头多时的迷茫已经消失,他不再为自己当前的幸福生活而感到不安,也不再为未来人生的选择而举棋不定。他已经为自己定下了30岁这个人生分水岭,距离这一天还有整整9年时间。从此,他要让今后所有的日子都披上阳光的色彩,变得更加温暖,更具有张力,更富有意义。

爱是一种情感,一种心灵的温暖,一种灵魂的皈依。此刻的施韦泽,就像久旱的草原忽然遭遇了雨水的亲吻一样。他那颗被爱浸泡着的心儿,跳跃得更加有力了。

抬头仰望天空,放长眼线,让目光穿透云端的缝隙,但见长空里阳光灿烂,一片明媚。

3

若水,经年;红尘,多情。淡淡,浅笑;衣袂,翩跹。

在光阴的静静流转中,施韦泽为自己的未来定下了一个清晰的目标。一个要直接服务于人类弱势人群的崇高思想,在他的心中扎下了根。

陌上花开,岁月静好。人生如果能帮助更多需要帮助的人,用自己的奉献让别人获得幸福,那么活着才像花儿开放一样,真正拥有了美丽的色彩。

为了能更好地为人类服务,施韦泽日夜不舍,更加努力地学习。在哲学方面,他对18世纪启蒙主义兴趣益浓,思考伦理和道德问题越来越受康德的鼓舞。1899年8月2日,他以《康德的宗教哲学——从"纯粹理性批判"到"纯粹理性界限内的宗教"》一文获得哲学博士学位。

成为哲学博士后,施韦泽并没有停息,因为他的神学博士论文还没有完成。他立即大量阅读神学著作,悉心研究耶稣生平,将圣餐问题作为神学博士论文的切入点。

在他的不懈努力下,终于在1900年7月21日以《根据19世纪学术研究和历史报道基础上的圣餐问题的考证》一文获得神学博士学位。

就这样,年仅25岁的施韦泽获得了哲学和神学双博士学位。

11月14日,施韦泽在斯特拉斯堡圣尼克拉教堂出任助理牧师,负责主持星期天的儿童礼拜以及一些宗教课。他出生于牧师家庭,心中充满了基督教信仰的虔诚。现在自己成了牧师,自是十分高兴,将一片赤诚和满腔热情都投入了工作之中。

施韦泽喜欢孩子,关心儿童成长,认为只有在童真的心灵上播下

爱的种子,人类一生才有了精神支撑。他用心主持儿童礼拜,在每堂坚信礼课后都要陪孩子们诵读《圣经》,给他们做详尽的讲解,启发他们的人生智慧。他以虔诚的宗教信仰竭尽全力去净化孩子们的心灵,向他们灌输爱人类的思想。

施韦泽是个勤奋的人,学习研究之余,他的大部分时间都被用于写作,将一腔热情化作了满纸飞扬的文字。

1901年,他撰写了论文《弥赛亚的秘密和受难秘密》,文中通过末世论有力地阐述了耶稣的一生与教训。

1902年3月1日,施韦泽以论文《弥赛亚的秘密和受难秘密》获得了在斯特拉斯堡大学新教神学系授课的资格,成为一名讲师。他花费大量心血研究前人对耶稣的看法,花4年时间完成了《耶稣生平研究史》一书。此书出版后产生了很大的反响。

施韦泽在他的文字中,把基督教理解为对上帝的爱。这种爱,必须在对人类的爱中得到证实,才真正变得有意义。只有爱人类,才是爱上帝。这样的爱,才是真实的、美丽的、永恒的。

花开花落,弹指流年;人生路口,凝眸静望。努力之中,施韦泽珍惜每一个日子,花谢花飞,云卷云舒,终日跋涉在路上。

他成绩斐然,忙而充实着。

4

施韦泽年轻有为,人生幸运,生活之路一帆风顺,到处都是鲜花与掌声。

除了哲学和神学方面的成就,他还是一名出色的管风琴演奏家,指尖流淌出的乐声总如高山流水般清澈,年纪轻轻就拥有了大量乐迷。

他广泛地与欧洲的社会名流结交,聆听教诲,尽受大师风采熏染。这样的时光,明媚如斯,他一个人静静地享受幸福。

他是个十分努力的人,事业虽然刚刚起步,却已取得了不小的成就,年纪轻轻便在斯特拉斯堡拥有盛名,广受人们关注。没有人会怀疑他能成为一名出色的牧师、哲学家、音乐家,一生成绩卓著,拥有富足、优越的生活,风光无限。

但是,在享受幸福与成功的同时,施韦泽没有忘记自己对人类的承诺。对其他人、对弱势人群的人道义务感,日益强烈地在他的心中滋长。

他是一个充满爱心、懂得感恩、肩负责任、乐于付出的人。给他一点春光,他要还你一片灿烂;许他一阵凉爽,他要为你献上无垠的稻香。

他细心观察这个世界,思索着,等待着,盼望能有机会为有需要的人群直接服务。他渴望做一个有价值的人,去为弱势的人们献出自己的时间、双手、身心乃至一切。尽管目标定位早已明确,但究竟以一种怎样的方式去为弱势人群服务,他一直没有找到明确的答案。

思忖中,他自言自语道:"做公益吧,这应该能为一些人提供些帮助。"在寻找公益之路上,他费尽了心机。他想收养可怜的孤儿,但由于手续繁琐等多种原因,最终未能实现计划。他想收留无家可归的流浪者,可这件事情更加复杂,最后也只能以失败告终。

他继续寻找,相信终能找到一条适合自己的奉献之路,并坚定地走下去。无论等待他的是一马平川,还是荆棘丛生,甚至穷途末路,他都将无怨无悔,绝不回头。他十分努力,留心每一个可能的机会,却依然没有结果。

那段时间,他很迷惘,不知该情去何方、心向何处?

然而,很多时候,人生的美好相遇,就在不经意的一瞥之中。

5

一个爱字,落在纸上容易,落在了心间,想要擦去,太难太难。

1904年,施韦泽已经29岁,离他为自己设定的30岁志愿服务人类的计划只差一年时间了。怎样去实现自己的宏愿,通过献身将爱献给弱势人群,成了他日思夜想的一个问题。

人世间最美的相逢,是一种心灵的相逢,尽在不经意间。这是一种偶然,实则含有必然的成分。执着的他,终于迎来了这一场相逢。

转眼间,又一个圣灵降临节到来了。那天早上,阳光灿烂,百鸟齐

鸣。施韦泽上完课后,兴冲冲地来到神学院的办公室。就在他不经意的一瞥中,看到了放在桌子上的一本绿色封皮小册子。这是一本从巴黎寄来的巴黎传教者协会的会刊。施韦泽看到之后便随意翻阅了起来。书中内容很杂,其中一篇有关非洲大陆贫困落后、当地黑人境遇悲惨、急需得到医疗援助的呼吁文章牵动了他的心,令他陷入了长久的思考之中。

还在很小的时候,施韦泽在科尔玛的马尔斯公园里看到那个悲伤忧郁的黑人雕像后,就对遥远的非洲大陆的苦难人群产生了深深的同情和怜悯。也许正是命运的安排,施韦泽在若干年后能够有缘看到这篇题为《刚果地方传教士之所需》的求助文章。

整整一天,施韦泽一直在默默念着书中的文字:"在非洲大陆的丛林中,生活着一大群不信主的土著黑人。该地没有医生,生病时没有药吃,他们不懂真理、知识贫乏……人们哪,教会正在迫切地需求着,凡是那些能坚决回答上帝召唤的,请马上回答:'主啊,我要跟随您!'"

一个人的心中如果充满了爱,就会知道自己的生命该去向何方。此刻,施韦泽内心深处对人类的无限大爱被彻底激发了出来,脑海里浮现出小时候看到的那个黑人雕像,以及雕像脸部表情里的无尽忧伤。他即刻意识到这就是自己该去的地方。

"我要去非洲,为那里苦难的人们献身!"施韦泽内心深处倏然涌起的这个念头,不但是他内在的生命呼唤,更是人类历史的星辰闪耀!

站在岁月的风尘中,眺望天涯,搏击蓝天。此刻,施韦泽的梦想已经开花,他的一颗心也已飞到了遥远的非洲大陆,跃动在丛林深处。

又花了一段时间,施韦泽对非洲的情况有了进一步了解。在非洲的热带丛林里,阳光毒辣,气候湿热,生活在那里的土著黑人实在太不幸了,昏睡病、麻风病、精神病、象皮病、疟疾、痢疾、急腹症、化脓的伤口、疼痛的牙齿、肿胀的眼睛……他们饱受着各式各样的病痛的折磨,却得不到任何医疗服务。至此,他彻底明确了自己的方向,决定前往靠近赤道的热带丛林做一名乡村医生,为那些贫病交加、缺医少药的土著黑人服务,为他们驱除病痛、维护健康,通过献身把自己奉献给他们。

"非洲丛林苦难的人们,今生注定了与你们有这段情缘,从此令我朝思暮想,魂牵梦萦。"施韦泽选定了目标,情动深深。

"不久的将来,即使栉风沐雨,我也要独上兰舟,不远万里把你们追寻。未来的路上,让我们携手同行,风雨同路。我将把一切都为你们奉献。"

然而,当施韦泽把自己要去非洲志愿服务的决定告诉父母和亲朋好友时,他们无不震惊,反对、责备的声音扑面而来。平日里最疼爱他的母亲更是伤心不已,痛哭流涕。

施韦泽的想法不被大家理解,这令他十分难过。在这个风雨如晦的夜晚,他思如潮涌,心乱如麻。回想过去的日子,往事一幕幕翻过心头。

肩扛责任,为弱势的人们奉献自己,是他这些年来为自己的人生设定的道路,而今面对巨大的阻力,他究竟该怎么办?

风雨人生,总会有风雨洒落在肩;苦乐年华,总会有苦乐相伴相随。而今,他心意已决,信念决不再动摇。

如果说爱是一朵莲花,那么最美丽的一定是那清苦的莲心,因为有了莲子心里的苦,才有了那朵莲花的美。为了奉献大爱,他愿意像那清苦的莲心一样,为了莲花之美而承受一切的苦。

"谁打算行善,就不能期待有人替他搬开途中的石块,而是必须对自己的命运做好准备:人们会把石块推到他所走的路的中间。只有在这一抵抗过程中内在地变得纯净和强大,才能够最终克服它。"他在心中这样对自己说,不停地为自己鼓劲。他非常清楚,人生是一场充满挑战的旅程,选择了就不要后悔,一定要坚持。人生所有的选择,都需要一种信心,对错都需要时间来证明。面对困难,只有鼓起勇气,才有可能冲破阴霾,最终看见日出。

"非洲苦难的人们啊,以后的日子里,无论风雨多大,无论有多艰辛,只要你们愿意,我一定会陪在你们身边。"

非洲苦难的人们在召唤他。他那深沉的爱,一如阳光般明艳,定能将人间的温暖,沁入那些苦难的生命之中。

岁月悠悠,挚爱无尽。此时,他身在欧洲,心已飞到神秘遥远、梦魂所系的非洲大陆了。

6

生命里总有那么一页，这样与众不同，这样充满了争议，这样被人热议。

虽然施韦泽明确了自己前往非洲丛林做一名乡村医生的宏愿，可他从未学过医，对医学一无所知，根本无法担当此项重任。此事看来似乎只是一件美丽的外衣，里面一无所有，根本没有实现的可能，甚至有些荒谬。

然而，一声承诺，便是一生的践约。今生，既然注定了这一份情缘，那就百般珍惜，全力以赴去努力，用全身心的付出去学习一门全新的医学课程，掌握为非洲人民服务的本领。

这时候，他的人生偶像——伟大的诗人歌德给了他生命的力量。歌德的人格与生活可谓极尽了人类的可能性，他的"人要高贵、乐于助人和善良"的人性理想进一步坚定了施韦泽的信念。

施韦泽之前所有的活动都属于精神层面，而今，他要效仿伟大的歌德，从精神走向行动，做一个行动的人了。他必须重新开始，走进一个全新的领域，一个属于自然科学的医学领域。

长期以来，他一直在口头上谈论爱的宗教，而今，他必须成为爱的宗教的真正践行者。医学技术可以让他以最好和最广泛的方式实现这一目标，走直接服务弱势人群的奉献之路也要求他这么做，非洲丛林缺医少药的现状也需要他这么做。

对于自己的能力，他从来都充满了信心。"要去学医，成为一名医生，做一个行动的人道主义者"——这个意愿在他的心中升腾。他一直在寻找，寻找自己可以为之献身的方式，而今，既已明确要用医术去救死扶伤、呵护非洲丛林中苦难人群的健康，那么无论多么艰难，他都将义无反顾。

为此，他放弃了自己在神学、哲学和音乐方面的锦绣前程，重新到斯特拉斯堡大学去学习医科。

这一年，他刚好30岁，风华正茂，意气风发。

带着梦想，带着期待，带着热情，带着使命，作别美好的从前，不知疲倦地吟唱不可知的未来,在律动的时光里红尘独舞,带着理想去飞翔。

此时此刻,他的这一份抉择,这一份执着,无人能懂。

施韦泽相信生命中的这一次选择,一定会让自己的人生焕发出不一样的芳华。他的这一份淡然,他的宛然风节,在洗净铅华之后,终不会被流年湮没。

7

施韦泽的举动令人震惊,各种各样的指责纷至沓来。但是,既然已经下定了决心,他也就义无反顾了。

家人知道了他的想法后,非常生气,几乎引起一场轩然大波。一向理解他、包容他、疼爱他的母亲也表示坚决反对。她流着眼泪对儿子说:"阿尔贝特,这么重要的事情,你事先也不和我们商量,真太过分了。我们为你创造条件,培养你上大学。你各方面都发展得很好,取得的成就也令我们骄傲,前程似锦。现在,你居然要放弃这一切,走向不可知晓、毫无前途的明天,令我们为你日日担心,夜夜受惊。你这样做,对得起我们吗?"

母亲毕竟是一个弱质女流,对儿子充满了母性的爱,她说这话时,止不住泪流满面。

母亲如此爱他,心疼他,可他自小就常惹她生气,而今已到了成家立业、回报双亲之际,却还在惹母亲生气、担心,这让施韦泽的心里很难过。但是他心意已决,只能强抑着内心的不安,流着眼泪,耐心向母亲解释。

此刻,所有解释的话都是苍白无力的。父亲也发话了,他动情地说:"阿尔贝特,你这是要埋葬自己的才华,去担任一个不合适的角色。难道你不知道,你要去的那个地方紧挨着赤道,那是一个贫困落后、未开化的荒蛮之地,日晒病、热带贫血、疟疾等可怕的要人命的疾病随时都会发生,还有酷热、暴雨,这一切对健康都十分不利,而且非常危险。对于白人来说,那儿简直就是一个夺命的坟场啊。"

"正因如此,那里才迫切地需要医生啊,爸爸。"施韦泽耐心地向父亲解释道。

"唉……"父亲的一声长叹,像一支利箭,刺入了他的心坎。

朋友们知道后,也都认为他疯了,竭力劝他放弃。大家一致认为他应该体谅父母的感受,继续钻研学问,在现有的成绩上获取更大的成就,在学术上做出更大的贡献,去攫取更多的名声,这才是他应有的作为。

同时,一些非常难听、攻击和诋毁他的话也不可避免地传到了他的耳朵里。

令施韦泽感到非常难过的是,他无比尊敬的音乐老师魏多,即使在听过他一次次耐心的解释后,依然不能理解他,并极其生气地对他说:"究竟为了什么,你要抛弃学问和艺术,跑到非洲去。要知道,你是一个将军,却要学士兵,拿着步枪到没有战壕的火线上去送命!"

施韦泽耐心地向敬爱的老师解释:"主耶稣说过,谁要是吝惜生命,谁就会失去生命;谁要是为了善举而舍弃生命,谁就会得到生命。我想按照主的旨意去做,用我的自我牺牲去维护更多人的生命,从而实现自己的生命价值。"

魏多怒道:"非洲的状况,还没有糟糕到要你去拯救。而且,这么多年我花费了这么多心血来培养你,为了什么难道你不明白?"

此刻,施韦泽只能低声说:"老师息怒,学生对不起你。"

生气过后,静默了片刻,魏多又问:"是不是像外界所传的那样,发生了什么事情?"

"什么也没发生,"施韦泽答道,"我生活得很幸福,正是因为太幸福了,所以我想为别人做点事,以此来酬谢我所享有的幸福。"

对于这位音乐天才的这个选择,对于他的这一份固执,魏多也只能长叹一声"唉——"了。

最让施韦泽感到意外和伤心的是,那些平日里张口闭口愿意牺牲自我,要竭诚为苦难大众服务,一心传播伟大的基督精神的神学界的朋友们,此刻居然大多不支持他的行动。他们的不理解甚至比亲朋好友还要厉害。

阡陌红尘，守望于缕缕寒风之中。施韦泽期待得到理解，得到支持，然而等来的只有冰雪般的寒冷和失望。在历经酸楚之后，施韦泽用心宽似海的襟怀，容纳了流年的风霜。他年轻善良，肩上负有一份责任，固执地认为自己的想法完全是理性的，基于他的全部生活，非常有意义。

事实上，他的这一决定，没有物质的利诱，没有权力的争夺，完全是其世界观的必然产物。他有选择自己人生方向的自由，并对这样的选择负责。他有一种强烈的伦理责任感，一种坚定的伦理意志，一种对苦难人群的至深同情，要通过自己独特的贡献实现自己的人生价值。

他有奉献的激情，非洲丛林有医疗服务的需求，他现在缺的就是医学才能。他坚信可以通过学习去掌握这门技术。在生命力争上游的过程中，他生命中最重要的是对弱势人群的奉献。他要撰写自己的人生剧本，把志愿奉献的大戏来演绎。

"我要到非洲去，"施韦泽孤独地站在淡月疏星之下，一遍又一遍地坚定自己的信念，"我要去非洲，我一定要去非洲！"

自古英雄多磨难。岁月里，流年中，有爱，有牵挂，便有了坚持向前的力量。

选择学医

1

人间的缘,从来由不得自己左右。总有那么一种奇遇,是让人怦然心动的永久;总有那么一种邂逅,给人以守候一世的温暖。

遇见,分明是前世的注定。非洲,从小就魂牵梦萦的遥远大陆,那一块神秘贫瘠的土地,那些饱受苦难的黑人,是命中注定要与施韦泽结缘的。

今生今世,遇见就好。自从小时候在科尔玛见过那个黑人雕像后,那悲愤挣扎的神情就在施韦泽的心中扎下了根,非洲就此成了他的心灵归属之地。

而今,从《刚果地方传教士之所需》这篇文章中了解了那里缺医少药的现状,知道了土著居民的悲苦后,他的心就再也放不下了。他不能不去关心那里的人们,遥远大陆对他的呼唤已经越来越急迫了。

不是么?那发自内心的细密如缕的关怀,那似曾相识的感觉,早已触动了施韦泽心底最柔软的地方,令他时刻挂念,无法放下。

当他下决心要去非洲服务时,他清楚这对他来说意味着什么。他要放弃很多别人十分看重的东西,而且前行之路充满了未知和危险。

作为音乐天才,他早已拥有一大批粉丝,大家对他的管风琴演奏如痴如醉。在神学和哲学方面的成就,也已使他在学术界声望卓著。

但是,他即将放弃所有这些已经取得的成就,放弃现有的舒适生活,重返大学去接受枯燥乏味的医学教育,然后远离都市,抛弃繁华,到荒蛮落后的非洲丛林中去受苦受难,做一个默默无闻的乡村医生,一个无名小卒,或许还会客死异乡,埋骨荒山。

行动,近乎冒险;前途,充满未知。一个已经30岁的人,从头开始去学习极为复杂、枯燥乏味的医学,他能行吗?荒蛮落后的非洲丛林,糟糕的气候,艰苦的生活,他能适应吗?贫病的黑人,巨大的文化差异,远离文明社会的一个个原始部落,会接受他这位来自欧洲的白人医生吗?

"阿尔贝特,你能够再重新考虑一下吗?妈妈从小就理解你,尊重你的选择,这一次,你能理解一下妈妈,听妈妈一次话吗?"母亲含着眼泪再一次恳求他。

"阿尔贝特,你应该仔细再想一想。虽说非洲丛林缺医少药,但情况还没有严重到需要你做出如此大的牺牲,由你去拯救那里的人们。殖民政府和各种慈善机构才应该担起这一份责任。放弃吧,放弃这个不切实际的念头,回归到正常的生活道路上来吧!"朋友们不断地这样劝告他。

面对母亲的恳求、朋友们的劝告和不确定的前途,施韦泽虽然心中难过,却依然不改初衷,决意要去践行自己的人道理想。他要做一个行动的人道主义者,愿意接受任何挑战,在自己选择的道路上,与风雨厮杀,与坎坷搏击。

"妈妈,儿子只能又一次令你伤心了。"他流着眼泪,硬起心肠对母亲说。

"非洲需要我,那是我必须去的地方!"面对朋友们,他一次次坚定地说。

"今后的人生之路,我完全能够把握。我会完成医学院的学业,可以适应赤道炎热的气候,能够用医术去为黑人的健康服务,与他们和睦相处,亲如一家。"他自我鼓励道。

他不去想未来是平坦还是泥泞,因为热爱生命,所以义无反顾。

他的眼前常会一次次浮现出小时候看到的那个黑人雕像,这让他的内心变得十分强大。长久以来这一份心的期待,早已生根发芽,现在该让它开花结果了。

2

施韦泽选择当医生,是经过了深思熟虑的。除了赤道非洲志愿服务的人道需要外,他专门去医院征求过医务人员的意见,并根据自己的就医经历和哲学思考,确信这一职业是人类善良情感和互助意愿的一种表达,是维系人类自身价值,并保护其生存、发展的重要手段。自己完全适合从事这一职业。

人生在世,生老病死,这是一个自然规律,无人能够逃脱。对生命的渴望和健康的维护,是每个人最基本的追求。医学,就是随着人类痛苦的最初表达和减轻这份痛苦的最初愿望而诞生的。自己生活在文明的欧洲,享受着现代医学的照护,这样的人生何其幸运。然而,想想遥远的非洲丛林,对于那样一个没有任何医疗服务的地区而言,那里的人们实在太悲苦了,连最基本的健康维护都无法取得。献身于这样的弱势群体,为他们送医、送药、送温暖,做出任何牺牲都是值得的。

做一名医生,首先要有医术上的造诣,要认识人体,认识疾病,掌握治病救人的技术,这便要求他重新走进教室,去学习全新的医科知识。然而,要做一名好医生,光有医术还不够,还要有一颗大爱之心、同情之心和怜悯之心。

在经过周密的思考之后,施韦泽觉得自己完全适合从事医生这个职业,因为他对人类怀有至深的情感,尊崇生命,敬畏医学,同情病人,敬畏自然。同时,他又是一个虔诚的基督徒,拥有一颗爱人之心和自我献身的精神,具有慈善为怀的胸襟。他唯一缺乏的就是医学知识。但他身体健康,精力充沛,意志坚强,信念坚定,坚信通过不懈的努力,一定能够学会并掌握这门技术,以此来完成自己的人生使命。

这就是施韦泽,尽管这时候他已经30岁了,却依然决心一切从头开始,通过学习去掌握一门全新的科学,以此去为弱势的黑人服务。他的这个决定,完全是为了他人;他的这份努力,不但与自己今后的安逸毫不相干,反而要放弃现有的安稳与幸福。他的行动,无不令人深深感动。

扪心自问,这红尘世间,有几个人能有资格和他比肩而立?

3

以一颗爱心,把理想深种,在秋风四起的季节,就会闻到沁人心脾的果香。

1905年初秋的一天,施韦泽敲响了斯特拉斯堡大学医学院菲林院长办公室的门。随着门的轻轻打开,一位拥有哲学与神学两个博士学位的年轻人站在了菲林院长面前。

"尊敬的院长先生,您好!"施韦泽礼貌地向院长问好。

"先生,您好!"菲林院长客气地应答道,他仔细打量眼前这位年轻人,见他相貌英俊,身体结实,言行举止得体,富含修养,便将他请进了办公室。

"我是阿尔贝特·施韦泽,冒昧前来打扰您了。"施韦泽端坐在菲林院长对面,做了简短的自我介绍后,便直截了当地对菲林院长说:"我想进入医学院学习医科,希望您能够帮助我实现心愿。"

初闻此言,菲林院长大吃一惊。

眼前这位双料博士竟然想放弃已经取得的成绩,做一名医学院的普通学生,花8年时间从头开始学习一门全新的复杂枯燥的科目。如果他不是在开玩笑,一定是精神上出了问题。

"阿尔贝特先生,"菲林院长疑惑地打量着他,"你不是在和我开玩笑吧?"

"尊敬的院长,"施韦泽一脸严肃,"我没有和你开玩笑,我是认真的。"

"那么,你说说理由吧。"

菲林院长没有赶走他,而是给了他一个进一步解说的机会。

在接下来的交流中,菲林院长发现眼前这位年轻人是一个思维完全正常的人,一个积极向上、充满智慧、有理想、有抱负、有爱心、有哲学思辨、有良好教养的人。他对医学的哲学思考,对非洲人民的至深同情,作为基督徒的博爱之心,服务人类的崇高思想,无不令菲林院长深为感动。

时间的沙漏在静静地流淌,不经意间,两人侃侃而谈已经持续了

一个多小时。此刻,菲林院长已完全理解了施韦泽的行为,并被他深深感动了。

"好吧,你的事情我来帮你安排,希望你能顺利入学,最终圆满完成学业。"

"谢谢您,真太感谢您了,我一定努力学习,不辜负您的期望!"施韦泽感谢生命中这些真诚帮助自己的人。他握着院长菲林院长的手,久久不肯放开。

在菲林院长的亲自过问下,办过必要的手续后,施韦泽终于获得了入读医学院的资格。菲林院长的支持,给予他的不仅是希望,更是温暖,让他更加坚定了自己的信念。

此时,他更加坚信,路就在自己脚下,只要不停地迈开双脚,就能离目标越来越近,而沿途的风景,也必将越来越美丽。

4

灿烂的阳光下,施韦泽惬意地漫步在大学校园里,他的心情一如这洁净的天空一样明媚。

感谢命运,让他在志愿服务的人道之路上,真正迈出了实质性的一步。他终于不再纠结,能够按照自己的意愿,在阳光下,抑或风雨中,义无反顾地向前走了。

他盼望着医学院能够早日开学,想象着医学生的学习生活到底有多枯燥,有多艰辛。因为信仰、爱和目标,艰苦、枯燥的学习中必定蕴含了巨大的快乐。

就要走进神圣的医学殿堂了,作为一名年轻的哲学家,他止不住一次次从哲学的层面深入思考医学问题,思考医学的本质和价值。

医学,是为人类的健康服务的,它是一门科学,一个专业,一种使命——一种个人与社会的使命。做一个好医生,医德是根本,而德,是要靠积累、磨炼、思辨、省悟、修炼来升华的。医学的本质,应该是一种人文主义、人道主义、伦理学向度的掘进。科学求真、艺术求美、医学求善,医学的最高境界是医道,它是真、善、美的有机结合。

行医不仅仅医病,更要医人、医心。医务人员的医德修养和人文关怀在这一过程中举足轻重。只有心存悲悯、满含关爱、对病人感同身受、以道德规范行为的医者,才能被称为"医生"。

施韦泽是一位睿智、颖悟的人,他尊重生命,用哲学的眼光来看待医学,并将其与整个人类联系在一起。而今,真正的学习尚未开始,他就彻底喜欢上了医学,喜欢上了医生这个职业。从此,他将终其一生做一名医生,以此来为需要的人服务。

岁月清浅,时光荏苒。而今,他已经从志愿服务之路的起点出发。尽管前路漫漫,沿途布满荆棘与未知,但是他一定能够走完全程,胜利到达终点,收获更丰富、更美好、更有内涵、更富有意义的人生。

5

秋的色彩,风知道;风的心语,露知晓;露的情怀,花懂得;花的追求,叶明白。

阴霾散尽,太阳露出了灿烂的笑靥,岁月的花开,芬芳了一季的馨香。在思考与等待之中,施韦泽迎来了医学院开学的日子。如若你懂,便能理解,那一季花开的声音,那给花儿伴舞的绿叶,便是他内心深处最快乐的歌舞。

1905年10月13日,施韦泽以一名大龄医学生的身份坐在了斯特拉斯堡大学医学系一年级的教室里。长达8年的学医生涯就这样拉开了帷幕。人生,就是一次又一次选择,他这一次选择,不管精彩与否,终将穿过岁月的平平仄仄,开出生命的花来。

开学第一天,施韦泽一大早就起来了,匆匆吃过早饭便一头扎进晨雾之中,走过一大片草坪,满怀信心地前往解剖教室去听生平第一堂医学课。讲课内容是他之前一点都没有接触过的人体解剖学。

而今,以医学生身份出现在解剖教室里的施韦泽所面对的这门人体解剖学,是一门重要的医学基础课程。它研究正常的人体形态和构造,揭示人体各系统和器官的形态和结构特征,各器官、结构间的毗邻和连属关系,为进一步学习后续的其他医学基础课程和临床医学课程

奠定基础。

人体解剖学是一门形态学科学，直观性很强，名词多、描述多是其特点。因此，在学习过程中要充分利用各种标本、模型、图片等直观道具，多看、多摸、多想、多记，以加深对形态知识的理解和掌握。

对于施韦泽而言，这是一个与过去所学的哲学、神学完全不同的全新领域，一堂课下来他立刻清楚地意识到，如果不认真听讲，并认真记录、背诵、实验的话，他将什么也学不到。

医学院的学习课程面广量大，科目繁多，极其枯燥，又极为繁杂。即使再聪明，有再强的道德支撑，已经30岁的施韦泽此时去学医，实在太晚了一点。除非付出超常的努力，否则，他将难以完成学业。

当然，他早已做好了这样的准备。因为心中有爱，有追求，有终其一生的目标，他坚信自己能够顺利完成学业。物理学、化学、解剖学、生物学、生理学、动物学、植物学、病理学、药理学、细菌学、诊断学、传染病学、精神病学、内科学、外科学、妇产科学、儿科学、口腔医学……一门门全新的课程，枯燥乏味的理论知识，错综复杂的临床症状，剪不断、理还乱的鉴别诊断，做不完的实验，没完没了的考试。真的难以想象，这般艰苦的学医岁月他是如何坚持下来的。

然而，他是一个与众不同的人，拥有坚定的理想信念和强大的内心世界，经受得住磨砺。任何困难都不能使他屈服。上课时，他认真听老师讲课，笔记本上密密麻麻地写满了文字，将老师讲述的主要内容都记录了下来。

6

8年学医之路，他极其努力，完全到了废寝忘食的地步。一个面包一杯白开水，就是他为自己准备的一餐。他知道自己今后在非洲丛林里的行医生涯很可能是孤立无援的，因此，他必须掌握尽可能多的医学知识。只有这样才能独当一面，靠个人的力量去完成一台手术、一次接产或一次治疗，将医疗工作顺利开展起来。

每当下课了，别人都漫步在校园里，施韦泽却还在教室里背诵书本上的内容,或者还在实验室里做着试验。夜深人静的时候,别人已经进入了梦乡,他却还在温习当天的学习内容,预习第二天将要上课的章节。他的脚边,总是准备着一盆冷水。当瞌睡袭来、昏昏欲睡的时候,便将双脚放在冰冷的水中,以此来刺激自己的神经,清醒昏沉沉的头脑。

进入临床实习阶段后,直接与病人接触了。施韦泽在各个临床科室之间轮转。他跟随老师详细询问病史,仔细检查患者,学习显微镜诊断技术,认真分析每一份实验室报告,在老师的指导下做出诊断和鉴别诊断,制订经济、高效的治疗方案,并付诸实施。

在对患者进行治疗的同时,他十分同情患者的病痛,了解他们的心理需求,努力去帮助、安慰他们。一声轻轻的问候,一次真诚的搀扶,给病人擦擦汗、掖掖被子,这一个个举动,充分体现出他对病人发自内心的爱。

希波克拉底在 2000 多年前,就对医生的能力做了概括:学习能力、判断力、仁爱和正直。这四项基本技能,前两项是能力要求,后两项是人文要求。施韦泽在自己的努力下,终于成为一个身穿白大褂的实习医生了,一个拥有了一定的医学能力和丰厚人文情怀的医生,一个有着一颗仁爱之心的医生。

7

医学院的学习生活虽然艰苦,但施韦泽严格按照学院的安排,一年一年寒窗苦读,一门一门通过课程考试。烟柳画桥,风帘翠幕,于他而言都失去了吸引力,他只把精力放在学习上,刻苦而执着。最后的临床实习阶段,他更是整日泡在医院里,待在门诊、急诊、病房和手术室里,掌握了常见病、多发病的诊疗技术,一些常见手术也能独立完成了。

人生苦短,没有太多的时间可以挥霍,必须学会珍惜当下。流逝的岁月,见证了这位大龄学子的刻苦,时光的信笺上,写满了有关他的勤勉。

经过不懈努力,他终于在 1913 年的年初完成了医学院的全部学业,论文《关于耶稣的精神心理分析》也顺利通过了答辩,获得了医学博士学位,这已是他在斯特拉斯堡大学所获得的第三个博士学位了。

至此,用了8年时间,施韦泽志愿服务非洲的第一个艰难任务出色地完成了。

此时,38岁的他开始要直接为人类服务了。他来到巴黎,申请在法国领土上的行医许可证。很快,他就领到了行医执照。他终于成了一名执业医生,前往法属赤道非洲的丛林里当一名乡村医生的愿望很快就要实现了。他难掩内心的激动。

清晨起来,心情格外晴朗。他把书桌收拾得干干净净,纤尘不染。他将一摞医学书籍整齐地放在桌上,拿起其中的一本《热带医学》,静静地翻看着。间或,他放下书本,走到窗前向外眺望。不远处,是一大片树林,它们一棵棵挺拔地站立在那里,洋溢着生机,一种生命勃发的生机。

拥抱爱情

1

　　生命里,总有一个人与你那么有缘,在茫茫人海中邂逅,那么真,那么纯,那么美,那么爱你,与你共谱一曲秋水长天,一同走过风雨人生。从此,所有的日子都充满了爱的幸福,所有的岁月都溢满了相濡以沫的温暖。

　　快要完成医学院学业的时候,施韦泽于1912年6月18日迎娶了终身支持他事业的美丽妻子海伦娜·布莱斯劳。

　　这是一位富有韵味又与众不同的聪慧女子,一个美丽、善良、情深意长、像朝霞一样美好的姑娘。

　　施韦泽与海伦娜是在斯特拉斯堡相识的,他俩同属一个社会阶层。她比他小4岁,于1879年1月25日出生于柏林,父亲是一位历史学家,曾长期担任斯特拉斯堡大学的校长。他们最初的相遇,是在圣尼克拉教堂。

　　在通常只有较少信徒出席的晚间布道中,施韦泽注意到一位漂亮姑娘特别引人注目。她拥有一双海一样深邃的眼睛,清澈得可以照见人的心灵。在他布道的时候,她总是用赞同的目光深情地注视着他,脸颊上泛起片片红晕。在她多情目光的注视下,施韦泽对基督教教义的宣扬充满了激情。

　　海伦娜身材修长,亭亭玉立,像一朵绽放的鲜花,芳菲无限,占尽人间春色。而此时的施韦泽,也是一位风光霁月、俊朗文雅的优秀青年,留着精神的八字须,身体健壮结实,言行优雅,举止得体,才华横溢,浑身上下散发出一种青春的活力。两人第一次相见,彼此都留下了美好的印象。

人生的相遇,是多么美丽,心灵最柔软处的一角,就这样被轻轻地掀开了。俩人交谈的时候,情窦初开的海伦娜常会发出会心的微笑。颊晕轻红的她,嫣然的笑容那么甜美,就像月光下的水波上弥漫的涟漪,可以荡漾到施韦泽的心湖里。

施韦泽太爱她了,爱她的青春朝气,爱她的美丽容颜,爱她的清纯善良,爱她的聪慧才情。梨花一枝春带雨的女子,低眉,有一朵花的风雅,回眸,是一滴露的清幽。这世上最美的爱情,就是心心相印的懂得对方。施韦泽遇到了一个懂得他的姑娘,他太幸运了。

2

推开心窗,倾听心与心的交流,感受生命的悸动和美好,演绎一出如胶似漆的花语情长,仿佛一颗心与另一颗心已连在一起,再也不能分开。

相遇如此美丽,一见倾心,再见倾情,似温润在花间,情深意切,感动绵绵。结束了教堂的布道,晚上告别的时候,两人依依不舍,还有太多说不完的心里话和诉不完的心曲。

"亲爱的,今天我在教堂布道,讲得还好吧?"施韦泽说。

"你讲得真好,打动人心,每一字每一句我都认真听着。"海伦娜含笑而答。

"我布道的时候,宣扬基督的教义,传播上帝的福音,你听了以后,有些什么感想呢?"

"就像你说的那样,信仰是多么重要,"海伦娜的眼睛望着施韦泽,满脸虔诚,"有了信仰,我们的人生就有了力量。"

"一点不错,"施韦泽应道,"有了信仰,我们就有了人生的方向,就看得清是非,能分辨善恶了。"

"对,我们必须坚定信仰,明辨是非,按照基督的教导去爱人类,多行善。"

说这话时,海伦娜很动情。稍顿,她又说:"人活在这个世界上,不能只为自己活着,要看到并帮助那些正在受苦受难的人们。"

"你说得太对了,和我的想法完全一样。"施韦泽激动地将海伦娜紧紧拥抱在怀里。他俩的思想如此相同,这实在太难得,太弥足珍贵了。

"我觉得,宗教不是高高在上的,而是渗透在现实生活中的。真正的宗教,就是人道。伦理的宗教才是最高的宗教。我们要把对上帝的爱体现在现实生活之中,去为人类的福祉而献身。"

深爱施韦泽的海伦娜与施韦泽有着相同的价值观。听了他的这番话后,她点头赞道:"你说得对,如果基督徒不去做好事,不去做爱的实践,而一味指手画脚,泛泛空谈,那信仰就失去了意义。"

"所以,我不能一直在这里当牧师,做一个空泛而谈的人。"稍微停顿了一下,施韦泽接着说:"我有个想法,想要去非洲,那里的丛林里缺医少药,我要为那里缺乏医疗照护的土著黑人服务,当一名乡村医生,为他们解除病痛。"循着海伦娜的话音,施韦泽第一次对她说出了自己心中的想法。说完之后,他的心中忐忑不安,不知道海伦娜会作何想。

"你要去非洲行医?"海伦娜听罢,先是愣了一下,继而又问道:"你怎么会想到要去非洲的呢?那儿可是一个非常落后的地方,气候闷热,物质匮乏,远离现代文明,在那里行医,会非常艰辛的啊!"

于是,施韦泽把自己这些年一路走来的心路历程,自己的所思、所想、所盼,都详细说与海伦娜听。末了,他非常不安地问道:"亲爱的,如果我去非洲志愿服务的话,你愿意和我一起去吗?"

海伦娜托着腮,清亮的眸子望着施韦泽,坚决地说:"刚才听了你的讲述,我觉得你是一个真正的信仰者,将自己献身于非洲丛林里苦难的人们,是一件十分崇高的事情。我爱你,完全支持你的行动。请你放心,我要追随你,和你一起去非洲志愿服务。炊烟四季,与你一同慢慢老去。"

海伦娜这一番倾情表白,令施韦泽无比感动,他紧紧拥抱着心爱的人,只觉得自己是世界上最幸福的人了。

一次次倾心的交谈,两个人的一言一笑,皆成了今生的难忘。随着相处的进一步深入，两人发现互相之间的共同点越来越多了。海伦娜不但聪明美丽，而且心地善良，乐于助人。她也喜欢孩子，曾经有过当老师的梦想，甚至还读了一段时间的师范专业。她在孤儿院工作过，用心照看那些可怜的孩子。她关心老人的生活，在斯特拉斯堡为女孤老院建立过一个收容所。她觉得在这不公的世界上，人不可以只属于自己，不能只为自己活着，应该关注那些正在受苦的人们，并为他们做些有益的事情。

特别令施韦泽感到高兴的是，海伦娜还十分喜欢音乐，经常在斯特拉斯堡音乐学院听课，这使他俩在音乐上又有了共同的语言。一首千回百转的乐曲，一支千娇百媚的歌谣，撩拨着两个人的心弦。余韵萦绕在心，艳丽了生活，在水光潋滟的岸边，恣意葱茏。

3

海伦娜是个心地善良、充满爱心的姑娘，她理解施韦泽的人生选择，懂得他的心思，常常陪伴在他的身边，给他鼓励，给他温暖，愿意为他绽放一世的芳华。两人志同道合，都拥有一颗服务于受苦大众的心。每当施韦泽坐在管风琴前倾情弹奏时，她便坐在一旁静静地聆听，深深陶醉在美妙的乐曲中。

此刻，一曲乐声正从施韦泽的指尖流泻而出。纯朴亲切的旋律，明快欢乐的节奏，分明是一段爱的表白。海伦娜听得如痴如醉，爱他，真如花儿一样美好。

在斯特拉斯堡大学美丽的校园里，在碧绿的草坪上，在齐整的树林中，在一个个洒满阳光的日子里，海伦娜小鸟一样依偎在施韦泽的怀里，柔声为他排解心绪。

"亲爱的，"施韦泽满含深情地对海伦娜说，"等医学院毕业，拿到行医执照后，我就将前往非洲丛林了。那儿荒蛮落后，一切都充满了未知，你可要想清楚，如果跟我去的话，你要放弃很多，而且生活会非常艰辛和枯燥。"

"亲爱的，我爱你，"海伦娜粲然一笑，欣然而答，"既然我跟了你，那么你去哪儿,我就去哪儿。只要你有志愿服务的心愿,我就陪你一起为那些苦难的人献身,永远追随你,其他我都不管。"

"你真傻。欧洲这么好,你就这样放弃了,多可惜,将来你会后悔的。"施韦泽说这话时,声音轻微地颤动着,清风也感觉到了他的动情。

"我不会后悔,因为有你在我身边。"海伦娜仰着脸,眼睛里全都是暖洋洋的、水灵灵的温柔。

虽然海伦娜也用心构筑过少女玫瑰色的温馨之梦,向往一种恬静、安逸、舒适、浪漫的生活,但自从遇到施韦泽后,她就改变了自己的想法,甘愿抛弃所有,陪自己所爱的人去背井离乡、服务他人。

对于海伦娜来说,能够追随自己心爱的人去过志愿生活,这就是她今后的人生。她知道,这样的生活将是艰苦的,但她同时也相信,这样的生活也必将是有意义的。

4

生命,是一本厚厚的线装书,记录着人生的过往。一诺,何止千金,倾倒了万水千山。今生,施韦泽愿意就这样守着一窗温暖,一路风雨一路人生,陪伴自己的爱人将一首奉献之歌唱到永远。放她的手在自己的手心,握自己的手在她的掌心,执子之手,与子偕老。他太感谢命运的安排了,今生能让他遇到最爱的那个她。

海伦娜的一往情深,令施韦泽十分感动。这样的约定,比任何誓言都来得真实。心念起处,同一片蓝天,共一方土地,千里明月同赏,万里清风共吟,你若安好,便是晴天。就这样朝夕相伴,相濡以沫,互相守候一辈子,永永远远!

这世间所有的深情,都源自懂得。懂得,是心灵的交汇;懂得,是无尽的牵挂;懂得,是人生的幸福。有缘相知,真心相伴,灵魂便有了交集。从海伦娜的眼眸中,施韦泽感受到了那一抹绽放着深爱的懂得。

因为懂得,所以风轻云淡。

因为懂得,所以倍加珍惜。

5

对于海伦娜来说，今生这一份相遇，于她而言已经足够，其他所有的付出，都不足挂齿。遇见施韦泽之后她才明白，生命之花该怎样绽放。今后无论走向何方，无论要走多远，有他便有彩虹。

爱，不只是真情相拥的忘我和天长地久的相守；爱，还需互相之间的心灵支撑和事业支持。俗话说"三分医疗，七分护理"，医生的医疗服务，必须要有护士的护理工作来配合，方能获得最佳的治疗效果。

海伦娜真的是一个了不起的女性。为了更好地支持爱人的志愿医疗服务工作，给爱人更多的帮助和心灵安慰，她毅然放下眼前的一切，专门去学习了护理专业课程，把韶华时光赋予寒窗苦读，将青春流年谱成一曲清韵。

6

海伦娜是一位品德优良、有献身精神和情操高尚的女性，完全具备当一名优秀护士的基本素质。事实上，从跨入护理行业那一刻开始，她就将自己的生命和丈夫的事业紧紧捆绑在一起，毫无保留地献给了她的护理事业和她的病人。

学习护理，像学习医学一样，也是非常辛苦的一件事，基础医学、临床医学、基础护理与临床护理等课程设置繁多。为了日后能够在闭塞的非洲丛林里给自己的爱人当好助手，使他能够更好地为非洲人民的健康服务，海伦娜像施韦泽一样，夜以继日，发奋苦读，将全部精力都投入了学习之中。

此刻，她已是一个普通的护士了，外表单纯，内心强大。白天的教室里，留下了她勤奋学习的身影。天边的明月，朗照着她一夜又一夜的无眠。海伦娜的这份付出，施韦泽完全懂得，似一季花开的芬芳，在寂静的深夜，温暖了他的梦乡。

医院临床实习期间，海伦娜跟随护理带教老师，出入于病房、急诊室、抢救室、手术室……她有一双肯干的手和一颗大爱的心，不怕苦、不怕累、不怕脏，事事抢在前面。她努力学习护理操作技术，仔细观察病人的病情变化，配合医生用心做好护理工作，对病人极尽关爱，业务长进很快，深得大家的赞赏。

入夜微凉，窗外新月如眉，星光似萤。此刻，淡淡的月辉星光下，海伦娜坐在书桌前，正一手支颐，静静地想着心事。遥远的非洲丛林，今后的医疗工作必将是极其艰苦的，同时也是孤独无援的。只有自己掌握更多的护理知识，才能为爱人多分担一些压力。为此，她必须努力学习，不浪费一点点时间。

海伦娜与施韦泽在斯特拉斯堡举行婚礼的时候，她已经完成了自己的护理学业，成了一名受过正规训练的专业护士。这样，在今后的医疗工作中，她就可以时刻陪伴在丈夫的身边，全身心配合他做好医疗工作了。

"但愿今生，能够在医疗服务中永远做你的助手，与你朝夕厮守，不离不弃，"海伦娜幸福地憧憬着美好的未来，"有你相伴，每一天都将成为生命中最美好的一天。"

7

心里有爱，心中才会有暖；胸中有海，胸怀才能开阔。

如果灵魂不曾交集，便不会知道，这世上还有一颗这么好的心。如果不是情到深处，便无法理解，再艰难的旅程也有一份相随相伴的暖。

海伦娜的行为，充分显示了她追随丈夫的人道主义事业，用无私大爱和四海一家的精神去奉献自己的决心。

她是一个了不起的女性，有着纯洁的情感和开阔的胸怀，可以为了自己的丈夫，为了丈夫崇高的人道主义事业，为了非洲人民的福祉，毫无保留地牺牲自己的一切。

她是一个伟大的女性，如夏花之绚烂，不但毫不逊色于自己的丈夫，更在人类道德的长河里，为我们注入了一股芳香四溢的清流。

"亲爱的，你的选择是正确的，非洲大陆缺医少药，那里饱受病痛折磨的人们需要我们。"新婚妻子深情地对丈夫说，在她心里，只要和

丈夫在一起，所有的日子都将如同花开。

"亲爱的，你说得对，能够有机会为丛林里苦难的人们做点事，是我们的福气。"施韦泽答道。

"嗯，确实是我们的福气，我们应该感恩。"

"对，我们要感谢这样的机会落在我们的身上。现在，我们该为去非洲做准备了。"

"是的，我们要好好计划一下了，资金、物资、药品、纱布、设备等。"

"对，我们要早做准备，把必备的东西都采购好。等准备妥当后，就向巴黎传教者协会提出前往非洲志愿服务的申请，你说可好？"

"好的。但是，非洲那么大，我们究竟该去哪儿呢？"

"我已经询问过相关人士，并仔细查阅了非洲地图。法属赤道非洲奥果韦河流域的丛林里，有一个叫兰巴雷内的地方。那里的土著黑人的境况非常糟糕，特别需要医生。如果可能的话，我们就去那里吧。"

"好的，我听你的，我们就去兰巴雷内，在丛林里建一个诊所，治病救人，为丛林村民解除病痛。"

"你说到我的心坎里了，亲爱的，你真好。"

施韦泽原本以为，去非洲志愿服务的漫漫旅途，当是自己一个人的独行，在寂寥的岁月中，默默奉献自己的人生。他感谢亲爱的海伦娜，她的真情守候，她的一路陪同，她的一抹懂得，令他的生命不再孤独。人生中有这样一位伴侣，何其幸福。

8

岁月的味道，可以是开满春花的庭院，可以是落满秋叶的小径，可以是风中摇曳的苇秆，可以是洒满阳光的旷野。为了实现到非洲去当乡村医生、志愿服务丛林村民的计划，施韦泽和海伦娜遍访熟人朋友，向他们寻求经济资助。

很自然，他们遇到了一些尴尬，也吃过闭门羹，但是他们放弃现有的舒适与安宁，远赴非洲志愿服务的崇高行为，终究打动了大部分人的心，原本竭力反对的家人和朋友这时也都改变了态度，纷纷解囊，慷慨地向他们提供帮助。

母亲拿出了自己的积蓄，把它交给了儿子，并再三叮嘱："阿尔贝特，你把这些钱都拿去吧，多买些药品，好好给苦难的非洲黑人治病。此去经年，你自己要多保重。"话未讲完，泪珠儿已从她的眼角滚落了下来。

施韦泽抹着泪，紧紧把亲爱的母亲拥在了怀里。

多年前，斯特拉斯堡宗教界的信徒们曾经一度不支持施韦泽的献身计划。而今，他们已经完全理解他、信任他，给了他最大的鼓励、帮助和支持。此外，他还获得了阿尔萨斯各教区的鼎力相助。这一切，不但令他筹集到了许多资金，更给了他巨大的人生安慰。

之前坚决反对他的魏多老师，现在也理解他、支持他了，还专门为他举办了多场音乐会，将门票收入全都捐赠给了他，并再三叮嘱："此去非洲，一定多保重。在治病救人的同时，不要忘记了音乐。"

巴黎的巴赫协会也为他举办了专场音乐会，还为他特制了一架外面全部用锌镀过，可以抗拒热带丛林的湿热和白蚁的侵袭，并装有管风琴踏板的上好钢琴赠送给他。这架钢琴从此陪伴施韦泽在非洲度过了一个个丛林之夜，见证了他人道、博爱的一生。

安妮·费舍尔夫人是斯特拉斯堡大学医学院一位外科教授的遗孀，她十分敬重亡夫的医生职业，具有浓郁的人道情怀。在得知施韦泽的善举后，她甚为感动，不仅慷慨捐款，还在施韦泽前往非洲之后，主动承担了他在欧洲的后勤事务，帮他管理"根斯巴赫之家"，为他的人道事业花费了大量心血。

令人感动的是，受父母的影响，费舍尔夫人的儿子也选择了学医，并在医学院毕业后，仿效施韦泽走上了一条人道志愿服务的道路，远赴缺医少药的热带地区当医生，赤诚为当地弱势人群服务。

施韦泽生命的书页中，新翻开的这一页是这般温暖，人生的这一个阶段，阳光如此灿烂。在众人的无私帮助下，夫妇俩很快就筹集到了前往非洲的充足资金。他们对此很满足，也特别感动，感觉自己的志愿行动不是孤独的，身后站着许许多多理解他们、支持他们、关心他们的人。

心与心的相携,使得人与人之间的距离一下子拉得很近了。

施韦泽根据自己的估算,购买了足够使用一年的药品、纱布、医疗器械和日常用品。看着眼前这些即将运往非洲大陆的物品,想着自己的人道献身计划即将实现,他的内心深处无比激动。

流年似花非花,似梦非梦,却常惹得善感的人心,交织了泪与欢的篇章。

9

在一切准备就绪后,施韦泽立即向巴黎传教者协会提出申请,要求自费前往法属赤道非洲的兰巴雷内,在巴黎传教者协会管辖的传教办事处所统一领导的奥果韦河流域的传教区行医,在热带丛林里义务开办诊所,当一名乡村医生。

对于兰巴雷内的情况,施韦泽做了一些了解。自1874年起,整个奥果韦河流域的福音传教活动都是由美国传教士主办的。兰巴雷内的传教站也是由一个名叫纳索的美国白人传教士医生于1876年建立的。纳索博士在那里给土著黑人治病。他是一个心怀大爱、十分敬业、医术高明的人,尊重当地的传统文化,一心呵护病患,给大家留下了良好的印象。后来,这里被法国占领,从1882年开始,巴黎传教者协会取代了美国传教者协会,美国人必须离开这个地区,传教士医生纳索博士也只能遗憾地离去,从此这里便又没有医生了。

随着纳索博士的离开,30多年来,奥果韦河流域土著黑人的身体健康再无保障。这里疾病多发,传染病肆虐,人们的健康状况日益恶化。兰巴雷内急需医生的事实,巴黎传教者协会十分清楚,虽然中间出现了一些波折,但施韦泽的申请在经过必要的审批后,还是很快就被批准了。

前往非洲的倒计时开始了。夫妇俩细心地将准备的物资一一分类、打包、装箱,最后一数竟然多达70多箱。

虽然他俩即将踏上的是一条荆棘丛生的路途,但无论快乐或忧伤,一定有清风明月相伴。他们已经承诺了彼此,愿意携手共赴天涯,

把最好的自己给对方。对于他俩来说,有爱的地方就是天堂,有爱的地方就是人生。

人生最美,莫如一份爱的伴随,哪怕远走天涯,终也无悔。1913年3月21日,夫妇俩辞别前来送行的亲朋好友,挥手作别可爱的家乡,搭上驶向非洲的欧罗巴号轮船,踏上了前往兰巴雷内志愿服务的征程。由于相隔遥远,船要经过赤道,在海上航行3个多星期。

就这样,两人在一个微风轻拂的日子里启程了,带着满腔热情,带着无限期待。

汽笛声中,轮船顺着黄浊的琪伦多河一路前行,驶入了茫茫的大海,渐行渐远。

天,很快就黑了。星光之下,波光隐约,等待夫妇俩的将是怎样一个神秘大陆的未知世界?

走进非洲

1

岁月总会提供机会,让执着的人跋山涉水寻找到属于自己的那一方圣地。

而今,在通往遥远的未知世界的旅途上,心底描摹过无数次的那个地方,越来越近了。

长久以来,施韦泽一直是一个人在自己的心里勾勒着只属于自己的未来,不敢奢望有人会真正懂得。

这尘世间,人生匆忙,有谁会愿意为你停下匆匆的脚步,倾听你的心声?如果有一天,轻触一抹阳光的温柔,爱情像天使一样降临在你身边,那也是你的善良和美好所致。因为你的善良与美好,所以你会拥有最美的爱情。

仿佛一切都是命中注定的,施韦泽原计划自己一个人去践行前往非洲人道献身的志愿,可是上苍把美丽的海伦娜送到了他的身边,令他猝不及防,又欣喜不已。懂得珍惜的邂逅,真情守候的爱情,会让两个生命相携得更加长久,直至永恒。

此刻,海伦娜依偎着施韦泽,在灵魂相互的紧拥里,心灵的家园如此温暖。两人站在轮船的甲板上,深情眺望一望无际的大海,但见海天一色,辽阔无垠。此时此刻,无须太多语言,只一个眼神,一个微笑,两人就已心有灵犀、情意相通。

风平浪静的大海,像一块硕大无边的蓝色绸缎在柔和地波动着。眺望眼前这一片湛蓝,两人的胸怀也变得无比开阔,只觉神清气爽、心旷神怡,更感天地浩渺、人生美好。

到了第 4 天,海面上开始起风了,滔滔海浪渐渐大了起来,腾空溅起一簇簇白色的浪花。原来,这宁静的大海,安静之中潜息着一股浑厚的力量。此刻,大海变得粗犷了,风浪越来越大,轮船剧烈颠簸,直令夫妇俩头晕目眩,腹内翻江倒海,不停地呕吐,直至胃肠空空,依然空呕不止。

晕船的滋味实在难熬,两人无力地躺在舱内的卧铺上,只盼风浪早日平息。苍茫的大海上,生命如此脆弱,经不起一点风浪的折腾。也不知过了多久,风浪终于过去了,海面上又恢复了平静。施韦泽与海伦娜毕竟年轻,身体很快就恢复了过来。

天色渐渐亮了起来,轮船迎着黎明的曙光,劈波斩浪一路前行。两人手携着手,走出船舱来到甲板上,依着护栏,只感觉海水呼呼地向后退去。海风迎面而来,在刹那间洗去了晕船的烦恼,心情一下子又明媚了起来。

很快,天色完全亮了,在天水相接的远方,大海托举出一轮红日,海面上升起一片红光。勇敢的海鸥,以优美的身姿掠过水面,迅疾高翔,声掠长空。一时间,红日与鸥鸟齐飞,朝霞共天水一色。此情此景,至柔至美,将夫妇俩的心情染成了一片绚烂。

静夜,皓月当空,轮船依旧行驶在无风无浪的海面上。夫妇俩透过船舱的窗户,看海水在夜色中平静地向后退去,幽暗中闪着蓝黑色的光芒,充满了浪漫的意境。两人会心地相视一笑,诗意立即就弥漫上了心头。

就这样,在历经了三千英里的海上航行,走过了一段又一段心路历程后,夫妇俩相依相伴,终于到达了魂牵梦萦的非洲大陆。

2

非洲,魂梦相系的地方。施韦泽在轮船抵达港口停泊的时候,生平第一次将脚印留在了非洲的大地上,这令他十分激动。这是一片完全陌生的土地,虽然阳光一样普照,可是展现在阳光下面的,却是一个寥廓凄惨的人间剧场。

告别繁华的欧洲，携着志愿服务的心愿，一路风尘来到非洲，不料立即就背上了沉重的历史包袱。每次船进港口，便会招来大批黑人妇女和儿童。女人们半裸着身体或披着破布，很多孩子都光着身子，一窝蜂地向前涌来，伸出枯瘦的双手向他们乞讨。有时候，一些男人也会出现在乞讨的人群中。

风景是一种自然的景观，也是历史的一种真实存在。虽说初来乍到，可他们瘦弱的身体和苦难的脸庞，在梦中早已邂逅许多回了。施韦泽想起了少年时在科尔玛看到的那个黑人雕像，他不敢直视他们的眼睛，那些睁大的眼睛里流露出的忧伤神情对他来说是那么熟悉。这眼神以及眼睛里的苦难，早已刻印在他的心坎上，挥之不去了。

走进非洲大陆，看到这样一个凄惨的开场，这人世间的烟火，实在太过浓烈了，令施韦泽呼吸不畅，直至窒息。眼前的情景，也深深震撼了海伦娜，让她心情沉重，十分伤感。都说相逢是一首歌，而今这样的相逢，却是一首令人心酸的悲歌。

接下来看到的情景，让施韦泽感到更加不安。船上一些白人自诩是欧洲文明人士，正要回到他们非洲的殖民地去，此刻面对这些苦难的黑人时，用手指指点点，不停地取笑他们。少数人更是令人诧异地在甲板上大把大把地向海里扔钱币。黑人们不顾一切地争相往海里跳，大人小孩一起在海水中抢夺，现场一片混乱。而他们则像看西洋镜一样乐得哈哈大笑。最为悲惨的是，在这样的取乐中，常有人葬身于突然出现的食人鲸的腹中，鲜红的血液染红了海水，现场触目惊心，令人心悸。

这庸俗的人世间，这不公平的人世间，这丑陋的人世间，充满了人欺负人、人压迫人、人凌辱人的令人作呕的人间丑剧。这一幕幕真实的场景令施韦泽心里特别难受。一腔惆怅，不知何处才能找到发泄的出口。

这流年，这世道，为何如此相逼？不由自主地，一些思考从他的脑子里冒了出来：什么是自诩文明的欧洲人的责任？非洲大陆的前途在哪里？

想想这些非洲海岸的名字——象牙海岸、奴隶海岸、黄金海岸、胡椒海岸等,就可以清楚地得知欧洲人在这片土地上所犯的罪孽是何等深重!欧洲一些自以为备受赞誉的文化国家,其实只是强盗国家,他们在法律的借口下肆意掠夺非洲土著的土地,以殖民者的身份奴役、剥削土著黑人,并将烧酒、性病、流感、结核、天花和其他对非洲人致命的疾病带到这里,给非洲人民带来了深重的灾难。

这是怎样的暴行啊!

"苍天哪,"他紧握双拳,"你若有眼,一定要控诉发生在这里的暴行,看得见的暴行,和被黑暗及沉默所掩盖了的暴行!"

可是,苍天有眼吗?他不知道。此刻,他只知道这一切必须有人来赎罪。

"凡是有良知的欧洲人,都应该来这里赎罪。而今我既然来了,就让我成为这些赎罪人中的一员吧!"说这话时,他的眉宇间充满了冷峻与坚定。他终于明白,自己前来非洲志愿服务,不是一名施舍者,而是一名赎罪者。

时间像一条河流,可以带走渐远的往事,却带不走心底的创痛。有时候,面对物是人非,直令人情何以堪。

此刻,翻滚的海浪在低垂的夜幕中看似平静了,实则大海深处,波涛更加汹涌,正冲击着千年的文化堡垒,咆哮,咆哮。

3

远行的路上,离家乡越远,两颗相爱的心就贴得越近。此刻,经过长途跋涉之后,施韦泽夫妇已经航行在非洲中部的西海岸了。随着目的地越来越近,两人已经完全心意相通了。

1913年4月14日,夫妇俩到达了大西洋沿岸的加蓬海湾。这里是法国的殖民地,有着漫长的海岸线,海滨风光十分迷人。在滨海的洛佩斯角海湾,夫妇俩休息了一个晚上,于第二天改搭平底河轮,沿奥果韦河溯流而上。

河水汹涌澎湃,这流水,见证了这里发生过的一切罪恶。在这里,欧洲殖民者非法占领土地,大量贩卖黑奴,抢掠象牙、乌木、橡胶等物资。而此刻,这流水在淘尽了人世间的悲欢离合后,依然流淌得慷慨激越,不能平静。

沿途,收入眼底的是热带无边无际的水与丛林。河流与土地连成了一片,人们根本无法分出哪里是它们的分界线。在这靠近赤道的原始森林里,到处都是棕榈科的树丛,还有一些高耸的云杉。粗大的树木一棵挨着一棵,站成了无数英豪的模样,为这片热土坚守。

深夜,月舞轻纱,思绪流萤,草虫呢喃,飞鸟惊啼。在船上熬过了一个忽睡忽醒的夜晚后,翌日上午,夫妇俩终于来到了赤道以南 60 千米处的兰巴雷内。这是奥果韦河流域的一片原始热带雨林,盛产油棕、香蕉、咖啡、木材等。这个遥远偏僻的荒蛮之地,注定要成为世人关注的热点,因为施韦泽来到了这里。此后半个多世纪,施韦泽在这里创造了人道主义的奇迹,兰巴雷内丛林医院成了全世界志愿服务的一个象征。

汽笛长鸣声中,河轮缓缓靠上了码头,夫妇俩提着行李走上岸来。这是兰巴雷内的土地,是心中的神往之地,而今真的站在这片热土上了,两个人的心中自是无比激动,周身的每一个细胞都欢快地跳动了起来。

这时,兰巴雷内传教办事处的传教士克里斯多,带着几个黑人少年划着两只独木舟来到码头,将夫妇俩接上了小舟。克里斯多对施韦泽夫妇表达了热烈的欢迎之情,少年们则熟练地划动船桨。小舟很快就转入了一条支流。

这种非洲热带雨林里的独木舟,是将单根挺直粗大的树干掏空以后制成的,它是人类最古老的水域交通工具之一。独木舟虽然看上去又浅又窄,但是黑人少年站在舟上有节奏地划动细长的桨儿时,它的行驶速度非常快。奥果韦河流域的兰巴雷内河流密布,丛林蔽日,湖泊点缀其中,非常适合独木舟在这样的环境里穿行。

独木舟载着施韦泽夫妇一路前行,高耸的棕榈树、椰子树、云杉等热带树木在身边快速地向后退去,成群的塘鹅在河道里悠然游玩,鸟儿在林梢的窝里鸣叫,猴子在树林间戏耍……心情激动的施韦泽用手中的笔记录下了当时这一刻:"河流与丛林,我怎样才能描述它们给我的印象呢？眼前，一大群塘鹅在欢快地戏水，一切就像是在做梦。从棕榈树的树干上垂下了一条条猴子的尾巴，在我们的眼前不停地摇晃着，但这些尾巴的主人却不肯轻易示人。啊，我们真的到了魂梦所系的非洲丛林了！"

这样的记述，多么亲切，多么富有情感。赤道非洲，兰巴雷内热带丛林，这遥远的他乡从此成了第二故乡，主宰了施韦泽此生的命运。他传奇人生最精彩的部分，就这样在这丛林深处拉开了帷幕。半个多世纪以后，他为非洲人民的健康而不辞辛劳的一生，也是在这原始丛林里谢幕的。

4

兰巴雷内传教办事处建在原始森林边缘的一个山丘旁，是一幢很醒目的白色建筑，周围种植着可可、柠檬、咖啡、柳橙、橘子、芒果、油椰子、木瓜等，这些都是坚守在这里的传教士们长期辛勤栽培的成果。当独木舟将夫妇俩带到这里的时候，夕阳的余晖已洒满了山丘。

来到了心灵归属之地，看山，山是脉脉含情；看水，水是一往情深。在水和丛林之中，夫妇俩有了回家的感觉。对周围环境做了一番简要介绍之后，克里斯多将两人安置在附近小山丘坡上的一幢木结构小屋子里，周围建有回廊，还有一个不大不小的阳台。

施韦泽从小生长在根斯巴赫的山村里，对有山有水的大自然抱有好感，他喜欢这里原生态的自然环境，喜欢靠近原始森林边缘的这间朴实无华的小木屋。小木屋虽然简陋，却很温暖，像一个可爱的巢穴，可以筑起两个人的一帘幽梦。

站在回廊上眺望四周，但见小木屋前有一个一碧如洗的湖泊，周围是茂密的丛林，奥果韦河的流水正日夜不息地奔向远方，远处是连绵起伏的山峦。

有人说，相爱的人在一起一切都是美的，海伦娜此时此刻就是这样的心情。在她眼里，这热带丛林的山川草木，仿佛神灵似的都有了人间的情感。她的脸上写着清纯，眼眸满含柔情。她依偎着丈夫轻声说道:"亲爱的,从今往后,这儿就是我们的家了。你看这绿色的山脉,茂密的丛林,湍急的河流,真可谓景色如画啊。我喜欢这里,喜欢兰巴雷内。"

施韦泽轻拥妻子,柔声答道:"是啊,我也喜欢这里。大自然赐予了这片土地太美的景色,美得就像我们的根斯巴赫。"

海伦娜赞同道:"你说得对,这里山清水秀景色优美,分明就是我们根斯巴赫的乡间。"

施韦泽笑道:"这里有更多的水,还有根斯巴赫所没有的热带雨林。"

"对,这儿比根斯巴赫还要富有诗意。从今往后,这水和丛林就是我们的第二故乡了。"

"一点不错,从今天开始,这里就是我们心中的根斯巴赫,我们的第二故乡了。"

夫妇俩望着眼前的美景,开心地交谈着。只要两个人在一起,时光永远都是温暖的。这里是他俩日思夜梦的地方,而今真的来了,反倒觉得像在梦境里了。两个人的思绪,在蓝天碧水间尽情地舒展。此刻,他们已完全陶醉于水和丛林之中了。

5

薄暮的黄昏,一弯新月挂在树梢,静守着一隅清浅的情怀。簌簌作响的树叶,悠扬地起舞化蝶。丛林里,不知名的草虫儿开始鸣叫了。

突然,悦耳的童音从远处飘来,渐行渐近,仿佛天籁之音。不一会儿,歌声就唱响在施韦泽夫妇小木屋的家里了。原来,得知博士夫妇到来,附近村子里的黑人儿童在传教办事处的组织下,唱着歌儿前来欢迎他们了。

孩子们的歌声清脆动听,旋律源自瑞士民歌,内容是他们欢迎博士夫妇的自创歌词。这些天真的孩子们,他们童真的神情,他们恣意绽放在脸上的笑颜,深深感动了夫妇俩。海伦娜亲热地将孩子们一个个搂在怀里,讲着甜蜜的话儿,亲吻不够。

送走了可爱的孩子们,传教办事处盛情款待了施韦泽夫妇。晚餐后,克里斯多向施韦泽夫妇介绍了兰巴雷内的一些基本情况。由于这里靠近赤道,气候酷热潮湿。马铃薯虽然长得很高却不会结果,谷物也无法栽植,面粉、米、牛奶、马铃薯等需要从欧洲进口,因此常有饥荒发生,生活很不容易,物价很贵,布料与药品更是紧张。

这里酷热潮湿的气候,欧洲白人是很难完全适应的。大部分欧洲白人来这里住上一两年后,常会发生热带贫血症,时间稍长身体状况就有可能进一步恶化,需要回欧洲休养一年半载才能有所恢复。因此,这里的欧洲白人不是很多,而且往返、变换很快,只有少数官员、传教士、木材商人和一些农场主等几百个人。

生活在这里的黑人人数没有做过确切统计,不过丛林里生活着8个黑人部落,各自说着自己部落的语言。另外,这里还居住着大约8万名加洛阿斯人。丛林村民主要从事耕作、采集、捕鱼和狩猎。由于茂密的森林里有400多种商业树木,如奥库梅木和奥齐戈木,因此这里的伐木业特别发达。

听过介绍,施韦泽对兰巴雷内的情况有了一些了解。第一天到这里的感觉虽然不错,然而有一件事情令他感到深深的失望。他来这里的目的是做乡村医生,在丛林里为土著黑人治病。来之前,传教办事处曾经答应过他,为他建造一所丛林诊所。可是,施韦泽四处探望,就是不见诊所的影子。

"我们的诊所建在了哪里呀?"他看着克里斯多说,"我想去看看。"

克里斯多一脸尴尬,低声说道:"对不起,诊所还没有建起来。"

施韦泽一听,非常失望,连声追问:"不是事先说好的吗,为什么现在还没建起来?"

"由于我们只能支付很低的工资,所以劳动力都不愿干。他们都为木材商人砍伐木材去了,因为最近恰逢木材价钱攀高,那里发的工钱要比这里多许多。"克里斯多解释说。

沉默了片刻,克里斯多补充道:"因为没有了劳动力,所以就无法建诊所了。令你失望了,对不起!"

"那么,我们到来的消息传入丛林后,肯定就会有许多病人前来求

医。没有诊所,我们该怎么给他们看病呢?"

克里斯多尴尬地坐着,不知该说什么好。

过了一会儿,施韦泽无奈地发出了一声长叹:"唉……"

6

是夜,月光皎洁,星光闪烁,这是施韦泽夫妇来到非洲丛林后,入住在小木屋家里的第一个夜晚。虽然旅途劳顿,但这第一个夜晚,他们还不习惯,几乎没有睡。

丛林之夜格外宁静,可宁静之中,却在演奏着一部丛林交响曲。风儿晃动着枝条,叶与叶在翩翩起舞,神秘的涛声时不时传来,还有不远处鱼儿的怪叫声和林中惊鸟突然的长鸣。

流年的烟火,沧桑了多少如画的风景。水与丛林虽然景色优美,可是这里毕竟是非洲的原始森林,物质极度匮乏,远离现代文明,可以说是全世界最贫穷落后的地方。这里没有任何医疗设施,期待中的诊所也没有看到。今后,夫妇俩要在这里长期生活,用医术去为丛林村民的健康服务,这救死扶伤的医疗工作究竟该如何开展?

越过了万水千山,风雨兼程来到这里,只为能够分担些土著黑人的苦难。既然来了,无论多么艰难,夫妇俩也要尽己所能,为他们遮风挡雨,与他们风雨同行……就这样想着无尽心事,两人度过了一个不眠之夜。

翌晨6点,随着钟声响起,传教办事处附近的教会学校那边传来了孩子们唱圣诗的声音。施韦泽早早就站在了小木屋的阳台上,眺望着丛林的早晨,倾听着童稚的歌声,努力想象自己接下来的医疗工作场景将是怎样一个画面。

历史记住了值得铭记的这一天——1913年4月17日。

7

此时,施韦泽夫妇已如愿走进了一心向往的非洲,来到目的地兰巴雷内。尽管第一天感觉还算不错,可是他们立即发现,这里的情况远比他们料想的要糟糕许多。这里紧邻赤道,气候酷热潮湿,蚊虫肆虐,阳光毒辣。土著黑人没有文化,住在丛林深处的茅草屋里,没有电也没有自来水,穷困潦倒,一贫如洗。

在施韦泽来这里之前的30余年间,方圆数百里一个医生也没有,土著黑人生了病只能请传统的巫师来跳大神,通过施咒作法来驱赶病魔。若遇传染病流行,造成的灾难就更大了,人们只能眼睁睁地看着身边的人一个又一个在丛林里倒下,而自己却不知何时会倒下,再也爬不起来。

尽管这里已有一些传教士,在这里做一些传播基督教义和慈善的事情,但没有懂医的人,医疗服务一片空白。因此,施韦泽刚刚来到兰巴雷内时,丛林村民还不明白"医学博士"的确切含义,咚咚的鼓声宣告的是"一个白人神巫来了"。

是的,纳索博士离开这里已有30多年了。丛林村民眼中看到的只是跳大神的巫师,虽然偶有政府组织的巡回医疗,但也只是极少数人能够得益一时。实际上,正是这个所谓的"白人神巫",继纳索博士之后又一次把西医带到了这里,渐渐改变了原始雨林陈旧落后的传统,使这里的人们能够受惠于现代医学的照护了。

8

由于劳动力的原因,预想中的丛林诊所未能在施韦泽到来之前建起来,这使这位医学博士不得不先静下心来规划诊所的事情。可是此时,传教办事处早已把他来兰巴雷内的消息传播出去了,丛林里的土著黑人已经盼望了很长一段时间。患病的人们从丛林深处纷纷赶来,他立即被一大群病人团团围住了。

然而,诊所还没有建起来,几十件打包的医疗物资还没有运到,许多医疗工作根本无法开展。无奈之下,传教办事处只能再向丛林各部落发出通知,告诉大家要花一段时间先建丛林诊所,除了急重症病人以外,其他病人暂时不要过来。可是,通知似乎没有起到什么作用,人们依然从四面八方蜂拥而至。

面对一个个长期饱受病痛折磨的患者,凝眸一双双充满渴盼的眼睛,施韦泽的内心深处受到了强烈的震撼。还在少年的时候,他在科尔玛看到的那个黑人雕像悲伤忧郁的神情所带给他的,正是这样强烈的心灵震撼。而今,既然已经不远万里来到了他们身边,还有什么困难可以阻挡他救死扶伤的志愿行动呢?

于是,施韦泽夫妇顾不得旅途劳顿和身体疲惫,顾不得初来乍到的不适以及水土不服,便在小木屋前的空地上摆上几张桌椅,按克里斯多的要求戴上宽沿遮阳帽,在树荫里开始了来到兰巴雷内后最初的诊疗工作。好在几十件打包的医疗物资随后就运到了,两人立即打开箱子,取出一些必需的医疗设备和药品,正式给丛林村民看病了。

9

在这个长期没有医生、没有药品的荒蛮之地,施韦泽的到来无异于在黑暗中亮起了一盏明灯,照耀着整个丛林。饱受病痛折磨的人们,或乘坐独木舟,或踏着盖满野草的林间小路星夜兼程,从丛林深处的四面八方赶来,期待能够得到这位"白人神巫"的帮助。

施韦泽很快就发现,这些生活在原始雨林里的土著黑人,一开始就对他这位陌生的白人医生表现出了很深的信任。这里至今还流传着几十年前美国白人医生纳索博士的故事。这为施韦泽在丛林的乡间开展医疗工作创造了一个很好的条件。

病人对他这位陌生医生的信任,令他十分感动,他决心以纳索博士为榜样,继承他的事业,将优良传统发扬光大。为了更好地为非洲人民服务,他在医学院学习的时候,就对热带病做了专门研究。此刻,他惊讶地发现,这儿的疾病种类繁多,基本上样样疾病都有。丛林村民实在太不幸了,他们遭受着如此多疾病的折磨。

在这里,比较常见的疾病有疥癣、疟疾、热带贫血、非洲昏睡病、日晒症、热带溃疡、牙龈炎、象皮病、麻风病、精神病、心脏病、肺病、风湿病、胸膜炎、胃肠功能障碍、痛风、性病、各种创伤、肠梗阻、疝气……

就这样,施韦泽在最基本的医疗条件都不具备的情况下,克服巨大的困难，艰难地开始了自己的志愿医疗工作。

  每天都有大量病人来到这里，施韦泽热忱地接待每一个患者。海伦娜在一旁做他的助手，协助他给病人做治疗。施韦泽开出处方后，海伦娜将药品发放到病人手上，详细关照服法。对于皮肤溃烂的病人，施韦泽做清创包扎，海伦娜在一旁做助手，两人配合得十分默契。

  闷热潮湿的热带气候中，一天忙碌下来，夫妇俩感到十分劳累，然而两人不但毫无怨言，反而深感满意。在需要的地方和自己的爱人一起圆志愿服务之梦，守着一段救死扶伤、呵护生命的光阴慢慢老去，让人生在奉献中变得更加厚重，多有意义，又多么美好！

丛林诊所

1

曾有人说过:"世界上所有的相遇,都是久别后的重逢。"自少年时代起,施韦泽就在梦里与非洲这片土地及这里的人们时常相聚了。"你们若安好,天便是晴朗。"这是他的心声。云端有风,站在离云朵最近的地方,听风的呓语,把一腔心事来倾诉。风雨时,他要为他们撑起一把伞;黑暗时,他要为他们点亮一盏灯;难过时,他要用心安慰他们;生病时,他要用大医的情怀去帮助他们解除病痛。

烟雨人生,一路飘摇。辗转万水千山,施韦泽终于走进了赤道非洲的热带丛林。轻拥岁月的沧桑,燃起生命的激情,从今往后,他要给土著黑人一个健康的承诺。

其实,所有的意愿,既然都已懂得,自是无须多说,更无须表白。就让心与心相互依偎,在时光的流淌中,把一腔热血倾洒,任岁月风雨洗礼,亦不惊不扰。

生命里,总有一些暖,因为源自内心深处,也便有了阳光的灿烂。心有阳光,生活就晴朗,再苦再累再忙碌再烦恼,也不会埋怨。不管是缘起缘灭,抑或缘深缘浅,守着一袭星月的神话,终要将这一场献身非洲的志愿服务演绎到地久天长。

2

由于丛林诊所尚未开建,闻讯而来的病人却很多,施韦泽看在眼里急在心中,他不顾一切地在小木屋前露天的树荫下开始了最初的诊疗工作。赤道非洲的太阳十分毒辣，晒的时间稍长一些，就能对人产生致命的作用，尤其是初来乍到的白人，如果暴露在赤道阳光下的时间稍长，就会引发极其严重的后果。

毒辣的赤道太阳直接照射在人头部的话，时间稍长就可以导致脑水肿，从而引起昏迷、痉挛，甚至死亡。传教士克里斯多一次次极其郑重地提醒施韦泽，一定要做好对太阳光的防护，尤其不能让阳光直接照射在头部。

克里斯多告诉施韦泽说："几年前，曾经有个初来这里的白人在午休的时候，由于屋顶上的破洞没有及时修理，阳光透过破洞照在他的头上，一两个小时后他就开始高烧、谵妄，罹患了日晒病，几经抢救才挽回了生命。"

就在施韦泽十分惊骇的时候，克里斯多接着说道："另一个白人在乘船的时候，遮阳的帽子不慎被风吹进河里被流水冲走了。尽管他很快就脱下上衣遮住头部，但还是难逃罹患重病的厄运，差一点失去了生命。"

"啊，赤道的太阳如此厉害，真太令人吃惊了。"施韦泽讶异地说。

"对，所以一定要做好防护。你不知道，有时候遮阳帽上一个很小的破洞，都可能使人得日晒病。日晒病的危害如此之大，非亲临其境者是无法想象它的巨大危险的。所以，你们夫妇俩一定要做好防护，一定！"克里斯多一次次提醒说。

3

尽管日晒病的危害如此严重，却根本阻止不了施韦泽救死扶伤的决心。他早已动了真情，生命的脉搏已经和丛林村民在一起跳动了。为了做好对日照的防护，夫妇俩终日戴着宽边的遮阳帽，选择在浓密的树荫底下给丛林村民看病。尽管赤道炎热潮湿的气候令两人热得满头大汗，但他们依然戴着厚厚的防晒帽，坚持在露天开展医疗活动。

面对这样的现状，传教办事处一再发出通知，要求轻症病人和慢性病人暂时不要来，因为诊所还没有建起来，目前还不具备正式开诊

条件，只能在露天先给急诊和重症病人看病。然而，通知发出去后，依然一点用也没有。人们长期以来饱受病痛的折磨，几十年中除了巫师，从来就没有人关心过他们，而今来了救星，他们一刻也不愿再等候了。

于是，各种各样的病人纷至沓来，有的人甚至从几百里外划着独木舟，在半饥半饿的状态下花上一周甚至更长的时间赶来这里。

施韦泽明白，丛林里的土著黑人长期被病魔折磨，他们实在太痛苦了，宁可远道赶来在野外的树荫下露宿等待，也不愿意等丛林诊所建好了再来。目前，他必须立即找到一个能够遮风避雨、挡住日晒的地方，以此作为临时诊疗点，与村民们一起共筑一道生命防线。

他是一个意志坚强的人，虽然面临巨大的困难，但他不会选择逃避，相信只要用心寻找，想要的东西一定会出现。就这样，在繁忙的医疗工作之余，他守着夕阳烟火在小木屋的四周开始了一路寻觅，决不放过每一个可能的地方。

功夫不负有心人，他终于发现附近的一个荒废的鸡舍拥有一定的空间，虽然已经非常破败，看上去马上就要倒塌了，但如果加以加固、整修、装饰的话，还是勉强可以作为临时诊疗点来使用的。

这一发现令他欣喜，他立即向传教办事处发出了求助。克里斯多也帮他想尽了一切办法，终于花高价找到了几个工人，并弄到了一些建筑材料。于是，他立即开始了整修工作，亲自带领工人对鸡舍进行修理，修复了木板的墙壁，爬上屋顶用棕榈叶编制的瓦片盖住了上面透光的漏洞，弄了几个架子进去摆放药品和一些简单的医疗器械，放上旧的桌椅，将其摆设成一个临时诊疗场所。

虽然这个临时诊疗场所地方狭小，屋子又没有窗户，里面闷热得令人窒息，条件又简陋，设施极差，可施韦泽依然感到莫名的喜悦，因为这里毕竟不是露天了，而且是他亲自组织人员改建的，因此颇有一份特殊的情感。另外，这些天来他尝尽了露天诊疗的苦头，终日戴着厚厚的遮阳帽，一下雨立即要停止诊疗，马上把东西搬进小木屋里，等雨停了再搬出来继续开诊，一天要经历好几次这样的搬进搬出，令人疲惫不堪。

现在，终于有一个固定的场所可以为丛林村民看病了，这是他长久以来的心愿。他高兴地把这个由鸡舍改建而成的临时诊疗点称为丛林临时诊所,将其打扫得干干净净。

洁净的夜空,乌云已被驱散。一颗又一颗的星星,陆续在夜空中出现。一闪一闪亮晶晶,仿若他此刻的心情一样,装满了因临时诊所成功设立而滋生的喜悦。

4

时值雨季,丛林的天气说变就变。一阵风刮过,一朵乌云就带来了一场阵雨。最近这阵子,施韦泽特别讨厌下雨,他每天都饱受阵雨侵袭的苦恼,室外的诊疗工作也一次次被雨水打断。而这会儿,面对这一场突如其来的阵雨,他却特别开心。

雨水飘飘扬扬,枝叶在风雨中摇曳,他的心也随着枝叶的晃动而翩翩起舞。闭目聆听,听一帘烟雨的吟唱,品雨中花草的柔美,想心中满满的情愫。改建了临时诊所,再不用担心风雨,再不用害怕太阳。

有了临时诊所,明天就可以正式开诊了,施韦泽感到十分欣慰。然而,接下来的诊疗工作该怎样开展?怎样才能最大限度地为苦难的黑人服务?对此,他想了整整一夜。日子虽然过得艰辛,他却不能停下疲惫的脚步,而要沿着生命既定的轨道,永不停歇地一路走下去。

月洒西窗人不寐,一枕星光伴无眠。在他接下来的行医生涯中,这样的无眠已属寻常。

暮色渐渐退去,东方出现了鱼肚白,随着晨钟的敲响,临时诊所在晨晓的雾霭中开始了一天的忙碌。

接受过护理专业训练的海伦娜早早就换上了洁净的护士服,做好了开诊前的准备工作。她准备好药品、绷带、清创包等,整理好医疗器械,招呼一大早来的病人坐在诊室门外的板凳上按秩序耐心等候,为丈夫的诊疗工作做好安排。

因为有了海伦娜的帮助,施韦泽的医疗工作变得有序了不少。虽然诊室狭小、闷热,但病人在海伦娜的安排下按秩序一个个进来就诊,相对来说倒也不觉得空间局促。

诊疗过程中,施韦泽遇到的第一个问题就是语言沟通问题。他想详细问诊,可是由于许多土著村民只会讲部落方言,以至于他根本就无法听懂,只能让病人指出不舒服的部位,用手比画患病的情况,再通过细致的体格检查来确定病人到底患有何种疾病。

为了更好地管理病人,他专门设计了一本病人登记本,对每个前来就诊的病人都做了详细登记。他在登记本上编好号,认真记下病人的姓名、性别、年龄、临床表现、诊断、用药情况,并把一个写有登记号的圆纸盘发给病人。病人下次来复诊的时候,只要根据圆纸盘上的登记号一查,就可以知道他上次的就诊情况了。时间长了,他的一本本记录详细的登记本就成了丛林村民最原始的健康档案了。

在给病人诊疗的过程中,施韦泽发现他给病人服药后,疗效都特别好。细细一想,原因很简单,因为这里长时间没有医生,土著村民也没有机会接受药物治疗,对药物没有任何耐药性。对于这样的病人,疗效自然要比其他地方好。这给施韦泽树立了威信,也增加了村民们对他的信任。

广袤的热带丛林里,散落着多个部落,博士夫妇拥有高明医术的消息很快就传遍了每一个部落,前来就诊的病人越来越多,而医护人员却只有施韦泽夫妇两人,因此他俩常常忙得不可开交。

上午,夫妇俩在闷热、潮湿、拥挤、嘈杂的环境中,要连续工作4个多小时。中午匆匆吃过午饭稍事休息后,就又要开始下午的忙碌,直到夜幕降临才能停下手中的工作。而此刻,还有一些病人没有轮到看病。由于受到会传染疾病的蚊子的威胁,因此天黑以后不能在灯光下给人看病。于是,这些病人只能在大树下宿营过夜,等待明天的到来。

回到小木屋里,沐浴着透窗而入的月色,施韦泽总要回顾一下一天的诊疗经过,规划丛林医疗工作的未来,书写一些文字材料,间或阅读一段歌德的作品,弹奏一首巴赫的曲子。他每天的工作时间长达16个小时。好在有海伦娜这个好帮手,白天很多治疗工作和对病人的护理都由她包了下来,让施韦泽在百忙之中能够有一个喘息的机会。

这样的忙碌是日复一日、没完没了、看不见尽头的,一般人根本无法长期坚持。然而,施韦泽是带着服务非洲人民的信仰来这里献身的,因此无论再忙、再苦、再累,对他来说都不值得一提。作为妻子的海伦娜,能够陪伴在丈夫身边,帮助他完成志愿服务的善举,再苦再累她也心甘情愿。

风懂得云的心事,云懂得月的寂寞,月懂得水的爱恋,她懂得他的追求。纷扰红尘中,有这样一位知心爱人陪伴,守候生命中这一场爱的奉献,一路上有她,他是多么幸运。

就这样,在爱情的滋润下,施韦泽真情守候在赤道非洲的热带丛林里,用医术和爱心竭诚为丛林村民服务。每天的劳累,都在夫妇俩默契的相视一笑中,化作了无比的欣慰。

5

广袤的非洲丛林充满了生机。施韦泽热爱这方偏远闭塞的土地,爱它的广阔无垠,爱它的生机勃勃,爱它的朴实无华。

为了更好地为非洲人民的健康服务,施韦泽在兰巴雷内热带雨林里,用自己的医学知识,细致地分析这里的疾病谱,结合当地实际情况,根据不同疾病制订出切合实际的诊疗方案。

感冒在这里特别常见,热带医学的教科书里特别指出"暑中最需注意感冒"。施韦泽本来对此颇不以为然,感冒大多是在受寒的时候发生,生活在热带雨林里的人们应该不太会患感冒吧,就算得了感冒,也无须这样大惊小怪啊。直至来到丛林后,他才明白了教科书上这句话的含义。在这里,旱季的晚上是比较凉爽的,有时候气温可以降到摄氏18度,由于当地人家里大多数没有被子,人在潮湿的茅屋里会冷得难以入睡。白天因为湿热而毛孔张开、大量流汗的皮肤,此刻对寒冷特别敏感。当身体虚弱或疲劳的时候,病原体就容易侵入身体,因此经常有人感冒,尤其是老人和小孩。

这些年里,丛林村民一旦患了感冒,因为得不到及时的治疗而被耽搁拖延,症状越来越重,常并发支气管炎、肺炎、脑膜炎等,直至不治而亡。因此,对于看似普通的感冒,在这里必须特别注意,及时进行治疗,否则将导致不堪承受的后果。

疥癣是丛林里较为常见的一种皮肤病,通常症状都比较轻,但其皲裂发痒的程度很剧烈,甚至令人寝食难安。之前由于没有医生,不懂得治疗,原本很轻的疾病却因病人不断抓痒而导致皮肤破损、溃烂、化脓,甚至引起继发感染和严重的败血症,最终导致病人死亡。而今,施韦泽首先加强了健康宣教,告诫病人切不可用指甲去使劲抓痒。同时,他因地制宜,用硫黄粉末调入一些棕榈油和肥皂,用这种自制的硫黄软膏给病人涂抹几次后,马上就止住了瘙痒,病人也就不再抓痒,从此再也没有严重的后果发生了。

疟疾是热带地方的常见疾病,可以导致可怕的贫血症。它是经按蚊叮咬而感染疟原虫所引起的虫媒传染病,几乎所有的土著村民都感染过,以致他们把时而发热、时而寒战认为是正常表现。这里最常见的是儿童疟疾,出现贫血症状,脾脏肿大硬化,腹部高高隆起。触摸其腹部时,孩子们会惊恐地用双手掩住凸起的肚皮,挡住别人触碰肿大脾脏的手掌。对于疟疾,施韦泽用奎宁来治疗,效果很好。有些人在服用了几克奎宁之后,体内的疟原虫被消灭了,身体康复了,其他人几乎认不出来他们就是原来的病人。

与欧洲相比,这里风湿病的发病率要高很多,所有患了慢性疟疾的病人都同时有关节酸痛肿胀。奎宁和水杨酸类药物在治疗这些病人的时候发挥了很好的作用。

热带溃疡在这里也很常见,而且治疗起来比较困难。这是一种急性特异性皮肤和皮下组织感染后形成的溃疡,多发生在膝关节以下,很容易变成慢性皮肤病。若不及时治疗,常会发生严重的并发症,如继发细菌感染、淋巴管炎、淋巴结炎、坏疽等。有些病人热带溃疡迁延不愈,最终转化为鳞状细胞癌。重型病例病情不断进展,可导致死亡。面对这样的病人,施韦泽总是十分耐心,清洁创面、上药、更换敷料,通常要花费几个月的时间,用去整整一箱纱布,才能治好一个患者。

非洲昏睡病也是一种极难对付的热带疾病,它是雨林里的一场灾难。一种比普通苍蝇大一倍半的采采蝇,可以穿透任何厚布料吸食人血。它们叮咬人体后将锥体寄生虫注入皮下,锥虫遂在该处发育繁殖,引起炎症反应,然后进入血液和淋巴系统,继续分裂繁殖,播散到全身,造成人体损害。这时候,病人多出现急性中毒症状,如高热、头痛、乏力、贫血、昏睡、多脏器衰竭,很快死亡。当时,对于此病还没有比较好的治疗方法,只能做一些对症治疗,用碳酸氢钠、溴盐和安眠药来减轻其痛苦。而一个有效的预防办法就是穿上白色衣服,因为白色可以使采采蝇不敢靠近,以此来防止被它叮咬。接诊这类病人时,施韦泽时常听到令人心碎的哀号:"我头痛死了,受不了了,求求你快救救我吧!"这令他感到十分难过。病人往往越睡越沉,丧失记忆力,背部出现溃疡,整个人蜷曲起来,然后长眠不醒,最终死亡。

昏睡病必须及早发现和治疗,但其早期症状只是发热。因此,要早发现,必须对每个发热头痛病人的血液都做显微镜检查。然而,这种白色寄生虫极其微小,长度只有八万分之一毫米,对于每个需要检查的病人的血液,施韦泽必须花一个多小时来进行观察,才能做出最后的诊断。在每天都要接诊大量病人的现况中,很难完全做到。

当地因感染丝虫而引起的象皮肿病人也很多,而且多是变形肿胀的双脚象皮肿。每天都可以见到好几个象皮肿病人。有些病人双脚已经肿得非常厉害了,到了抬不起来的地步,只能艰难地挂着拐杖勉强走路,严重影响了工作和生活。

牙病在这里也很常见。由于牙龈感染化脓,导致牙痛厉害,许多人的牙齿因而松动了。施韦泽发现,与欧洲相比,这种牙病治疗起来相对比较容易,效果也比较好。他在一杯水中加入几滴麝香草酚,做成一种酒精溶液,让病人每隔2小时便漱一次口,一周之后就显效了,而且大多不会复发。

除此之外,施韦泽还发现这里胃肠道功能障碍的病人很多,他开始寻找原因,可很长一段时间里他都没有方向。最后,他发现丛林村民在晚上睡不着觉的时候就整夜抽烟,以此来麻痹自己。正是这种烟草的刺激,导致了胃肠道功能的失调。于是,当他接诊胃肠功能障碍或便秘的病人时,便发问道:"你昨天一定抽烟了,说实话你昨天抽了多少烟?"然后就是耐心的解释、劝解,在配药的同时叮嘱他们一定要减少抽烟的量,晚上睡觉的时候更不要抽烟了。许多人在他的劝导下,在潜移默化的时光里慢慢改变了自己的习惯。

6

丛林之夜是静谧的，也是单调的。经过了一天的忙碌之后，回到小木屋的家里，夫妇俩已十分疲惫。一进家门，海伦娜顾不得休息就开始准备简单的晚餐了。

此刻，白天的喧嚣沉寂了下来，寂静的夜晚拉开了帷幕，远处连绵的山峦被夜色勾勒出一条美丽的曲线，在月色星光下绵延起伏。

每当这时，施韦泽便走到阳台上，呼吸着丛林湿润的空气，眺望夜色下奥果韦河的一条条支流，静静地回忆白天诊治过的病人，重点回忆危重、疑难病人，完整地思考其病情和自己的诊疗措施，看看是否还有可以完善的地方。

虽然每一天都很劳累，可他并无怨言。他始终认为，医生活着不是为了自己，而是为了他人，这是由医生的职业性质所决定的。为了挽救丛林村民的生命，他随时准备牺牲自己的睡眠、舒适和利益，包括其他更加重要的东西，甚至生命。

关于用药，他始终坚持这样的观点：只要不会对最终结果带来损害，医生必须使用便宜的而不是昂贵的药物。

对穷困的人来说，忽略这一点并在拯救他们生命的同时摧毁他们赖以生存的经济基础，是一件十分残忍的事。事实上，他对丛林村民的治疗完全是免费的。

在行医过程中，医生必须保持最大的注意力，拥有最好的技术、最强的责任心和最暖的爱心。他不能只是肤浅行事，而应该带着感同身受的同情怜悯之心去做好服务。他绝不能仅仅把病人看作是自己的工作对象，而应把他看成是一个人——这一自然界的最高生灵。

一个医生只有技术是不够的，还必须特别注意自己的行为。正是他的行为把他推荐给大众，让大家信任他，承认他。这种行为的主要特征应该是：具备自信心，温文尔雅，表现宽容，富有同情心，对病人充分关心。

对被宣布患不治之症的病人，延长他们的生命、减轻他们的痛苦也是医生的职责和美德。其实，那些在折磨人的痛苦、忧伤和绝望中备受煎熬的不幸的人,比起那些因为有痊愈希望而苦痛减轻的人更值得同情。

思忖间,海伦娜已经准备好晚饭,叫他用餐了。夫妇俩虔诚地祈祷,感谢上帝赐予他们饮食。

简单用过晚餐后,施韦泽常会坐在巴赫协会赠送的那架特制的钢琴前,神情投入地弹奏一阕曲子,很多时候弹奏的是巴赫的曲子。此刻,海伦娜便坐在丈夫的身边,心有灵犀地静静聆听优美的曲调。

寂静的夜间,这一段沁入灵魂的美妙旋律轻轻飘荡在小木屋里,触动着海伦娜心底最柔软的地方。

"不说,什么都不用说,就这样静静地听你,已是很温暖、很温暖了。"和着优美的琴声,寄无限情意于心上,海伦娜深深陶醉在幸福之中。

简陋的小木屋就这样成了夫妇俩疲惫了一天之后的温馨港湾。两人守着一份简单、一份纯粹和一份真爱,将每一个日子都镌刻成别样美丽的模样。爱,滋润着他们的生活。音乐,让他们感到寂静的长夜也不再单调了。

实际上,音乐不仅让施韦泽在寂寞的丛林里拥有了充实的内心,成为其人道行为的精神慰藉,还在丛林诊所遭遇经济困境的时候,一次次为他筹集到了维持诊所运行所需的一部分资金。

7

施韦泽献身兰巴雷内热带雨林,每天都忙碌于诊疗工作,虽然十分劳累,但是看到丛林村民的身体健康有了一定的改善,心中自是十分欣慰。事实证明,他选择这个贫穷落后的地方作为自己志愿服务的目的地,完全不是庸人自扰、无事失惊,而是太正确、太必要了,这里的人们太需要他了,他在这里是不可或缺的。

一天早晨,送来了一个癔症样发作严重的女病人,但见她双目紧闭,四肢冰冷,牙关紧咬,呼之不应,家里人认为她已经没有救了。施韦泽详细询问了病情,仔细给她做了检查,没有发现阳性体征,认定她是神经官能症,便用语言暗示来安慰她,注射了小剂量镇静剂,并用冷水敷脸。很快,病人就清醒了,稍微讲过几句话后,便安静地睡着了。家里人感到十分惊喜,病人的丈夫感激地对施韦泽说:"啊,博士,你在我们这里真好,这儿的病人太多了,我们太需要你的帮助了。"

"你在我们这里真好!"这简单的一句话,令施韦泽十分感动,进一步坚定了他服务非洲人民的决心和信心。他是一个真诚的、仁爱的、具有医学知识的人,帮助贫病、救死扶伤、奉献自己是他的天职。白天的诊疗工作,再忙再累,于他而言也是充实而富有意义的。

忙碌了一天之后,夜晚回到小木屋中,坐在靠着窗户、上面放着歌德作品的书桌前,静静地思考,静静地阅读,静静地写作。丛林湿热的风儿从窗外吹来,吹弄着桌子上摊开的稿子,拂动了他的心事。窗外树叶簌簌作响的声音,蟋蟀、蟾蜍断断续续的叫声,打破了丛林之夜的宁静。转眼间,铅云低压,一直压到了树梢头。很快,暴雨就倾盆而下,水滴穿窗而进,点洒在他的脸上,纠缠着不尽的记忆。

回想来之前,亲朋好友们劝阻他的行动,总是说他夸大了非洲人民的痛苦,认为非洲缺医少药的实际情况还远远没有糟糕到他所想象的那样。而今,他到了这里,亲眼见证了丛林村民的疾苦,他们几乎遭受所有疾病的折磨,没有任何医疗保障。对于他们来说,一个医生简直就是此生最大的救星。

对于自己来这里的感受,施韦泽在笔记本上写道:"回顾这些日子在这里的医疗工作,我发现对于丛林村民来说,拥有一个医生是多么必要。这里过去几十年里没有任何医疗服务,土著村民的健康无法得到保障。因为我的到来,村民们得到了我的帮助,患病后终于有了医治的地方。虽然我一个人的力量是微薄的,但在维护村民健康方面所起的作用是不小的。尽管我终日忙碌,十分劳累,精力和体力都消耗极大,但我觉得用我的劳累换取丛林村民的健康,这是非常值得的事情。"

情动深深之际,施韦泽推开小木屋的木门,走到了室外。此时,雨儿已经停歇,大地一片湿润。他站在辽阔的非洲土地上,任晚风吹拂脸庞,任思绪随风飞扬。

8

人无远虑,必有近忧。虽然有了临时诊所,但条件实在太差了。这里闷热潮湿,不通风,不透气,地方狭小,不能实施手术,一些需要手术治疗的病人因此被耽搁了,甚至因延误而送了性命。施韦泽为此感到十分不安。

在临时诊所坚持了几个月后,他对现状愈发不满,下决心建一个条件相对好一些、可以开展一些常规手术的丛林诊所,挽救那些需要手术治疗的病人的生命。

他找到传教办事处,汇报了目前的医疗工作和面临的困境,希望能够得到他们的支持。办事处了解当地的实际情况,对没有事先为他建造丛林诊所也颇感内疚,因此稍加研究便同意了他的意见,还专门拨给他两千法郎,用作建造诊所的费用。

有了经费和传教办事处的帮助,施韦泽便在离自己住的小木屋几分钟路程的原始森林边缘选定了地址。虽然雇佣工人是一件十分困难的事情,但他还是千方百计去笼络人心,想方设法找了一些已经被他治愈了的村民,以及当前一些病人的陪护人员,请他们来为诊所建设出力,自己则一有空就在工地上进行现场指导、监督,并和黑人工人们一起干活。

就这样断断续续花了几个月的时间,经过艰苦的劳动和不懈的努力,终于在年底时建成了一幢长8米、宽4米的木屋建筑。屋子被建在坚实粗大的木桩上,墙壁由木板建成,屋顶上盖着被制成了波浪状的铁皮,远远望去还很美观。

虽然这是一个十分简陋的建筑,而且里面的空间也不是十分宽敞,但有限的空间被做了很好的规划,设置了药房、诊疗室、小手术室和消毒间,地上铺了水泥,窗户也开得很大,与之前由鸡窝改成的密不透风的临时诊所相比,这里的条件已改善了许多。

仅仅这一幢房子是不够的,医院还需要建一些辅房。于是,在这个主建筑的周围,施韦泽又另外建造了一些相应的附属建筑、病人的等候室和住院用的病房,它们也都是木结构的。住院病房是按照黑人茅舍的格局，用木头和椰子叶盖起来的，共安置了16张病床。

施韦泽将这些病床设置得很宽，上面可以同时睡3个成年人。床上铺了细软的干草，人睡在上面柔软而舒适。床底下的空间很大，可以让病人放置一些日常生活用品。床上没有挂蚊帐，需要病人来住院时自带。

住院部不分男女，一切就像在家里一样，可以同时收住近50个病人。由于丛林村民不讲究礼仪习惯，家属和陪同人员常常睡在病床上，而真正来了需要住院的病人却无处住。因此施韦泽对他们宣布了一条严格的纪律，那就是"如果病人没有床睡时，绝不允许健康人睡在床上"。另外，他在附近又建了几间比较坚固的病房，用来单独收治精神病人。

考虑到独木舟是原始雨林里的主要交通工具，施韦泽在距诊所25米处的河湾岸边建了一个小码头，专供运送病人的独木舟停靠。那儿生长着一棵高大的芒果树，枝丫伸展开来犹如一把巨伞，形成了一个天然阴凉的地方，非常适合独木舟的停靠。

9

流年似水，以一派悠然的姿态，静静地漫步在红尘间。时光无恙，且行且珍惜，

山水迢迢来到兰巴雷内的这些日子，从临时诊所到新建诊所，加上接踵而至的病人，施韦泽的每一天都十分辛苦，没有一点空闲时间。

然而，在一往情深的日子里，谁能说得清什么是甜什么是苦，只知道明确了今生的方向，就义无反顾，一路前行。

新的一年来临之际，施韦泽终于拥有了梦寐以求的丛林诊所，虽然依然简陋，却是无限心血的凝结，寄托了他的至深情感。

晓月清风里，静听风的私语。站在刚建成的诊所前，凝眸这花费了许多心血的非洲丛林式建筑，任缕缕夜风吻过发梢，让不尽的欢喜随心而舞。

暗夜轻吟，尽享这一份幽谧的时光。他坚信，今生与丛林村民的邂

逅,一定是灵魂的隔世重逢。他懂他们的苦,知他们的忧,明白自己默默无语的守候里,潜藏着一份怎样的感情。

此刻,海伦娜依偎在他的身旁,为他分担心事,分享他的快乐。两人执手相待,静看明月星辰。月白风清,花事如梦,她的笑容如此甜美,那一抹嫣红晕染了回眸的笑靥,如朵朵鲜花绽放在草地上,将美丽的丛林装饰成一座春天的花园。

他是她今生永远的骄傲,她是他今生永远的温暖。因为心中有方向,眼里有阳光,两个相爱的人在一起奉献,再苦再难,也感受着一份温暖,仿佛每天都走在通往春天的道路上。

流年,因爱而温润;岁月,因情而丰盈。这世上最纯的爱恋,珍惜了,便成了一道最美的风景,日日芬芳。

救死扶伤

1

风从丛林中来,于水月无声处,把沁人心脾的花香来播散。这风中的幽香,一定源自于医心无私的他,于万水千山间,舞尽人间的情和爱。

丛林诊所建成以后,施韦泽终于拥有了自己的一方天地。他时刻铭记自己为了什么而出发,向着最初想要抵达的方向一路前行,不管还将走过多少泥泞,踏过多少荆棘,终不回头。

在夫妇俩整日不停的忙碌中,施韦泽觉得为了将更多的精力集中在诊疗工作上,有必要在当地找一些帮手做一些零星杂事。可是,想找到一个好帮手,却没这么容易。在这贫瘠落后的原始森林里,读过书的人不多,能讲流利法语的人更少,懂一点医学知识的人则一个也没有。

尽管如此,施韦泽还是处处留心,希望能够发现一个合适的人选。一个偶然的机会,他结识了一个叫约瑟夫·阿佐瓦尼的黑人,他是个厨师,读过一些书,有一定的文化修养,可以讲一口比较流利的法语,人也很有灵气。经过和约瑟夫几次交谈后,施韦泽终于将他收于麾下,成了自己的第一名黑人助手。

约瑟夫虽然不懂医,但人较聪明,也勤奋好学,没过多久就可以分辨出诊所里的全部药品了,能够准备好手术器械和缝扎材料,并且在施韦泽夫妇俩忙碌的时候,可以给他们打下手做一些简单的事情。

每天早上开诊之前,病人已早早地集中在门口了。在他们等待的时候,约瑟夫便对大家发话了。他大声说道:"大家都听着,我是医生的第一助手,"他把自己称为"医生的第一助手"确实没有错,说这句话时他显出一副得意扬扬的样子,"现在我来宣布医生为诊所制定的守则,大家必须严格遵守。"他用目光扫视了一下等候的病人,故意稍顿了一下,继续大声说:"诊所是一个公共场所,要为大家服务的,因此大家来诊所看病,要讲文明,不许随地吐痰,这是第一条规定,大家听到了没有?"

下面乱哄哄地回答道:"听到了。"

"好,"约瑟夫满意地点了一下头,"现在我来宣布第二条规定,医生看病需要一个安静的环境,所以等待的时候不许大声喧哗,大家能做到吗?"

下面有人怯怯地问道:"小声交谈可以吗?"

"要很小声,不能影响医生看病,懂吗?"约瑟夫大声说道。

看到大家似懂非懂地点着头,他又继续说:"由于病人较多,一些病人上午不能看完病,所以要自己带好中饭,等下午再看病,大家明白吗?"

"明白!"这次的回答很整齐,约瑟夫很满意。他微微笑了下,继续宣布:"未经医生同意就在传教站过夜的人,不发给药品;由于药瓶紧张,所以医生给你们的瓶装药吃完后,空瓶一定要归还;医院不准备蚊帐,住院病人要自己带好蚊帐;如果每个月的中旬有船只到达兰巴雷内,医生只看急诊病人和重病人,因为那几天医生要为了补充药品而写信、开清单……大家都听明白了吗?"

约瑟夫是个很负责的人,他每讲完一条守则,都要再大声地问一句:"大家都听明白了吗?"当有人说"不明白"时,他便会耐心地再解释一遍,并请大家务必遵守。

约瑟夫的到来,使施韦泽可以放开一些杂务,与土著黑人之间的沟通也方便了许多。一些听不懂的部落方言,可以通过他的翻译而大致听懂了,这为他的诊疗工作带来了巨大的便利。此后,施韦泽又陆续聘用了几个黑人助手,诊所里一些其他的简单杂务他也可以少操一些心了。

2

丛林诊所设置了一个小手术室,终于可以开展一些常规手术了。施韦泽在兰巴雷内接诊的第一个手术病人是一个骨折病人。由于这里木材交易兴盛,伐木工人较多,经常有被树木砸伤的事件发生,因此这里骨折病人也相对较多。

过去由于没有医生,不管是否为开放性或粉碎性骨折,不管是否损伤神经血管,不管对线对位如何不良,都只能简单地包扎一下。许多病人因为失血过多或继发感染而痛苦地死去,一些存活下来的病人也大多留下了严重的后遗症,甚至终身残疾,丧失了劳动能力。

这是丛林诊所建立后开展的第一台手术。海伦娜细心准备好手术床,消毒好手术器械和缝扎材料。施韦泽原本以为,丛林村民对动手术一定极度恐惧,然而他却惊讶地发现,这个骨折病人竟然不等他与其多做沟通,便很自愿地进入手术室躺到了手术床上,并且镇定地说:"博士,你给我做手术吧。"

施韦泽很惊讶,一开始不得其解,可稍一思考,他便想通了,一定是过去殖民政府组织的巡回医疗队在巡回医疗期间,为这个村民的部落里的一些人看过病,并且做过手术,因此他是丛林里少数知道动手术是怎么回事的人,因而对手术没有太多恐惧,甚至可以自愿躺到手术床上。

海伦娜和病人聊了一会儿天,问他伐木工作的情况,又问了他一些家里的情况,使他进一步缓和了情绪。病人很配合,也不太紧张,令第一台手术一开始就非常顺利。于是,海伦娜顺利地给病人上好了麻药。在麻醉起效后,施韦泽便开始施行手术了。

手术室条件虽然简陋,但施韦泽还是毫不迟疑地因陋就简担当起了主刀医生的责任。海伦娜以手术护士的身份负责术中护理,同时她还要做好麻醉监测和生命体征监护。约瑟夫戴了一副橡胶长手套以助手的身份帮助他俩,用碗把伤口流出的血和脓液倒到外面。约瑟夫干得特别认真,真是一个难得的、不错的助手。

这是在丛林诊所开展的第一台手术,大家的注意力都高度集中。

施韦泽胆大心细，准确地做好每一步操作，消毒、铺巾、切开、对位、固定、止血、缝合，每一个步骤都干净利落。海伦娜在术中全神贯注，全力维护病人的生命体征。几个小时后，手术取得了圆满成功。病人经过一段时间的休养后，骨折完全愈合了，身体恢复了，劳动力一点也没有受到影响。

第一台骨折手术成功后，各种传说迅速在丛林里传开了。传得最神奇的说法是：博士大夫施韦泽是一个有神奇魔力的人，他可以先把病人杀死，然后给他开刀，最后再把他救活。施韦泽在丛林村民的眼里成了传奇，从此名声大噪，骨折病人纷纷前来要求接受手术。夫妇俩尽心尽责地做好每一台手术，治好了一个又一个病人。虽然忙得疲惫不堪，内心深处却无比欣慰。

一次，人们送来了一个腹痛病人。他连续痛了好几天，腹股沟部位鼓起了一个肿物，整个人都痛得蜷缩了起来。施韦泽详细询问了病史，仔细检查过身体，化验过血液后，诊断他患的是腹股沟疝，疝内容物已经嵌顿，不能还纳回腹腔，若不及时处理，将发生嵌顿性肠管坏死，从而危及生命。

面对这个嵌顿疝病人，施韦泽的心情非常复杂。自己是方圆数百里内唯一能够救他的人，由于自己的到来，他才能够得救，否则他将和过去许许多多在茅屋的沙地里打滚的病人一样，在太阳下山的时候悲惨地死去。

施韦泽对病人交代了一些注意事项后，就让病人躺在手术床上，将自己的手放在他的额头，柔声对他说："静一下，你很快就会睡着的，等你再醒过来的时候，我已经帮你解决了问题，你的痛苦便已消失了。"

病人顺从地点了点头。海伦娜为病人上好了麻药。麻醉显效后，施韦泽、海伦娜、约瑟夫紧张地忙碌开了。几个小时后，手术取得了圆满成功。病人还在昏睡的时候，被大家轻手轻脚地抬回了病房。当病人在昏暗的病房里醒来的时候，惊讶地看着四周说："咦，我怎么回到病房里了，我怎么一点也不痛了，啊，我活过来了，我又活过来了！"

又有一次，一个剧烈腹痛的病人被送了过来，他的肚子鼓胀得十分厉害，人已接近休克状态。施韦泽做过仔细检查后，发现这是一名急性肠梗阻患者,需要立即给予急诊手术治疗。在赤道非洲的热带丛林里,这样的病人常能见到。过去面对病人的剧烈腹痛,大家都一筹莫展,只能眼睁睁地看着病人不停地呻吟,翻来覆去挣扎,最终痛苦地死去。

施韦泽在医学院学习和临床实习的时候,在外科急腹症方面花费了大量的时间和精力,扎实的医学基本功此时发挥了作用。在海伦娜的配合下,他以惊人的医术,给病人上好麻药让他安静地睡去,又令人震惊地切开病人的腹腔,仔细检查了病人的肠子,解除了肠道梗阻,最终救活了病人。半个多月后,病人康复了,临出院时,紧紧握住施韦泽的手久久不肯放开,口中说着感谢的话,眼睛里流露出的感激之情中却充满了疑惑。病人无法相信,这个被人称为"博士"的白人医生居然能够切开他的肚皮,把肚子里的肠子翻来覆去地查看,最后把他救活。

热带丛林里心脏病的发病率也很高,病人常常会突然发病,并在夜间加重。施韦泽带来的玄参等新药对这种疾病的疗效非常显著。病人用了这些药后,胸口闷痛缓解了,快速的心率得到了控制,急促的呼吸平稳了,夜间也能够安然入睡了。这令病人感到惊喜,也使施韦泽深受鼓舞。

一次次成功的手术,一个个起死回生的生命,使丛林村民对施韦泽的医疗技术深信不疑。施韦泽由此成了他们眼中的奇迹创造者,人们像30多年前信任美国白人传教士医生纳索博士一样信任他了。

暮色渐浓,夕阳的余晖透过咖啡树的缝隙投射进病房,照在施韦泽的身上。此刻,他正站在病人的床边,与病人倾心交谈,他们互相之间的那种信任,给人以亲人般的温暖。每当这时,施韦泽便幸福地觉得,自己在丛林里能够为土著村民的身体健康发挥这样的作用,真是太好了。

3

"救死扶伤,治病救人",施韦泽心中的这八个字蕴含了多少对非洲人民的深厚感情。

从踏上兰巴雷内那一刻起,他就期待传教办事处为他建好丛林诊所,然而直到半年以后,在自己的努力下,这个愿望才真正得以实现。现在,他已经能够在诊所里给病人做手术了,并且由此挽救了一些人的生命。对他来说,这是来兰巴雷内后最开心的时刻。

丛林诊所建成以后,他希望诊所能够最大限度地发挥作用。这段时间以来,他已经了解了一些丛林村民的生活习惯和部落传统,十分清楚要想做到这一点,自己不能按照欧洲的规矩和书本上的要求来管理诊所,而应该入乡随俗,按照当地的方式来运作,尊重传统,尊重习惯,以丛林为中心,尽可能为村民们提供更多的方便,以此赢得他们的信任,更好地为他们服务。

时间过得很快,不经意间,已是来兰巴雷内的第二年了,在与丛林村民的交往中,施韦泽对这里的风土人情也有了更多的了解。偌大的丛林只有这么一个诊所、一个医生和一个护士。病人来自丛林深处的四面八方,他们患有各种各样的疾病,有的人为了来看病,要划上整整一个星期甚至更长时间的独木舟才能到达这里。

他们从方圆几百里的丛林深处离家而来,带着需要照顾的孩子,带着必需的生活用品和食物,甚至带着家禽,在这里边看病边生活。面对这样的现实,用欧洲现代化医院的那一套管理方法,显然是行不通的。考虑到这些实际情况,施韦泽决定抛弃欧洲那一套医院管理制度,根据丛林村民的实际需要,来开设一家真正属于非洲人的诊所。

在丛林诊所,他除了为日常诊疗工作操心外,还要为病人的日常生活操心。他决定不打乱病人的生活,而令医院规章制度尽量适应他们的生活习惯,给他们以方便,以此得到他们的理解、支持和信任,从而充分发挥病人本身在医疗中的作用。

在茂密闭塞的非洲丛林里,土著黑人的家庭关系密切,同一个部落的成员之间互相都有照应。为此,施韦泽放宽了诊所对病人陪客的限制,允许病人带上自己的小孩、家属和陪护人员,带上几天、几个星期乃至几个月的食物,甚至允许他们在医院四周安营扎寨、生火做饭。

由于医院人手太少,对病人照顾不过来,因此他又鼓励家属尽量陪同病人一起来就医,以便病人能够得到更多的照料。他的这些举措,

虽然增加了诊所的管理难度，但是对于方便丛林村民，让他们更好地适应这里，以便更好地接受治疗，尽快恢复健康，是大有裨益的。

施韦泽坚定不移地推行这些便民措施，绝不做影响病人情绪的事情。他的举措得到了丛林村民的拥戴，大家生病后首先想到的就是丛林诊所和施韦泽博士，而不再是跳大神的巫师了。

4

得知施韦泽的丛林诊所开办得有声有色，深受土著黑人的欢迎，他的欧洲朋友非常高兴，远道而来探望他，同时亲眼看一看他的这个独特的诊所。然而，他们一到诊所附近，就发现这里的一切都是乱哄哄的，四周竟然到处是鸡鸭，还有营火。人们在这儿做饭，根本不像一个欧洲的诊所。

他们对这一切感到十分惊讶，不解地问道："阿尔贝特，这就是你的诊所啊？你看看，村民们拖家带口地随意在这儿停歇，生火、煮饭、休息、睡觉，还养着家禽。你这里哪有一点诊所的样子，反倒像是非洲丛林里的一个村落。"

"呵呵呵，真被你们说对了，这里是非洲丛林，而不是欧洲，"施韦泽大声笑道，"这里的病人是丛林村民，他们贫穷，没有文化，不懂纪律，不受约束，生活在丛林深处的各个角落，来看一趟病很不容易，目前以这种丛林村落的形式来办诊所，对他们来说是最适合的。"

施韦泽指着正在生火做饭的病人，继续说道："你们可要知道，他们或许要划上一个星期甚至更长时间的独木舟，才能来到我这里。他们来看病，常常是一家人举家而出，他们要生活，如果什么也不允许，那么最简单地说，他们上哪儿去吃饭、睡觉呢？"

看到朋友们开始有点理解了，他更是得意："所以嘛，现在这样是最适合他们的。当然啰，今后他们接触文明多了，接受了教育，有了文化，懂得纪律了，生活富裕了，同时医院的条件也改善了，就可以对他们严格要求了。"

突然，他的眼睛一下子明亮了起来，满怀憧憬地说："到那时，条件好了,村民们的文化素质提高了,我一定将诊所改建为正规的医院,将欧洲的医院管理经验渐渐移植过来,把医院建成一所现代化的医院。那时候,你们一定再来参观哦。"

"哈哈哈,到时候,我们可会不请自来的哦。"

就这样,施韦泽的兰巴雷内诊所渐渐成了一个新型的、特殊的、丛林式的独特的诊所了。它不同于欧洲的诊所,甚至不同于世界上任何其他地方的诊所,但它在闭塞落后的非洲丛林里发挥了巨大的作用,能够有效地为土著黑人解除病痛,得到了这里的人们的高度认同。

5

兰巴雷内的土著黑人散落在丛林深处各个闭塞的部落里。虽然部落里面人们互相照应,但是部落与部落之间没有往来。他们没有文化,不懂规矩,不懂礼貌,不晓得受人恩惠后要适时感恩。相反,根据传统习惯,他们觉得自己得了病,医生给自己治病,护士照顾自己,这些都是天经地义的事情。

不仅如此,他们认为施韦泽不远万里来到非洲帮助他们,是为了和他们交朋友,既然这样,那他就应该关心他们,赠送礼物给他们。于是,他们看好病回去的时候,根本就不懂得致谢,更没想到要支付费用,反而常常向施韦泽索要一些礼物。

不用说,这样的状况并不是丛林村民的思想出了问题,而是因为闭塞落后与外界少有往来,以及落后的习俗观念造成的。事实上,施韦泽志愿服务非洲,根本就没有想过要从丛林村民身上赚钱,丛林诊所的开支来自于他自己的积蓄和欧洲朋友们的资助,他的医疗行为完全是在尽一份义务。

可是,他很快就发现,由于前来就医的病人太多,而医疗物资的数量毕竟有限,如果只是无偿消耗而没有补充,不但不利于诊所的进一步发展,长此以往还将影响诊所的生存。同时,因为一切都是免费的,村民们对轻易就能得到的医疗服务就不珍惜,也不爱护诊所的财产,药品纱布等浪费严重。

此外，由于当地粮食不足，经常发生饥荒，他还时不时要向一些病人和陪客提供必需的食物，这就使得他的日常开销更大了。虽然从未想过要向村民们收取费用，可是他心里明白，长期这样下去，自己一定很难维持。

而且，他觉得一些做人的基本道理，人与人交往的一些基本原则，作为一名医生和基督徒，他有义务去向村民们宣讲，通过自己去影响他们，改变他们，让他们能够逐渐走进文明的园地。于是，他开始耐心与他们沟通，一步步引导他们，告诉他们要懂得感恩，要记住帮助、救治他们的人，并应该向帮助他们的人表示感谢。

同时，他还告诉他们，大家之所以能够在丛林诊所里获得医疗救治，其中还包含了许多远在欧洲的朋友们的无私捐助，对那些欧洲的朋友也应该表示感谢。渐渐地，村民们开始懂得了施韦泽对他们的教导，很多人变得懂礼貌了，并学会了感恩。

从那时起，接受治疗后，一些人会送来一点谢礼，有的人还会象征性地支付一定的费用。土著黑人开始懂得珍惜别人的劳动成果了，也懂得爱护诊所里的东西，不再浪费药品纱布了，诊所的医疗秩序也因此有了明显的改观，这令施韦泽感到十分欣慰。

6

兰巴雷内是一个特别贫穷的地方，由于食物短缺，经常会有饥荒发生，丛林里的很多人，常常处在半饥半饱的状态。施韦泽发现来诊所就医的病人中，很多人患有严重的营养不良症，十分消瘦，抵抗力差，对治疗的反应弱。这些病人体质虚弱，只有补充营养增强体质后，治疗措施才能发挥更好的效果。

面对这样的现实，施韦泽和海伦娜商量起了对策。夫妇俩一致认为因地制宜地开荒种地，应该可以解决一些问题。

于是，两人在结束了白天的诊疗工作之后，又花了许多时日，于下班后在原始森林边缘的奥果韦河边开垦了一块荒地，种植了一些农作物，包括木薯、芋头、各种蔬菜等，并且饲养了一些家禽。

就这样,在很长一段时间内,两人白天是医生、护士,晚上就成了农民。

夜色渐浓,星星像闪光的珍珠一样布满暗蓝色天空的时候,正是两人在地头辛勤耕种的时候。淡淡的月光,淡淡的朦胧,恰似那一份辛劳,将两人的身影笼罩。

一阵夜风吹来,将新翻开的泥土的气味送入了夫妇俩的鼻观,这可是令他俩深深陶醉的大自然的气味。

"这味道真好!"不约而同地,两个人说出了同一句话。话音刚落,两人便相视一笑,这一份欣喜,何需千言,只一句便已胜过万语。

施韦泽轻拥爱妻,两人情话绵绵,这一份至深的情感,像璀璨的烟花一样绽放于清寂的夜空,绚丽了丛林之夜。

在远离欧洲的非洲丛林里,在这方远离文明的贫瘠土地上,夫妇俩就这样整日忙碌着,白天诊疗工作结束后晚上还要当农民。尽管十分劳累,但他们一点埋怨也没有,充满了乐观主义的精神。

在夫妇俩日复一日的辛劳下,荒地渐渐变成了良田。这翠绿的土地,浸透了两人的多少汗水!望着这一片生机勃勃,满眼绿意摇曳,夫妇俩的脸上挂满了笑意。

就这样,丛林诊所拥有了一个特别的食物供给基地,住院病人的伙食由此有了明显改善。病人的体质得到了增强,健康状况开始有了好转,治疗效果也更加明显了。

7

非洲丛林里,除了那些热带的常见病、多发病外,精神病也常能见到。教科书上说,这是一种严重的心理疾病,发病时往往有语言混乱、行为怪异、性格反常、敏感多疑、幻听、幻觉、幻视、妄想、逻辑倒错、思维破裂等现象。患者的思维和行为与常人不同,大体上可分为抑郁型、狂躁型和精神分裂型等。

由于土著黑人不懂得精神病的起因,固执地认为是由于魔鬼附上了人体所引起的,所以他们特别害怕和精神病人接触。由于害怕附在

精神病人身上的魔鬼又找上别人,因此他们总是将精神病人隔离开来,不是将他们像野兽一样关进竹笼子里,就是将他们捆绑起来后直接扔进河里。

在这里,精神病人的遭遇十分凄惨。他们不被理解,不被当人看待,被大家抛弃,被当成牲口一样对待,生命贱若蝼蚁,随时都可以被消灭,化作一抔黄土,消失在丛林里,连坟冢都没有一个。这样的遭遇,想起来总令人心酸。

一天,将暮未暮之际,施韦泽忙完一天的工作,刚和海伦娜回到小木屋,突然有人急匆匆地向他们跑过来,一副惶然的神情,嘴里急促地叫道:"博士,不好了,有个精神病人正在疯狂地大吵大闹,没有人控制得住她,你快去看看吧。"

"好的,别急,我这就跟你走。"

施韦泽边说,边嘱咐海伦娜快准备一些镇静药物,自己立即跟随来人往丛林里跑去。

十多分钟后,他看到前面一群人正围着一棵高大的椰子树在哇啦哇啦地说着什么,树干上捆绑着一个老太婆。她正是那个正在发病的精神病人。她一副旁若无人的样子,嘶哑着嗓子只管对着天空声嘶力竭地大声叫骂。

这时候,一阵阵闷雷声从遥远的地平线上滚滚而来,轰隆轰隆,大地在微微晃动。风一阵阵吹来,把她的头发吹得凌乱。突然,闪电亮起,迅疾照亮了正在大声喊叫的老太婆的脸。她脸上的肌肉已经扭曲,目露凶光,张大嘴巴叫着,神情十分恐怖。

施韦泽站在一旁,静静观察了几分钟,认定老太婆是周期性狂躁型精神病发作。他令周围的村民安静,并让他们为病人松绑。

可是,村民们没有一个敢靠近她,反而纷纷向后退缩。他们生怕老太婆一旦脱离了束缚,会将自己抓住,从而自己也会被附在她身上的魔鬼附体,变成精神病人。

任凭施韦泽百般解释,村民们就是不信,反而躲得更远了。

无奈之下,他只好自己上前将捆绑老太婆的绳子解开。刚一松绑,老太婆便尖叫一声,伸出双臂向前扑去。周围的村民们顿时吓得一哄

而散,生怕被她抓到。施韦泽身体健壮,力气极大,他立即伸出双手,一下将老太婆紧紧抓住,把她牢牢按在了地上,令她动弹不得。

这时,海伦娜拿着镇静剂赶到了。她用针筒抽了一支注射到老太婆的体内。过了一会儿,老太婆就安静了下来,不再狂躁。虽然老太婆一声不吭,但仿佛神志已稍清醒,她似乎很听施韦泽的话。施韦泽让她跟自己走,她似懂非懂地点了下头。

海伦娜搀扶着老太婆,跟随施韦泽向丛林诊所走去。一大群土著村民跟在后面,看着老太婆在施韦泽的引导下,顺从地走进了诊所边专为精神病人建的小屋里。不一会儿,她就睡着了,鼾声大作。

之后,施韦泽连着给老太婆服用了几天抗精神病药物,很快,她就恢复了正常。

施韦泽居然能够将附在人体内的魔鬼赶走,把精神病人治好,这令村民们对他极其佩服,也就更加崇拜他了。

8

爱是人间最美的情感。有爱的地方,就是天堂。

不经意间,新的一年过去好几个月了,丛林诊所和施韦泽博士的名气已经很响了。方圆几百里的病人都在向诊所汇聚,把这里当作了丛林里的天堂。

虽然新建了诊所,但是由于病人实在太多,因此房屋很快就不够用了,只有再盖一些新房子,才能满足丛林村民日益增长的医疗需求。

于是,施韦泽又一次求助于传教办事处,并想方设法请了一些工人,又动员了一些康复的病人或者住院病人的家属,让他们加入到建设者的行列之中。

然而,管理这些工人是一件非常困难的事情。白天,施韦泽在诊所里忙着诊疗工作,连续不停地给病人看病。结束了一天的辛劳,当他晚上到工地上查看进程时,却发现这些工地上的黑人工人什么活也没干。到了第三天,他实在忍无可忍,终于对他们发火了。

面对这些黑人工人,施韦泽怒气冲冲地说:"整整三天了,你们整

日在这儿磨蹭,什么活都不干,你们像话吗?难道你们不知道,这是为了更好地给你们这些丛林里的村民看病而盖的房子吗!"

面对他的愤怒,大家选择了沉默。施韦泽盯着一个看上去比较老实的黑人说:"你倒是说说看,我请你们来是为了什么?难道是为了让你们在这里日复一日地消遣?"

这时,这个黑人终于开口了,他讷讷说道:"博士,请你不要训斥我们,因为你自己对此也负有责任。你其实并不了解我们,我们并不是偷懒,而是因为你没有和我们在一起。"

黑人望着施韦泽,停止了说话。施韦泽一听,更加恼火了,声音也更大了:"我正忙着给病人看病,而不是在游手好闲,难道你们要我停下诊所的工作,扔下那些病痛的患者,来这里陪你们?"

这时,黑人又怯怯地说道:"我们知道你忙,但如果你每天能抽些时间和我们在一起干活的话,我们就会好好干了。如果你不在这里,而只让我们在这里的话,那么明天、后天,我们依然什么也干不了。"

听了这番话后,施韦泽无可奈何,只能每天抽出一些时间去工地上监督他们,自己带头和他们一起干活。这时,黑人们都跟着他卖力地干开了,直干得满头大汗、衣衫湿透。这一感人的场景又使施韦泽深感内疚,后悔自己对他们发火。

这些土著黑人,事情过去就过去了,根本就没去记施韦泽对他们发火的事。他们不记恨的性格,令施韦泽折服。

回到家里,他激动地对海伦娜说:"丛林村民的心胸就是开阔,我责骂他们后,他们一点也不往心里去,依然尊重我,跟着我卖力地苦干,令我既感动又惭愧。在他们身上,有许多值得我们学习的东西。"

就这样,在倾注了施韦泽的无限心血以后,丛林诊所又扩建了一些屋子,拥挤的局面暂时有了改观。然而,前来求医的病人比过去更多了。由于气候湿热,加上源源不断的病人,施韦泽每一天都非常疲惫,傍晚下班的时候常常累得连腰也直不起来,但他依然努力坚持着。

此刻,他接诊了两个高热、头痛患者,若要排除致命的非洲昏睡病,他必须在显微镜前坐上两个小时,仔细查看他们的血液涂片。然而,外面还坐着20多个想在上午得到诊疗的病人,手术后的病人也要检查伤口的愈合情况,他还要给病人拔牙……

海伦娜和施韦泽一样,每一个日子都注定是忙碌的,没有一点空闲时间。她要制作蒸馏水,消毒手术器械,发药,换药,护理病人……跋涉在路上,人生如花开,志愿服务的护理工作再忙再累,她也会坚持到最后,为丛林村民的健康奉献自己的一切。

就这样,夫妇俩坚持着,互相鼓励,在非洲的热带丛林里,克服巨大的困难,救死扶伤,治病救人。这样艰辛而独特的人生之路,完全是他俩自愿选择的。对于勇者而言,不管再苦再难,只有前行,没有退却。

有付出,就有收获。当一个个病人治愈出院,眼睛里流露出感激的神情时,夫妇俩总是感到十分幸福,一切疲惫都在刹那间烟消云散了。

战火之殇

1

心怀大爱,生命则如花;心持正念,岁月则从容。

施韦泽是一个心怀大爱的医生,一名心持正念的基督徒,他既不看重名,也不看重利,而是情系人类的命运,同情弱势人群,希望世界永远和平,人世间少一些不平等,多一些幸福与安宁。

完全可以这么说,他是一位特别关注人类幸福、重视人类灵魂快乐、渴望人世间消除不平、期盼人类永远和平的信仰家。在他的内心深处,始终弥漫着生命的激情。他用一颗炽热的心,一份火热的爱,珍惜这一段与非洲人民的前世之缘和今生之情。

随着与土著黑人接触时间的增多,施韦泽越来越被他们遭受的痛苦触动。为了村民们的健康,他必须全力以赴,不惜一切代价。他的医者之爱,从心底最柔软处溢出,像和煦的阳光一样,向丛林深处弥漫。

是流年太浅,还是相遇太凄美,今生与丛林村民相逢,给了施韦泽一个念念不忘的痛。他们的悲苦,成了他心中的一道伤口。而今,他以一个乡村医生的身份,和丛林村民朝夕相处,和兰巴雷内这块贫瘠的土地结下了情缘。土著黑人艰苦的生存环境,落后的生活习俗,他们的善良、淳朴与痛苦,他们所遭受的疾病折磨,所有这一切,无不在他的心中时时掀起波澜。

施韦泽同情丛林村民,越来越理解他们。他要分享他们的快乐,更要分担他们的痛苦。生命不可重复,他要竭尽全力为他们解除病痛的绝望。兰巴雷内土著黑人的悲苦,成了他忘我工作的动力。在这个与他们同喜、同乐、同欢、同悲的过程中,他对生命的意义有了进一步的理解。

在兰巴雷内这片生命勃发的热带雨林里,在救死扶伤的医疗实践中,施韦泽开始对生命的意义进行新的探究。他仔细观察病人,与他们沟通、交流,走进他们的心灵深处。他们是丛林患者,在他来这里之前几乎从来没有得到过医疗照护,而今患病之后,他们在丛林诊所里得到了他的精心医治,感受到了从未体验过的人间温情。

由于丛林缺医少药的特殊经历,施韦泽的病人对于病痛都有着特殊的体验,他们渴望有人关注他们、帮助他们、为他们治病,渴望健康与生命的长久。由此,他觉得自己在这方贫瘠土地上的医疗工作越来越值得,越来越富有意义了。

2

江山烟雨,云水无尘。在结束一天的忙碌之后,施韦泽和海伦娜互相挽着手,穿过丛林不长不短的小道,回到小山坡上温馨的小木屋里,伸展一下疲惫的四肢,静静地小憩片刻。此时,早已暮色四起,月如弯钩了。夫妇俩用过简单的晚餐,就着月色开始聊天,话题大多与白天的医疗工作有关。

"今天那个患肺炎的妇女,她丈夫划了两天独木舟才把她送来。她的身体很烫,已经发热好几天了,咳得厉害,还有些气急。我给她听诊时,发现她右肺全是湿性啰音,还伴有一些哮鸣音,心率很快,如果再耽搁一天的话,恐怕肺部炎症就很难控制了。"施韦泽谈到了今天收住的一个肺炎病人。

"是的,她已经住下了,"海伦娜接过话题说,"输液用药后她的体温已经有所下降,精神也好一些了。待会儿我们再去病房里看看她。"

自从收治住院病人后,夫妇俩在吃过晚饭以后,不管有多累都要到病房里去看一下病人,一些病情变化也可以被及时发现,予以及时处理。这样的夜查房,其实是医患沟通最好的时机,大家在轻松愉悦的氛围里,谈谈病情,拉拉家常,互相之间的距离变得更近了。

来到肺炎妇女的病床前,她的丈夫正陪着她,三个小孩也围在她的身边。施韦泽亲切地和一家人打过招呼,问了病妇一些问题,摸了摸她的额头,用听诊器仔细听了一下她的心肺。随后,他轻手给她整理好衣服,柔声说:"你的体温已经正常了,肺部体征也比白天有所改善。你接下来要做的事情,就是安心接受我们的治疗,好好养病。"

他环视了一下三个孩子,见他们怯怯地站在旁边,便笑着挨个抚摸了一下他们的小脸,并将最小的男孩抱在怀里,笑着说:"看,多可爱的孩子,你们真是幸福的一家啊。我要早点将你治好,好让你们全家早点回家,安享家庭的幸福。"

病妇感激的眼中盈满了泪花,丈夫的双眼也被泪水模糊了视线。施韦泽怀中的小男孩,此刻已不再羞涩,他将自己的小脸紧紧贴在施韦泽的胸前,开心地咧嘴笑着,仿佛依偎在最亲近的人怀里。

夫妇俩来到下一个病人的床边。这是一位骨折术后病人,一条腿上绑着绷带,他的妻子正在照顾他,两个孩子也带在身边。施韦泽解开绷带查看切口愈合情况,看到局部没有感染,切口正在很好地愈合,他很高兴,笑着对病人说:"嗯,恢复得不错啊,再过半个月,就可以回去休养了。再过半年时间,骨折完全愈合了,你也就完全康复了。不过,回家之后,你一定要按照我的嘱咐,坚持康复锻炼,遇到问题及时来诊所找我复诊。"

"好的,真太感谢你了,博士。如果没有你,我这条腿就彻底报废了,我也就成了一个废人。"

施韦泽笑道:"不用谢,我是医生嘛,一切都是应该的。好了,我要查看下一个病人了,你早点休息吧。"

施韦泽来到下一个病人的床边,拉着病人的手,嘘寒问暖,仿佛亲人一般。

3

夜查房过后,回到小木屋里,施韦泽的身心彻底放松了。这样的时候,他常会静静地坐在靠窗的书桌前,翻看一下他最崇拜的诗人歌德

的作品,或在笔记本上写下自己这段日子有关生命的哲学思考。丛林的夜风透过半开的窗户吹进来,吹拂着他的脸庞,给他以丝丝清凉。

累了倦了,他会坐在钢琴前,在窗外稀疏星光和月亮清辉的映照下,宛如一尊鲜活的雕像,神圣而庄严。当他用操劳了一天而略显僵硬的手指在琴键上弹奏时,身心便远离了一天的紧张与劳累。随着他手指的跃动,美妙的音乐立即弥漫在小屋里,飘出窗外回荡在丛林空旷的夜空。

这动听的乐声,时而低沉,时而舒缓,时而激越,时而高亢,像春天的暖风,似黎明的露珠,多么和美,多么空灵,每一个音符都像是思想的跃动,流淌在心间,可以穿透生命的虚无。

海伦娜静静地坐在一边,用心聆听丈夫的琴声。这乐声,令她快乐,令她感动,为她的生命注入了新的动力。她的世界里什么也没有,有的只是他,和他所热爱的一切。

心里拥有一朵花,四季芳香;心中揣着一份爱,岁岁安暖。此刻,在爱人指尖流淌出的天籁之音中,海伦娜的眼眸里蕴满了温暖心灵的安恬。皎皎朗月下,她端坐在爱人的身边,宛如又一尊高洁的雕像,清香四溢,花开不惊。

一曲弹罢,再来一曲。时光静好,与君语;流年安暖,与君同;浮云看尽,与君老。今生我来,只为与你相携同行。待到我们老去的那一天,两鬓斑白,步履蹒跚,我和你坐在高高的椰子树下,细数光阴的痕迹,笑谈岁月的过往,此生足矣。

人生最好最美的状态,不是飞黄腾达,也不是灯红酒绿,而是不辜负这美好的年华,不辜负这人生的寄托,精心守护这来之不易的幸福,一路浅笑,携手永远。

4

轻携一段美好的时光,怀揣一份不变的至爱,走过流年的山高水长,走进丛林深处的千家万户。执念如初,不为名,不为利,像蜡烛一样燃烧自己,照亮别人,用一生的守候,让生命放歌。

人生在世,一定要心中有爱。爱的力量是无穷的,可以创造生命的奇迹。当我们懂得了爱,也就懂得了慈悲。爱若盛开,美景自来。丛林村民是幸运的,因为上苍为他们送来了爱的天使。施韦泽夫妇的到来,让兰巴雷内的土著黑人感受到了爱的温暖。

在夫妇俩的不懈努力下,丛林诊所的医疗工作变得越来越有效,付出与坚守有了回报,村民们的身体健康开始有保障了。夫妇俩的力量虽然并不强大,但只要怀揣一颗大爱之心去努力付出,就能成就一片温馨。

茂密的丛林见证了施韦泽夫妇的艰辛,他们用自己的无私奉献和无悔付出,撑起了土著黑人一片健康的蓝天。他们将他人之痛当作自己之痛,充分体现了医者的操守和大爱的情怀。

热带丛林的风景虽美,却像一道密不透风的墙一样,把闷热和潮湿留给了生活在这片土地上的人们。

来这里工作已经有一年多时间了,在赤道烈日与湿热的侵袭下,像其他初来此地的欧洲人一样,夫妇俩的身体状况不可避免地开始出现了问题。施韦泽由于体质较好,反应较轻,只是皮肤出现了一些问题,膝部出现了一处脓肿,久治不愈。海伦娜的情况则比较严重,她出现了明显的热带贫血症状,动辄心慌气短、身体乏力,每天都感到极度疲惫。

忙碌了一天之后,夫妇俩沿着一条小径,携手向山坡上小木屋的家里走去。以往,两人一路上说说笑笑,一天的疲劳就化解在回家的路上了。然而现在,这一条不长的几分钟的上坡路,海伦娜走得十分辛苦,尽管他一路搀扶着她,依然要走走停停。

他听到了她粗重的喘息声,感觉到她剧烈的心跳。

"亲爱的,我们歇会儿吧。"施韦泽体贴地说道。

"好的,我们歇会儿。"海伦娜应道,她已经筋疲力尽,实在走不动了。

施韦泽就地坐下,让海伦娜依偎在自己的身上,他感受到海伦娜的每一次呼吸都是那么费劲,那么困难,那么难受。

顷刻间,施韦泽难过极了。亲爱的海伦娜,她毕竟是个弱质女流,为了他的事业,她坚守在闷热潮湿的热带雨林里,终日陪伴他,将美好的青春年华与身体健康也一并做出了牺牲。这是爱的牺牲,世界上没有一种牺牲比这更伟大了。

施韦泽含着眼泪,搀扶着妻子,一步一歇,慢慢回到了家中。

作为一名医学博士,施韦泽十分清楚,当身体出现这样的情况时,必须马上休息和治疗了,否则将会延误,引出身体更大的问题,直至不可收拾。

为了妻子的健康,也为了更长久的坚守,他现在必须马上带海伦娜离开这儿的湿热环境。

5

在朋友们的帮助和安排下,施韦泽带着海伦娜离开兰巴雷内,来到了洛佩斯角海湾。这儿是加蓬大西洋沿岸陆岬,在奥果韦河口一个岛的北端,是一个天然良港。这里风景秀丽,终年气候宜人,洁净的海风驱逐了酷暑的炎热,长长的海岸线望不到尽头,大西洋的海浪涌到岸边,抚摩着细软的沙滩,留下无限依恋。

站在金色的海岸线上,面对千层白浪与万顷碧波,倾听满耳不息的涛声,饱览大海的万千风情,一任凉爽的海风将衣襟吹拂。施韦泽陪着海伦娜惬意地坐在沙滩上。

海水慢慢地漫了上来,两人坐在岸边的礁石上,任洁白的浪花濯洗双足,两颗心年轻得如同孩童一般。

这样的时刻,心已与大海一样广阔,人生的烦恼皆已被海风吹得一干二净。大海啊大海,你为了自己的理想而不知疲倦的日夜奔流,你要去的地方,一定阳光灿烂、四季如春。

在洛佩斯角海湾,夫妇俩于椰风海韵中寻得一份清静与安谧。经过休养和治疗,海伦娜的身体有了一定的恢复,贫血症状明显减轻,走路也不再气喘了。施韦泽腿上的脓肿经一位军医做了手术之后,现在也已经痊愈了。

"亲爱的,你的身体恢复了不少,我真高兴。"海伦娜身体的好转,

令施韦泽十分欣慰,他满含深情地对妻子说,"但是,你的热带贫血症还没有完全治愈,我送你回欧洲再休养一段时间吧。"

海伦娜真是个伟大的女性,她的心中挂念着丛林村民,惦念着他们的健康,而今身体已有所好转,哪里肯回欧洲休养,反而催丈夫早点一起回兰巴雷内,不要让期待中的村民们等得太久。

她说:"我们离开之后,丛林里又没有了医生,村民们得了病又没法看医生了。他们太苦了,正等着我们回去呢。现在我已恢复得差不多了,我们赶紧回去吧。"

施韦泽很感动,但他还想再劝一下妻子,便说:"要不,你一个人回欧洲,一路上我就不陪你了,我直接回兰巴雷内去,回去后丛林诊所马上就开诊,这下总可以了吧。"

"你一个人太辛苦了,我舍不得你,而且我也舍不得丛林村民。我们准备一下,选个日子就一起回去吧。"

海伦娜的一片真情深深感动了施韦泽,他不再坚持自己的观点,答应了妻子的请求。1914年8月4日,夫妇俩作别美丽的海湾,携手回到兰巴雷内,在丛林诊所里继续全身心地为土著村民的健康服务。

时光静好,终是沧桑;岁月无言,不堪展望。

正当施韦泽的丛林诊所越来越受人信任,病人越来越多,真正成为人道主义的救治场所时,第一次世界大战在欧洲大陆爆发了。

随着硝烟战火的弥漫,战争变成了同盟国和协约国之间的战斗,世界上大多数国家都被卷入了这场战争之中。

6

随着一战的爆发,欧洲成了杀戮的阵地,人类的文明像晚霞一样被黑暗吞噬了,随即而来的是暗无天日的长夜。战火很快就进一步蔓延,欧洲以外的许多地方也成了战场。

战争影响到了社会生活的方方面面,施韦泽与欧洲亲朋好友之间的通信都因此断绝,来自欧洲朋友们的援助也随之中断了。虽然丛林诊所的情况一下子变得十分糟糕,困难重重,但施韦泽夫妇依然竭力

坚守着。

然而,很快就发生了一件意料之外又令人气愤的事情。一天,当夫妇俩正忙碌在诊所里的时候,一队士兵奉命到来,喝令两人立即停止手中的工作,回小木屋去不许走动。

虽然这里离战争前线还较远,但由于兰巴雷内是法属殖民地,而施韦泽夫妇是德国公民,德、法两国正处在对立的战争状态,因此施韦泽夫妇此刻已被宣布为战犯,作为战俘被软禁,一切行动必须听从看管他们的士兵的命令,丛林诊所也被迫关门停诊。

作为一位人道主义者,施韦泽前来非洲的目的是救死扶伤、造福丛林村民,没有任何政治因素。为了兰巴雷内土著黑人的福祉,他可以献出自己的一切。对于这样一位丛林乡村医生的善举,殖民当局却采取了如此不近人情的措施,无不令人感到深深的愤慨和无穷的遗憾。

施韦泽夫妇被软禁在小木屋里,不允许离开自己的住宅。两人互相安慰着,回顾来到兰巴雷内这一年多时间里为非洲人民的健康所做的一些奉献,心里感到一丝安慰。当想到丛林村民依旧承受着病痛的折磨,而自己却因政治因素不能为他们服务时,两人的内心深处十分痛苦。

生活是一首歌,交织着欢乐和悲伤。施韦泽坐在写字台前,静静地思考着。诊所关门,自己成为战俘,失去了为病人服务的资格,作为一名医生,没有什么比这更痛苦了。前来诊所求医已经成了丛林村民生病时的第一反应。而今,对于许多聚集在诊所附近而无人给他们医治的病人,施韦泽也只能看在眼里,急在心中了。

7

心存一份信念,用心感受生活的不幸。虽然被软禁在小木屋里,与外界的消息也基本阻断,但施韦泽心里一直没有停止思考。今天的欧洲到底发生了什么?为什么会爆发战争?人类为什么不能和平相处?为什么要让生灵涂炭?这世界到底发生了怎样的文化偏离?

这时,欧洲开始了扩张和掠夺,欧洲人在亚洲、非洲等地建立殖民

地，一些国家像强盗一样抢夺他国的土地和财富。一些人彻底丧失了人性，在这个充满诱惑的人舞台上肆意作恶。特别令人不安的是，很多人都没有看清事情的真相，不但不引以为忧，反而崇拜暴力，贪图享乐，一步步滑向堕落。

施韦泽作为一名医生，在非洲丛林里救死扶伤。虽然竭尽全力，可医学自有其局限性，他的力量也是微弱的。面对一个个病痛的生命，施韦泽有时也会束手无策。即便如此，他依然竭尽全力，力争挽救每一个生命，殚精竭虑，鞠躬尽瘁。就在自己以人道服务人类的时候，现代社会却在非人道的路上狂奔。这一场可怕的战争，在熊熊烈焰之中，又不知将造成多少生灵涂炭？在这个疯狂的社会里，作为一名医生是多么渺小，多么苍白无力！

他叹息着，冷峻地思考着，敏锐地感到现代文明已经被粗暴地践踏了，战争只是一种现象，背后是文化的衰落和文明的倒退。今天的欧洲，已经失去了伦理的精神文化。

施韦泽用自己哲学博士的头脑缜密地思考着。他的思维越过了战争的表象，对物质与精神之间的关系进行了理性思辨。他用心思考文化的本质，没有简单地把战争与人类的苦难混为一谈。他痛恨战争这一最残酷的暴力手段，坚决反对这种解决社会矛盾的极端方式。

带着悲凉的情感，在这样的非常时期，施韦泽依然不能停止笔耕，用手中之笔记录下自己的这些想法。他思考人类的生命价值和文化命运，考虑怎样才能让文化得到重生，让社会走上正轨，让人类脱离苦海。

思量未来，人类要走的路还很长、很长。

8

思忖间，小木屋外响起了嘈杂的吵闹声。施韦泽停止了思考和写作，放下手中的笔，站起身来走到窗前。他向外面望去，但见天色灰蒙蒙的，阳光被乌云遮挡住了。小木屋前，一个黑人正在和小木屋的看守激烈地争论着，他的背后挤满了丛林村民。

对于软禁施韦泽夫妇,村民们都非常惊诧,他们都在努力思考,事情怎么会变成这样?给他们送来爱的福音的白人,现在却在互相残杀,这可是完全背离了耶稣的教导啊!任凭怎样解释施韦泽夫妇是敌国人,现在已经成了阶下囚,村民们始终无法理解。虽然这儿是法国的属地,而施韦泽夫妇是德国人,但即使在欧洲,法国与德国开战,也不该把这么一位与政治毫不相干的医生抓起来呀。医生救死扶伤、治病救人,做的是行善积德的事,怎么可能是敌人?对于博士夫妇被软禁,村民们无法想通。

"你们倒是说说看,"这位大声呵斥的村民非常激动,"我兄弟马上就要病死了,你们却不让博士给他看病,你们这是在杀人,你们像话吗?快让开,让我去见博士,让他给我兄弟治病。"

"快让开,快让开,我们要博士为我们治病。"簇拥在屋前的村民们大声应和着,同声指责看守施韦泽的士兵。怒火在他们的胸中熊熊燃烧着。

事实上,这些奉命看守施韦泽的黑人士兵其实也很可怜,他们也不理解囚禁一位可以治病救人的白人医生的行为,他们的亲人生了病也想让施韦泽治疗,可是军令如山,他们除了服从外,还能做什么呢?

"对不起,我们只是在执行命令。只有接到上面下达的指令,我们才可以让博士给大家治病。"一位看守摇了摇头,苦笑着回答道。

"那好,赶紧把你们的上级叫来,我们要直接责问他!"

此刻,看守的士兵脸上再没有任何表情了。他们握着枪,决绝地站在小木屋的门前,任凭人们如何喧嚷,再不发出一声。

此后,一些病情较重的病人和他们的家属天天聚在小木屋前,与看守的争吵日日不断。很快,当地一些白人也加入了抗议的行列,传教办事处和一些社会人士也向政府发出了呼吁。

这时,兰巴雷内法属当局也感到了一定的压力,同时,他们自己也觉得软禁一个来这里志愿献身的医生确实有点说不过去。在经过慎重讨论后,当局决定给施韦泽夫妇一定的自由,允许他们在士兵监视的情况下继续给病人治病。

就这样,在新的一年来临之际,施韦泽夫妇有条件地重新获得了治病救人的权利。这令他俩十分高兴,再度以饱满的热情,全身心投入到医疗救护之中。对于他俩来说,幸福不是长生不老,不是大富大贵,不是权倾朝野,而是献身人类的心愿能够实现。

在战火四起的年代,在生灵涂炭的非常时期,还可以用自己的医术去治病救人,对于施韦泽夫妇而言,没有什么比这更幸福了。在士兵的监视下,夫妇俩又开始忙碌在诊所里了,接诊、配药、换药、拔牙、手术……两人觉得,在忙碌的每一天中,人生的价值又得到了体现。

美丽的奥果韦河见证了施韦泽夫妇的善举。接送病人的独木舟,又在河面上来来往往了。而且,这些看守施韦泽夫妇的黑人士兵,现在也成了他们的朋友。士兵们带着自己的家人前来请施韦泽为他们治病,帮助他们摆脱病痛的折磨。

有了这么一场经历,施韦泽变得更加睿智与成熟了。尽管于他而言,一切似乎都回到了原来的样子,但是战争还在进行,人类还在遭受劫难,有关文化、社会、人类的思考依然深深困扰着他。

文化危机

1

身处遥远的非洲大陆，寄居原始森林边缘的小木屋里，在远离现代社会、远离喧嚣的同时，也为施韦泽的驰骋思想打开了更加浩瀚的空间。

没有了红尘俗世的干扰，结束了一天治病救人的忙碌后，回到小木屋里，在一个个寂静的丛林之夜，他的思维更加活跃，可以冷峻地审视这世间的一切。

从古至今，纵观世界各个地区，结合一个个历史事件，解读一位位人类思想的伟大人物，施韦泽用心梳理人类文明的发展脉络，深切感受文化对人类社会所产生的巨大影响，冷静思考当前从欧洲发起并越燃越旺的战火。看到物质进步下世界文明的倒退、文化的堕落和对人类生命的践踏，他的心情变得越来越沉重了。

不是吗？当施韦泽以一己之力在贫困落后的非洲丛林里救死扶伤、呵护生命的时候，现代社会却在做着截然相反的事，在发动战争，在大肆杀戮，在恶意破坏，文明的绿草被践踏得不成样子。多少无辜的生命，在这场世界大战中化作了冤魂。现实的迷茫中，许多人失去了方向，分不清东西南北，不知道生活之路到底该怎样走？

人间的生离死别，就像花开花落，喜与悲紧紧交集在一起。世界给了你爱，你应该幸福地珍惜；世界给了你痛，你也只能无言地承受。战争一度剥夺了施韦泽做医生的权利，令他十分难过。而今，他又部分恢复了这项权利，虽然颇感欣慰，但一想到熊熊燃烧的战火不知何时才

能熄灭，内心深处的痛非但没有减轻，反而日益加重。

"每天早晨，当我在士兵的监视下来到诊所时，总感到在许多人被迫给别人带来痛苦和死亡的时候，自己还能为人类做些好事，拯救他人的生命，是多么的幸运。"忙碌了一上午，中午吃饭的时候，施韦泽和海伦娜交谈了起来，"虽然每一天都很疲劳，但我觉得我们所有的付出都是值得的。"

"嗯，你说得非常对，"海伦娜赞同道，"在现在这样的形势下，我们还能够用自己的医疗护理技术来给黑人们治病，我们确实是幸运的。虽然每一天都累得直不起腰来，但我和你一样觉得这样的付出是值得的。"

施韦泽望着妻子，点了一下头，没有马上接话。停顿了一会儿，他又心事重重地叹道："唉，这漫天的战火染红了天边的云彩，人类社会的文明也被燃烧得面目全非了。物质的富裕非但没有带来精神的升华，反而使人们变得更加贪婪了，欧洲成了生命意志分裂的战场，人类在战火中饱受劫难，这样的人间惨剧，不知道哪一天才能结束。"

海伦娜十分理解丈夫的心情，她也在担心时局的发展。然而，她是一个聪慧的女子，知道叹息是没有用的，不管局势如何发展，最要紧的是不能丧失信心。于是，她轻声安慰道："在这乱世之中，我们能够在非洲丛林里做自己喜欢做的事，我们自是幸福的。现实虽然不尽人意，但社会总是在曲折中前进的，我相信只要我们坚持，乌云终将散去，阳光依然会普照大地。"

"亲爱的，谢谢你的安慰。你是对的，我们不能失去信心，我们必须坚持。只是面对现实，我不能不担心。现在和外界中断了联系，战火也不知什么时候才能熄灭。诊所的医疗物资、药品每天都在消耗，为了维持诊所的运行，我们已经欠下了一笔不小的债务了，如果没有了欧洲朋友们的支持，诊所可能很快就将面临窘境，甚至没法开张了。"

"嗯，这确实是我们必须面对的残酷现实。从现在起我们要节约每一笔开支，所有可以重复使用的东西都要反复使用，同时继续尝试和欧洲的联系，期望能够得到他们的消息。办法总比困难多，只要我们坚持，我们一定能够克服困难的。"

海伦娜的眸子里充满了生命相融的深情,她的这番话给了施韦泽巨大的安慰,也更加坚定了他的信念。懂得是一种默契,更是一份幸福,可以温暖彼此的心灵。因为这一份懂得,生命变得更加厚重了。

2

确实,施韦泽感觉自己是幸运的。在别人失去亲人、失去家园、生命受到威胁的情况下,他能够有条件地重获自由,继续投入丛林诊所的医疗工作之中,用自己的医术来维护土著村民的健康,这是多么幸运的事啊。可是,纷飞的战火,令人揪心的局势,总是不能让他安宁。

时近岁末,圣诞节到了。虽然时局令节日的气氛大减,但是圣诞之夜,施韦泽还是兴致勃勃地在小木屋里将一棵小小的棕榈树精心布置成圣诞树,点燃了仅剩的一支蜡烛。借着红艳的烛光,他舒心地弹起了钢琴,美妙的乐声回响在圣诞之夜。

"这是巴赫的钢琴曲,是音乐史上规模宏大的名曲。曲子趣味盎然,又富于变化,弹奏的难度非常大。没有想到,在热带原始丛林里,在繁忙医疗工作之余,我还能弹奏这样的曲子,还能弹出这样好的效果,真的应该感恩上苍啊!"

海伦娜静静地坐在一边,聆听天籁般的乐声,听着丈夫的感慨,只觉得情浓浓、意切切。情的富饶,意的绵长,爱的富足,心的共鸣,遣散了岁月的寂寞,心湖也因此漾满了柔情。

一首熟悉的曲子,总会伴随着一笺心事。施韦泽弹着钢琴,感慨之中心里却不能平静。残酷的现实,不如意的境况,令他有一点心烦意乱,心湖的波澜难以平复。

当蜡烛燃烧到一半的时候,施韦泽停止了弹奏。他站起身来走到圣诞树前,静静地看着蜡烛闪动的火苗,突然使劲一吹,烛火应声而灭。

海伦娜看着熄灭了的蜡烛,眼中尽是迷惑的神情。

"这是最后一支蜡烛了,"施韦泽的声音很低,"现在物资紧张,我们得为明年留下一半才行。"

"明年?"海伦娜稍稍一愣,立即就明白了丈夫意思。她把头枕在

丈夫的肩上,与爱人一起憧憬美好的未来。

对于施韦泽来说,生活是美好的,虽然今天不如意,但明天一定很明艳。在他的心中,信念从未消失过。他明白人类要获得解放的路还很长,但是世界末日不会来临,只要全人类一起努力,文化复兴一定可以实现,就像这熄灭了的蜡烛,一定可以重新燃烧起来。

3

从硝烟弥漫的战火中,施韦泽敏锐地意识到一场严酷的危机已经来临。战争,只是事物的表象,其背后是文化衰落这一令人担忧的事实。文化衰落,是社会危机发生的根源。物质发展的速度太快了,而精神的、文化的发展却远远落在了后面,两者渐行渐远,社会危机由此引发。

回顾过去,凝眸今天,展望未来,施韦泽认识到一切人类文明如果只注重物质,而忽视文化的进步,虽然可以一时光鲜亮丽,但终有一天会引发灾难。文化的衰落导致了人们精神的空虚,从而盲目地、不加思辨地相信现行政策,崇尚暴力,漠视生命价值。现实就是如此:由谎言打扮的暴力行为公开地主宰着世界,这是多么可怕的事实啊!

文化衰落是人类精神文明的一场灾难,如果任其衰落下去,必将导致价值精神体系的混乱与崩溃,从而导致人类走向灭亡。在理性思考中,施韦泽意识到对文明的堕落不能一味予以批判,而应该致力于扶植,重建新的文化体系,追求精神的、文化的新目标。

从古至今,文化的发展都是波浪式的。每当出现文化衰落的时候,就会有新的思想萌芽,并逐渐开花结果,最终成为指导思想。施韦泽坚信,虽然今日世界文化已经衰落,但一定可以找到一方土壤让文化重生。他思考着,思想慢慢变得清晰起来,这些思想成果,一字一句出现在他最重要的著作《文化的衰落与重建》之中。

他开始用心撰写此书,希望能用哲学的眼光找到一个普世的伦理原则来救赎这个病态的社会,制止罪恶的战争进一步发展,从而拯救整个人类。他变得忧心忡忡,努力寻找其他生活之道。他坚信一定能够找到一种更善的生活,基于人道、知识、思想和反思,伦理上更加适宜的和谐生活。

不尽的思索虽然有了一些结果,却无法明了他想要建立的普世伦理原则。世界上人口众多,分布在不同的地域,有各自的价值观,互相之间分歧巨大,要找到一种普世的原则,让所有人都能接受,这实在太难了。尽管他不懈地思索着,也常有灵感的火花闪现,却始终无法解决眼前的问题。

4

施韦泽站在原始森林的边缘,向往蓝天上的明丽洁净,渴望人世间的安然清宁。远处,一大朵云彩正浅吻着山峰,它有自己的梦想要去追逐。然而,兰巴雷内的现实并不理想,随着战火蔓延,世界更加躁动不安,非洲丛林受战争的影响也越来越大了。

既往,奥果韦河水系十分忙碌,来来往往的船只将木材大量地运往外地。然而时过境迁,战争导致海上航行极不安全,运输船只都不见了踪影,开采的木材无法外运,大批订单只能作废,原来那些木材商人在无奈之下,只能转往他乡去寻找新的商机了。

在战争的影响下,这里最重要的伐木业陷于停顿状态,而且不知道什么时候才能重新兴旺起来。过去,丛林里年轻的男性村民大部分以伐木为生,以此来赚取较多的工钱作为生活补贴。而今木材商人走了,伐木工人找不到雇主,在一夜之间便失业了。失去了工作,没有了收入,丛林村民的生活一下子变得极其困难。

战争带来的负面影响涉及生活的方方面面。常常有消息传来,海面上这艘或那艘运输船被不明国籍的船只击沉,非洲的海上物资运输由此彻底中断了,于是,糖、茶叶、煤油等很多生活必需品都断绝了供应,货物短缺导致物价飞涨,食物和商品贵得惊人。丛林村民由此变得更加贫穷,生活也更凄苦了。

丛林的风,吹过树梢,发出一片簌簌的声响,仿若声声呜咽,在悲叹岁月的艰辛。

5

　　午后突然降临的一场大雨,清新了空气,荡涤了尘埃,却平息不了心中的烦躁,洗刷不了日日增长的忧愁。

　　如今,战争对于施韦泽而言,负面影响越来越大了,他面临的困难也越来越多。重压之下他只觉得十分劳累,身心俱疲。

　　战前,丛林诊所的慈善事业得到了欧洲朋友们的大力支持,他们一直在关注他、帮助他,为他补充各种物资、药品。而今战火越燃越旺,人们背井离乡,流离失所,许多人在枪炮声中丧失了性命,非洲丛林已经成了一个被人遗忘的角落。尽管精打细算处处节约,但是库存的药品、物资已经不多了,一旦断货诊所将难以为继。

　　另外资金方面也早已捉襟见肘,面对日日见涨的物价,施韦泽已经撑不了几日了。然而,受战争的影响,人们的健康状况进一步恶化,每天前来求治的病人数量不但没有减少,反而还在增加,这对要维持丛林医院日常消耗的施韦泽来说,压力更是空前巨大。

　　虽然时局走向不明,情况还在进一步恶化,但施韦泽竭力坚持着。他人性中蕴藏着一种最柔软同时又最有力量的情愫——善良与乐观。面对沮丧,面对失望,面对烦躁,面对困难,他没有消沉,也不肯屈服,而是以坚强的信念支撑自己,为了丛林村民的健康而坚持到最后一刻。

　　虽然根斯巴赫的清新空气和新鲜牛奶为施韦泽的强健体魄从小就打好了基础,可自来到兰巴雷内后,面对湿热气候和过度操劳,他的身体也不可避免地受到了影响,人很容易疲惫,精神不能集中,有时候甚至在结束一天的工作后站也站不稳了。这些症状的出现,说明他也患上了热带贫血症。

　　对于海伦娜来说,这么纤弱的一位女子,陪同丈夫在湿热的非洲丛林里连续操劳,实在太难为她了。虽然在美丽的大西洋沿岸洛佩斯角海湾休养治疗了一段时间,她的病体有了一定的恢复,但经过这段时间的操劳,加上战争的影响,她已经身心俱疲,热带贫血症状又一次在她身上出现了,而且越来越严重,稍微活动就感觉胸闷气短浑身乏力,整日都昏沉沉的没有一点精神。按照惯例,她早该回欧洲去休养了,可她依然硬撑着陪伴在丈夫身边,为他分担压力。

施韦泽看在眼里,痛在心中,只觉得自己对妻子亏欠太多。她放弃了欧洲优越富足的生活,跟随自己来到丛林的穷乡僻壤间,沐一路烟火,守一夕流光,将整日忙碌演绎成一份生命的懂得。他实在太感谢她了。

真爱,就是懂得彼此,像花儿一样,次第盛开在心中。

心若向阳,必生温暖。

6

走过的岁月,有圆满,也有残缺。这一路走来,山一程,水一程,暮色重重,烟雨蒙蒙。随着战事的进一步扩大,丛林诊所的日子越来越艰难了。然而,不幸远不止这些,各种施韦泽根本就没有料想到的糟糕情况一个个向他袭来,给他以雪上加霜的沉重打击。

新年伊始,大雨便连续不断地下了起来,下得没完没了,以至于河水泛滥,四处一片汪洋。从山上冲下来的激流冲击着丛林诊所,把最大一幢病房的地基给冲毁了。无奈之下,施韦泽只好亲自带头,组织工人筑了一道石墙来围住这幢病房,并在诊所建筑的四周挖了一条排水沟,以防其他地基也遭到破坏。

由于闷热潮湿,加上连续不断的雨水,空气中的湿度就更大了,以至于储存的面粉、玉米等粮食都发霉了,里面还生出了许多虫子来,散发出怪怪的难闻的味道。由于粮食得不到及时补充,医院里可以给病人吃的食物越来越少了。

更不幸的是,盛放药品与绷带的木箱也被白蚁蛀得一塌糊涂,药品、绷带等也损伤惨重……这时,以"医生的第一助手"自诩的约瑟夫也专门来到施韦泽的面前,向他提出了辞职的要求。他说:"博士,你现在付给我的薪水越来越少了,我知道你这段时间很艰难,但是没有办法,每月只赚这么一点点钱令我在村子里没有一点面子,所以我必须离开了。"

施韦泽很难过,可是没有办法,此刻他已经负债累累了,因为战争

欧洲的援助也无法取得了，他将付给约瑟夫的薪水一压再压，这也是节约支出的下下策，没有办法的办法。尽管他不舍得约瑟夫离开，可是他无法挽留他，他已经出不起像样的薪水给约瑟夫了。他也体谅约瑟夫，因为约瑟夫是一个体面的人，面子对他来说确实十分重要。因此，施韦泽虽然不舍得他离去，但也非常理解他，叮嘱他今后丛林诊所的境况好转以后，欢迎他回来。虽然诊所里还有另外一名黑人助手恩肯奇愿意在低薪下继续工作，可这名助手的能力比约瑟夫差了许多，因此施韦泽的工作负担越来越重了。

天灾人祸同时袭来，施韦泽只觉得肩头的压力越来越重。诊所只要开张一天，每天最基本的开销就在继续。由于没有了相应的补充，经济状况一天不如一天。原本来自欧洲的援助此刻已全部中断，而过去每月还能在一些相对不太贫困的患者那里得到的两三百法郎医药费，现在也无法得到了。

战争使丛林村民们失去了收入，生活都极其困难，更别说支付一点点的医药费了。

其实，面对贫病交加的非洲人民，施韦泽根本就不会因为他们没钱而拒绝为他们诊疗，相反，他要给他们更多的关爱。他咬紧牙关坚持着，一再节省，将诊所的花费压到最低限度。

指间的岁月，在不经意间撕扯着心扉，回首过往，恍然若梦。他是一个乐观坚强的人，不肯轻言放弃。虽然这一路走得十分艰辛，步履沉重，可再苦再难也要义无反顾地走下去。他要在这场坎坷的征程中，锻造自己克服困难、一往无前的勇气和能力，在磨砺中获取最后的胜利。

7

风从丛林中来，穿过岁月的长廊，摇动着时间的风铃。邂逅非洲大陆，生命中的每一个罅隙，都浸满了不尽的关爱。艰难的日子里，施韦泽用心体验丛林村民的悲苦，日日担忧人类的前途命运。

此刻，他正在非洲丛林里救死扶伤，践行人道主义的善举，虽然十分劳累，甚至心力交瘁，但内心是充实的。然而，欧洲此时正在成为大肆杀戮的战场,成千上万无辜的生命在战火中化作了灰烬。

残酷的社会现实,令他陷入了深深的痛苦之中。民族与民族之间、国家与国家之间的矛盾,难道一定要通过战争这种非人道的残酷方式才能解决?难道就不能通过其他人道的方法来解决当世存在的问题,从而避免生灵涂炭?

迷惘间,他在传教办事处得到了一张新近的《日内瓦日报》。这对于长时间与外界隔绝的他来说,实在是一份最好的礼物。他仔细阅读报纸上的每一篇文章,发现上面刊登着他的朋友罗曼·罗兰谴责战争、呼吁和平的《超乎混战之上》一文。

罗曼·罗兰是一个正直善良、痛恨战争的人,此刻他虽然侨居在中立国瑞士,但十分关心这场空前的世界大战,目睹了战争带给人类的痛苦与灾难。他呼吁人们理性看待现实存在的问题,立即停止杀戮,用人道的方法解决问题。可是,战火越燃越旺,现实令他失望。绝望中他痛苦地说:"面对残酷的现实,我太痛苦了,真想一死了之。生活在这种发狂的人类中,无可奈何地眼看文明崩溃,多么可憎可怕啊。"

《超乎混战之上》是罗曼·罗兰这位著名作家面对当时欧洲若干民族、若干国家之间这场战争所采取的基本立场。他认为各民族、各国文化都有自己固有的优点,应当互相尊重,互相理解,通过沟通解决问题,杜绝非人道的处理方式。

这是难得理性的声音,却被当时发狂嘈杂的人声淹没。他的理性思考得不到大多数人的理解和支持,反而被逼到了尘世的风口浪尖。狂风暴雨呼啸着向他扑去,想要把他吞噬掉。然而,当丛林深处孤独无援的施韦泽看到这篇文章时,立即被这位作家的新颖思想吸引,认定这是难得理性的声音,令他感到十分欣慰。他一遍遍阅读这篇文章,感动之中陷入了深深的思考。在湿热的非洲丛林里,他给罗曼·罗兰写信,向他致以深深的敬意。他在信中写道:

亲爱的朋友!

也许您知道我被拘留了起来,有3个半月之久。现在,我又获得了一定程度的自由,在士兵的监视之下,我可以继续行医了。我很健康,

但对我们夫妇来说值得注意的是,我们在赤道已经居住了两年半了。我在与世隔绝的原始森林中看到了您的文章,觉得在这悲哀的时代中,您的思想是对我少有的安慰之一,我们的思想和观念是多么一致。我必须告诉您,您反对由狂热的群众体现的庸俗的潮流的勇气深深鼓舞了我。我在丛林中孤独地向您问候,请不要为回答我的问候而费心。对您来说,现在还有更重要的事情。再见——这在不久的将来是可能的吗?

继续为您的事业而斗争吧!在此我与您完全一致。尽管在我目前的处境中,我不能积极地支持您。

致以衷心的问候!

您的阿尔贝特·施韦泽

施韦泽和罗曼·罗兰早年结识于巴黎。他俩都喜爱音乐,在一起的时候除了谈论音乐,也谈政治、社会、哲学、文学,在许多方面有着相当一致的看法。施韦泽非常敬重这位正直善良的知名作家,而今在他最孤寂无援、悲痛绝望的时候,施韦泽送上了自己的支持和问候,同时也表达了自己对人类前途与命运的担忧。

8

施韦泽在极度困难中坚持着,他肩负巨大的压力,咬牙坚持,整天都忙碌在丛林诊所里,一刻也不停歇。艰苦的条件,不断增大的压力,加上夜以继日的操劳,使他的体质急剧下降。

虽然,从诊所回到小木屋的家里,不过走几分钟的斜坡路,可他突然发现自己走完这一段路程时,竟也累得气喘吁吁,甚至站也站不稳了。他清楚自己和妻子一样,也患上了热带贫血症,而且已经很严重了。即使如此疲惫,他依然以顽强的毅力,珍惜每一天的时光,尽心为丛林村民看病。

白天忙完以后,在寂静的夜间,窗外热带树叶簌簌的响声显得格外清晰。此刻,他一定在伏案疾书,将自己对人类命运与文化的思考写进其哲学著作中。他的书桌安放在窗前,丛林的风透过窗户微微吹来,活跃了他的思维。

"文化衰落引发了精神堕落,从而给人类带来了劫难。生命价值被严重贬低,导致了非人道现象的泛滥。战争的破坏在进一步扩大,文化重建已刻不容缓。我一定要找到一种生命的伦理观,一种普世的价值观,来重新唤起社会大众对生命价值的思考,对文化与精神的思考,对人类未来的思考,从而指引人类走上一条光明的大道。"

施韦泽将自己的思考一字一句写在笔记本上。此刻夜已深,疲惫不堪的海伦娜早已入睡,她的健康状况已越来越令人担忧。她已经筋疲力尽,无法正常工作了。她必须离开这里去好好休养一段时间,否则她的身体将彻底垮掉。

这段日子,施韦泽白天忙碌在诊所的时候,海伦娜只能一个人待在小木屋的家里养病,她已经再无力气在诊所里服务了。她寂寞地坐在阳台上,看天上云卷云舒,从白云的往来无常,她懂得了人生的无常。从这时起,她多了一分忧虑,知道了看似充实的生活,其实也隐藏着许多无奈。

妻子的身体成了施韦泽最大的担忧。这天傍晚下班回到家里,他坐在她的身旁,拉着她的手深情地说:"亲爱的,你的热带贫血症已经严重影响你的健康了,我送你回欧洲去吧,你该好好休息一段时间了。"

"现在我不能在诊所里帮你,只能整日待在家里,成了你的累赘,我好难过,我这不争气的身体啊,唉……"说这话时,海伦娜很伤心,"可是,我舍不得离开你啊,要不这样,我们再到洛佩斯角海湾休养治疗一段时间吧,或许我能像上次一样很快就恢复健康,我便可以继续陪在你的身边了。"海伦娜期待的眼睛望着施韦泽,眸子深处充满了真情。

施韦泽虽然舍不得妻子,但见她如此真诚,也就不再坚持己见了。1915年8月,经过殖民当局同意后,在朋友们的安排下,他又一次带着海伦娜来到洛佩斯角海湾,住在朋友家里休养并接受治疗。

蔚蓝的大西洋用它宽广的情怀和无比的热情迎接施韦泽夫妇的

再次到来,将一朵朵欢乐的浪花,一首首动听的海歌,为他俩献上。夫妇俩携手海边,悠然漫步于沙滩,闻大海的味道,听潮来潮往,看鸥鸟翩飞,只觉得烦恼渐消,人生充满了希望。

呼吸着海湾的清新空气,同时接受正规治疗,放下满身疲惫,静静地休养。渐渐地,施韦泽的身体已经没有大恙了,海伦娜也有了很大程度的康复,可以干一些不太重的活了。身体的一日日恢复,令夫妇俩十分高兴。内心的希望又在海伦娜的心中升起了。

时光漫过水岸,清风洗涤流年,漫卷如雪的浪花,将希望在岁月里播种。

生命价值

1

在美丽的大西洋沿岸洛佩斯角海湾治疗休养,夫妇俩的心情格外明丽。两人听着海浪的歌吟,止不住也像大海一样心海翻波起来,来到非洲后的一幕幕往事,刹那间都涌上了心头。

"亲爱的,谢谢你又一次陪我来到洛佩斯角海湾治疗。来这里休养,和你在一起,我真快乐。"海伦娜清澈的眸子凝望着丈夫,满怀真情。

"看你说的,你为我放弃了这么多,还把身体累垮了,我真心对不住你啊!"施韦泽带着深深的歉意对妻子说。

"我们来到兰巴雷内,完全来对了,丛林村民太苦了,他们不能没有医生。"海伦娜说。

"是的,我们到这里来,虽然力量不大,但是对丛林村民的帮助还是不小的。诊所能够正常运行,包含了你的诸多心血和付出啊。"施韦泽动情地说。

"只是我这不争气的身子,现在不但不能帮你,反而拖累了你,唉……"

"别,"施韦泽连忙打断爱妻的话,"你千万不要这么说,没有你,我的工作是没法顺利开展的。你放心,经过这个阶段的治疗和休养,你很快就能好起来的。"

"嗯,我要快点好起来,和你早日回到兰巴雷内。"

说这话时,海伦娜的眼睛湿润了,她像小鸟一样依偎在丈夫怀里,体验着爱的幸福。

生命原本是很普通的花儿,却为爱开出了暖人的色彩。当生命累了的时候,就停一停匆忙的脚步,这样静静地相依在一起,回想一下往事,深深浅浅地说一些知心的话儿,憧憬一下美好的未来,灵魂也就得到了休憩。

2

经过一段时间的治疗和休养,海伦娜的身体状况有了明显好转,施韦泽一颗悬着的心也渐渐放下了。

这时候,施韦泽得知离这儿两百千米水路远的恩戈莫传教站,有一个传教士的妻子彼洛特太太得了病,因得不到及时的治疗,病情越来越重了。施韦泽非常不安,对海伦娜说:"彼洛特太太为了丈夫的传教事业,像你一样从欧洲来到非洲,放弃了许多东西,现在她病了,却得不到及时的治疗,万一病情被耽搁了,可如何是好?"

海伦娜知道丈夫的心思,便对他说:"是的,她如果再不及时治疗的话,恐怕会耽误了病情。我的身体已经恢复了许多,你不用多挂念我了,你就搭乘便船,安心去恩戈莫为彼洛特太太治病吧。"

"亲爱的,你太好了,谢谢你的理解,有便船的话,我明天就去。"

第二天,施韦泽告别了心爱的妻子,带了一些药品,搭乘一艘拖着一条超载驳船的河轮,往恩戈莫而去。这是他所能找到的唯一的交通工具,船上除他之外,还有几个黑人,其中有一位是他在兰巴雷内结交的朋友埃米尔·奥古马。匆忙之中来不及多带口粮,奥古马就让施韦泽吃他们带的食物。

由于是在旱季,轮船必须在沙滩之间寻找水路。一路上,河道时宽时窄,河水时急时缓。施韦泽的思绪也在急剧地起伏着,反思当前的世界大战对生命的践踏,寻找文化重生的出路。

生命如此可贵,可为什么会变得如此低贱,可以被随意践踏,可以被任意杀戮?人类物质文明发展得如此之快,可人类的道德境界竟也倒退得如此之快,这究竟是为什么?

为了能够集中思考,寻找到答案,施韦泽在笔记本上随着思绪的跳跃,写下了一些不连贯的句子。他苦苦思索,思想依然迷失于哲学的灌木丛中。

思忖中,两天很快就过去了。第三天傍晚,河轮行驶到伊根德讶村附近,河道顿时宽阔了起来。河的两岸是茂密的热带雨林,里面生长着成百上千种植物以及数千种动物和昆虫,到处都是生命的现象和波澜壮阔的故事。

在这生命最密集的地方,各种生命同生共存,演绎着风姿万千的梦想。而此时的人类却在互相残杀。在悲剧的战争中,人类的生命失去了价值,文明的灯光变得越来越暗淡了。

施韦泽站在船头,负手而立,目光从丛林转向湍急的河流,翻滚的浪涛如同风起云涌的时代,在寥廓的长河里洗濯着文明的风尘。

在这河水之中,生命也同样勃发,各种各样的水生动物、植物,都生活在这水的世界里。在这样的环境中,施韦泽任由思绪泛滥,将他的哲学问题想了又想,不知能否一探究竟。

奥果韦河的流水日夜不息地流淌着,两岸的丛林里,茂盛的生命正在演绎着世间的风情。花草的枯萎,是为了下一季节的繁茂;时光的凋零,是为了下一时令的蓬勃……思忖间,河轮的一侧突然出现了一堆黑影在蠕动,施韦泽定睛一看,原来是一群河马,有大有小,正奋力向前游动。施韦泽十分兴奋,紧紧盯住水中的河马,但见它们整个身子都淹没在水里,只有眼睛、耳朵和鼻子露在水面上。它们宽大的鼻孔在喘着粗气,眼睛直视着前方,只顾向着既定目标前行。

总在探究生命的价值,执着的施韦泽,总也没有找到答案。奥果韦河上与河马的不期而遇,对于施韦泽而言,却是一次美丽的意外。河马奋力向前游泳,他的目光紧随着它们前移。就在这时候,一个灵感突然从心底里冒出,一个他寻找了很久也没有找到的概念脱口而出——敬畏生命!

对,敬畏生命!

只有对生命敬畏,才能令生命放光!

仿佛乌云突然散去,阳光刹那普照,施韦泽意识到他长久以来苦思冥想的就是敬畏生命这个伦理观——可使"生的意志"与"道德的需求"相结合的根本伦理。以这个伦理观为基础，人类一定可以在这块基石上构筑新的文化哲学。

丛林的劲风吹过河面，拂动施韦泽的头发，奥果韦河的水面上倒映着他的侧影。这是一个伟大的医生、智慧的哲学家的身影，他那高远的哲思和博大的襟怀，一如这奔腾不息的流水，一泻千里，大步流星。

3

敬畏生命——这是之前从未听说过的一个词，它包含着构成伦理的一切：爱，尊重，善良，同甘共苦，温和，宽恕的能力，等等。而今它一出现，便令施韦泽深为感动。其实，这是他长期思考和理论探究的结果，更是他在非洲丛林这个生命现象最为繁盛的地方，在救死扶伤的过程中受到自然感悟的产物。

或许，也只有在远离世界的前提下，敬畏生命的伦理原则才能够被发现！

看着奋力前行的河马，眺望生命现象极为丰富的水和丛林，施韦泽立即想到，一切有生之物都值得尊崇，因而守护它、促进它便是善，反之便是恶。

思忖中，他敏锐地意识到，这种对生命的敬畏，绝不该只涉及人与人之间的伦理学，而应该与一切存在的生物产生联系——人的生命、动物的生命和植物的生命。如果敬畏生命的伦理局限于人对其同类的伦理，虽然可以很深刻和富有活力，但它一定是不完整的。这种从根本上完整地扩大到一切生命的伦理学，完全不同于只涉及人的伦理学。如果人类能够扩展与周围生物的互助关系，那么可以说，伦理的发展实现了它的进步。

伦理的目的，是为了改善世界的现状。人与社会如果能按照这个伦理观来实践敬畏生命的理念，必将给人类社会带来福祉，人类文化将能免于沦丧，获得重建的生机，从而生生不息，再不会灭亡。想到这里，施韦泽立即意识到，这就是令他费尽心思的问题的答案。

施韦泽深入研究过东方的哲学思想,对中国思想家老子、孔子、孟子、庄子的部分思想十分推崇。他在寻求伦理进步的过程中,发现伟大的中国思想家早已称颂与人为善是人类的基本德行。由此,他感到人和社会的福利,只有通过乐于奉献才能得到保证。

通过奉献问题的思考,他扩大了伦理活动的范围,更加强烈地意识到伦理不仅与人有关,而且与周边的所有生物有关。动物和我们一样,渴求幸福、承受痛苦和畏惧死亡。那些保持着敏锐感受性的人都会发现同情所有生物的需要是自然的。如果人类关心身边一切的生物,避免所有出于疏忽而使它们遭受的灾祸,那么人类的进步该多么大啊!

敬畏生命的伦理学,其范畴扩大到我们生存环境中的一切生物,将使人类与宇宙建立一种精神关系,给予人类创造一种精神的、伦理的、文化的意志和能力。这种文化将使人类以一种比过去更高的方式生存和活动于世,与周围的世界同舟共济,和谐共处。

曾经反复寻找的通往更加深刻、更强有力的伦理学之路就这样梦幻般地敞开了。长期探索终于找到了理想的答案,施韦泽的思索、追求、认识、观念、联想、大量的阅读、透彻的思考综合成了一个整体。他忘不了思绪豁然开朗的那一刻,牢牢记住了奥果韦河中遇到河马的那个地方。

他感谢这次奥果韦河的航行,感谢水和丛林给予他的灵感。带着心灵的震撼与快乐,他来到了恩戈莫,仔细为彼洛特太太做了检查,给她开具了治疗的药物,反复叮嘱,告诉她只要坚持服药和休息,她很快就可以好起来,继续陪伴自己的丈夫奉献在非洲的丛林里。

给彼洛特太太做完治疗后,他挥手作别恩戈莫,沿奥果韦河顺流而下,回到了洛佩斯角海湾,把喜讯带给亲爱的妻子。

4

施韦泽认为,当今社会人类的生命如此被蔑视,这是对生命的犯罪。敬畏生命是人类生存发展最基本的前提,同时也是哲学和伦理学唯一可能的基本原则。那么什么是敬畏生命,它如何在我们的内心中

产生呢？

施韦泽觉得，如果人想了解自己及其与世界的关系，就必然会首先意识到这一最直接、最根本的事实：我是要求生存的生命，应该在自己的生命中体验到其他生命。善即是对生命的维护、促进和强化，使可发展的生命实现其最高的价值。恶即是对生命的破坏、损伤和削弱，压制生命的发展。

敬畏生命就是认识到生命的尊严与可贵，并珍视生命，在生命面前保持谦恭与敬畏。人们必须将生命的意志当作神圣的东西，给予积极的肯定和尊重。肯定生命是精神的行为，人由此不再得过且过，开始敬畏自己的生命，并赋予生命真正的价值。

施韦泽认为，生命意志不是人类专有的，一切生物都拥有，敬畏生命是一种态度。我的生命对我来说充满了意义，我身边这些生命一定也有相当重要的意义。过去所有伦理学的最大错误在于，它们始终只处理人对人的行为，这是非常狭隘的。应该有无界限的伦理观，包括对动物和植物。

现实生活中，总会有一种生命为了生存下去而不得不牺牲其他生命的现象发生。就好比人类为了生存必须依靠食用某种植物或动物，这是不可避免的。但即便如此，那也是一种对生命的漠视，应该心存愧疚。如果因为不可避免，而将其看作理所当然，那就犯了严重的错误，因为那是对生命意志的否定。

然而，今日社会，欧洲正在发生残酷的战争，生存必须以毁灭其他生命为代价，一切都在走向敬畏生命的反面，人类的命运令人担忧。对此，施韦泽感到十分痛苦。作为伦理的人，应该努力扬弃生命意志的自我分裂，捍卫真正的人道，竭力解除人类的痛苦，这才是人类的出路。

对于施韦泽来说，敬畏生命绝不是一种意淫，而是一种人生哲学。任何人，无论他的宗教信仰为何，都应该在生活中实践它。如果能做到这点，那么世界上的罪恶一定会减少，幸福与和平一定会来到。虽然这个过程会进行得十分缓慢，但必须这样做，因为这才是人类真正意义上的进步。

当我们将鲜花送给别人的时候，首先闻到花香的是自己；当我们

抓起泥巴抛向别人的时候,首先弄脏的是自己的手;当我们敬畏一切生命时,自己的生命也就开始放光了……

夜已很深,这样的时候,施韦泽的思维总是如此清晰。

5

海伦娜喜欢在微风轻拂的傍晚,与丈夫牵手走在湿润的海滩上,呼吸着夹杂有腥味的海风,看海浪轻轻柔柔地涌向沙滩,听海歌深情绵长地吟唱,看着两个人的身影紧紧地相互依偎,化作夕阳下的一条影子,风雨与共,永不分开。

在施韦泽的精心照顾下,经过在洛佩斯角海湾的静心休养和恰当治疗,海伦娜的身体开始慢慢康复了,她的贫血症状得到了改善,身体状况有了明显好转。

对她来说,丈夫的人道主义事业是第一位的,兰巴雷内已是她的第二故乡了。对于故乡最大的牵挂,就是那里的人们,他们的身体健康她已经无法放下了。

本来施韦泽准备让海伦娜回欧洲好好休养的,但是海伦娜自觉可以再回兰巴雷内去陪丈夫一段时间。她舍不得丈夫一个人在那里忙碌,自己做他的助手,总能为他分担一些工作。最重要的是,能和丈夫在一起,是她最幸福的事情。

"现在我的身体明显好转了,你牵挂丛林村民,我也深深挂念着他们。兰巴雷内需要我们,我们一起回去吧。"海伦娜说。

"是该回去了,可是你的身体刚刚有所恢复,还需要进一步休息,我怎么能够让你一同回兰巴雷内呢?你还是听我的话,回欧洲去休息一段时间吧。"

"你一个人忙碌在丛林诊所,实在太辛苦了,我怎么舍得你呢?再说,和你在一起,才是我最大的快乐啊。"

"你还是回欧洲休息一段日子吧,好吗?"

"不,我要和你在一起。"

"亲爱的,你还要陪着我,令我既高兴又担心,"此刻,施韦泽非常

动情,"从今天起我要日日为你许愿,愿路边的花都开成你喜欢的样子,欣喜地向你诉说我对你的爱。"

施韦泽心痛妻子,苦苦劝她回欧洲把身体调养好,可海伦娜心存一份信念,执意要陪在丈夫的身边为他再做些分担。她以自己的一腔真情,与病弱的身躯抗争,其间充盈着对丈夫的无限挚爱。

妻子的这份情感令施韦泽无比感动。他不再坚持,同意了妻子的要求。就这样,两人又一起回到了兰巴雷内。

丛林诊所的境况依然十分困难,人手严重不足,资金药物匮乏,日日工作繁忙,但夫妇俩顽强坚持着。繁忙工作之余,施韦泽继续他的哲学思考,循着已经理出的头绪,深入思考生命的价值和敬畏生命的伦理内涵。

艰难中,1915 年又到了岁暮。走过了这么多坎坷,只盼望新的一年,丛林诊所的境况能够有所好转。圣诞节来临了,施韦泽将去年留下的半根蜡烛插在圣诞树上,小心将其点燃。蜡烛在燃烧,然而映红这烛光的,依然是熊熊的战火。

6

时光凄凉,看过了多少物是人非的风景。战乱中,1916 年如期到来。立于乱世,细数流年,那些黯淡无光的日子,令一颗颗忧伤的心变得更加忧伤了。此时,战争已彻底扰乱了丛林村民的生活,悲剧的帷幕完全拉开。丛林里的土著黑人再不能幸免,一些年轻人被军队强征去了。

一天,施韦泽前往离丛林诊所不远处的一个村庄,正好碰上军队在强行征用壮丁,一批年轻人被一队军人带上了河轮。太阳火辣辣地暴晒着大地,在江面上投下了长长的血色光芒,随着粼粼波光不断地闪烁跳跃,仿佛一团团火焰在江水中熊熊燃烧。

村民们的心中也燃烧着火焰,可是这火焰无法把这世上的罪恶燃尽。起航的时候,码头上哭声四起,妇女们边哭边喊,向船上的青年百般叮嘱。河轮开远了,船上流着眼泪、不停地挥手的年轻人消失在茫茫

的江面上,之后人群渐渐散去。

此情此景,令施韦泽的心中不是滋味。战争破坏着人类的文明,多少人丧失了生命,多少人无家可归,多少人骨肉分离。和平的钟声何时才能响起?就在他忧心忡忡准备往回走的时候,发现岸边的石头上还有一位老妇人坐在那里哭泣。

"她的儿子一定刚刚随着河轮消失在江面上,不知道是否还能回来。"施韦泽心中想着,来到了老妇人的身边。

"老人家,别难过了,一切都会好起来的,快回家吧,要保重身体啊。"施韦泽轻声对老妇人说。

老妇人看了他一眼,满脸悲伤,没有说话,却哭得更加伤心了。

施韦泽本想好好安慰她,可一时间竟不知如何说才好。

他紧紧握住她的手,望着她的满脸泪水,鼻子一酸,居然像老妇人一样,在夕阳下伤心地抽泣了起来。他久久地站在老妇人身边,望着老妇人佝偻的身子,望着奥果韦河不息的流水,望着河道两旁绿色笼罩的茂密雨林,心底涌上的酸楚更浓了。

也不知过了多久,老妇人终于站起来了。施韦泽搀扶着她,缓缓向村子里走去。如血的残阳斜斜地洒落在两个人的身上,将两人的影子拉得很长、很长。

心事,如潮涌;无语,泪长流。此时此刻,还有更加令人心痛的事发生在他的家乡,而他却一无所知。就在这时候,在根斯巴赫老家,他74岁的老母亲被路过的一匹德国炮队的军马撞倒,就此卧床不起,呼喊着他的名字,悲戚地离开了人世。

这是最爱他、时刻牵挂他的母亲啊!

7

人在乱世,身不由己。随着战争的进一步升级,一切变得越来越糟糕了。

欧洲有消息传来,从奥果韦河流域回到欧洲服兵役的白人中间,已经有10多个人死在战场上了。丛林村民听到这些消息后也不停地

叹气:"他们为什么不坐下来谈判呢?"当有邮件来到的时候,黑人们会问施韦泽:"是战争的消息吗?"然后就悲哀地摇头,自言自语地叹气。

丛林村民没有文化,但是他们也会思考,而且会思考很多问题。在诊所里,施韦泽与一个老人谈到了终极关怀问题,老人有关生命、人生和爱的看法深深触动了他。此刻,他觉得如果和原始森林里的人们面对面地探讨人与人、与世界、与永恒的关系问题,那么人与人之间的差别也就消失了。

面对这一场从欧洲大陆燃起的战争,土著黑人们都非常迷茫,百思不得其解,白人在黑人心目中的地位也由此大打折扣。

1917年9月的一天,施韦泽正在诊所里给一个病人拔牙,外面还等着许多病人。这时,一队士兵来到诊所,向夫妇俩宣布了一道来自法国殖民当局的命令:"你们听着,你们被拘捕了,并将被驱逐出非洲,送往欧洲的俘虏集中营。"

听到这个令人震惊的消息,施韦泽呆呆地站在那里,心里十分难受。他知道,此刻任何争辩都一无所用。他只能咬紧牙关,一言不发。海伦娜一时不能接受这样残酷的现实,捂着脸伤心地哭了起来。

牙齿拔到一半的病人,听到这个消息后义愤填膺,顾不得嘴中的疼痛,立即从椅子上跳了起来,对士兵含糊不清地人声叫骂着。大批坐在树荫下等待看病的病人也都围了上来,纷纷责骂。

可是,一切都已经成为事实,施韦泽夫妇将不得不离开这里,这些可怜的丛林村民将又一次失去医疗保障。

生活,就是如此令人无奈。人世间,总会有那么多无可奈何的悲伤。而今,这是靠武力说话的年代,任何抗议都不会产生作用。

作为一个坚定不移的乐观者,施韦泽虽然无法预料时局的变化,但他相信战争终将结束,人类终会觉醒,自己一定有重回兰巴雷内的那一天。

因此,他让前来帮忙的传教士和村民们将自己大部分的日用品、器械等都整理好装进箱子,放置在小木屋中。这间小木屋,已是夫妇俩的家了,留下了两人太多的美好记忆。施韦泽坚信,待到局势改善之后,自己一定可以重回这里,继续自己救死扶伤的善举。

马上就要被驱离兰巴雷内了,施韦泽心如刀绞。

临行前,一群村民焦急地抬来了一个骨折的老人,病人痛得不停地呻吟。施韦泽见此情景,不顾自己的俘虏身份,立即和海伦娜一起打开已经整理好的箱子,从里面拿出手术器械,准备就地给他做手术。

这人世间无论多么嘈杂、多么喧嚣,毕竟充溢着真善美,存在着美好的一面。负责看守夫妇俩的士兵,内心也装着良知。面对施韦泽夫妇的违禁行为,他们纷纷装作什么也没有看见,更无一人上前阻止。就这样,一个紧急手术临时在一堆大大小小的箱子中间进行了,医者之爱在周围人的感动中愈发丰盈。

手术刚刚结束,河轮就拉响了汽笛,施韦泽夫妇马上就要被驱离这里了。由于他俩是战俘,人们被禁止为他们送行。但是几年下来,丛林村民和施韦泽夫妇之间已经建立了很深的感情,他们不顾一切,自发来到码头上,跳着古老的非洲舞蹈,表示对夫妇俩最衷心的感谢。

此刻,码头上站满了送别的人。村民们对夫妇俩大声说着感谢、安慰、祝福的话,祈求他们一路平安。在大家的注目下,两位志愿来这里献身的白衣使者被士兵以战俘的身份押上了河轮。

随着河轮离岸,送别的人群再也控制不住心中的悲痛,放声大哭起来,现场一片悲戚。施韦泽夫妇站在甲板上,不停地挥手,作别这些苦难的人。此去经年,前程未卜,无人知道他们是否还能重回。伤心的泪水在人们的脸上长流。

河轮驶离岸边,劈开江心的水面,将日出江花演绎成一幅令人心酸的画面。施韦泽走了,离兰巴雷内越来越远。他含泪回望,浑身战栗,仿佛灵魂已被抽去,令他痛彻心骨。

丛林的风儿,带着赤道的湿热,在使劲地吹,仿佛在向夫妇俩作别。风儿吹在两人的脸上,吹干了泪水,只留下两行泪痕。又一次失去了自由,被剥夺了志愿献身的权利,两人只觉得全身每一个细胞都在剧烈地作痛。

8

　　风吹林梢,秋叶飞舞,漫天黄尘中,只留下一地凌乱。

　　10月初,施韦泽夫妇被遣送回欧洲,关进了波尔多的一个集中营里,就此坠入了暗无天日的地狱。

　　虽然心情很差,但施韦泽并没有选择悲观。他是个哲学家,懂得对不公平的现实选择反应是自己的权利。他的身体失去了自由,但心灵是自由的,他选择乐观向上,相信黑夜终将过去,明天一定会更美好。在信念的支撑下,他熬过了一日日难熬的时光。

　　不久之后,一道命令传到集中营,施韦泽夫妇被带往接近法、西边界加赖松的一个修道院,那里已被改建成一座关押敌国平民的监狱。人们被关押在这里,身心饱受摧残,体质虚弱,因此时常患病。施韦泽了解情况后,主动提出申请,要求为这些病人看病。

　　起初,监狱长没有答应这位犯人的请求。可当他了解了施韦泽的经历后,深受感动,很快就让他给监狱里的病患看病了。

　　于是,施韦泽便把监狱当成了诊所,认真给患病的人们看病。能够用自己的医术为他人服务,施韦泽觉得这便是幸福,监狱生活也变得有意义了。

　　很快,1918年在寒冷中来临了。3个月后,施韦泽夫妇又一次被转移场所,押送至圣雷米省一处专为阿尔萨斯人建立的拘留所。这里的石墙特别冰冷,从墙缝中嗖嗖进来的冷风吹得人浑身打战。这样的环境令人绝望,不知道哪一天,自由之光才能照到这里。

　　坚强的施韦泽依然坚持着,他的信念不变,坚信一定可以重获自由。夫妇俩之间简单的一句问候,一个笑意,令悲苦的监狱生活也充满了希望。

　　原本以为监狱的日子漫长无边。哪知,几个月后,竟有好消息传到了拘留所,他们将以交换战俘的方式被遣送回国。7月15日深夜,施韦泽夫妇和其他犯人被一起叫醒,押上一列遣返战俘的专用列车,于当日清晨到达瑞士边境。在交换过战俘后,他们被送往德国边境城市康斯坦茨。随即,夫妇俩来到了斯特拉斯堡。又历经了一番曲折,施韦泽终于回到了根斯巴赫。

　　经历了战火的故乡,而今变得面目全非了,原本青翠的山林现在成了一片焦土,只有少数幸免于炮火的树木孤零零地站在那里,像在低沉地哀叹。战争给人类造成的创伤实在太大了。

　　令施韦泽无比伤心的是,此时此刻他才知道亲爱的母亲去世的消息。他热泪长流,对着空旷的山谷放声痛哭。幸运的是,父亲依然很健康,这给了施韦泽一点安慰。他无数次独立于家乡的夜色之中,在寂静的夜间孤独地仰望星空,深深地呼吸,怅怅地怀想,一个人默默地流泪。此刻,母亲的音容笑貌,母亲的慈爱善良,母亲的千般好万般恩,都不由自主地涌上了心头。他知道,一切都已经成为回忆了。

　　经历了这一场变故,施韦泽已是浑身伤痕。人生有两种境界:一是痛而不言,二是笑而不语。痛而不言是一种智慧,人生在世,往往会因为各种伤害而心痛不已。然而,对于强者而言,累累伤痕恰恰是生命赐予的最好礼物。

再铸信心

1

在根斯巴赫乡间,面对战争的摧残,施韦泽努力寻找那份遗失了的过往,然而青山不再,绿水不再,战争的破坏令他感到茫茫黑夜实在太漫长,心里的痛楚越来越浓烈。

他很想为家乡做点什么,可是他又能做什么呢?

面对这千疮百孔的世界和满目的凄凉,他更加痛恨残酷的战争,只盼这个疯狂的世界能够早日清醒过来,人类能够找到出路。

等待是艰辛的,漫长的,无休无止的。虽然看不到尽头,但也蕴含着希望,充满了寄托。

在日复一日的期盼中,好消息终于传来,令人厌恶的战争结束了。这时候,是1918年11月。

当一战最终结束,施韦泽夫妇历经磨难,回到斯特拉斯堡的时候,殊不知流年偷换,岁月山河早已物是人非。年轻的时候,施韦泽曾经在这里春风得意,青春韶华的他可以骄傲地俯视这座城市。而今,美丽的城市已被硝烟呛伤,历史的华丽外衣正在斑驳地脱落。

施韦泽的心中装满了伤感。

回到昔日幸运之地,施韦泽的心中又燃起了希望的火苗,他试图在摩肩接踵的人流中寻回自己原有的生活。然而,他很快就发现,这是不可能的,自己必须面对残酷的现实了。世事荒乱中,多少人被洪荒乱烟淹没,曾经的绚丽时光早已成了别人的风景。

当年,这里属于德国,而今已被法国占领,过去的一切早已不复存在,沧桑流年将世事改变得太多、太多。施韦泽在斯特拉斯堡曾经很受人尊敬,然而经历了战争的洗礼后,他昔日的很多朋友都已离开了这座城市,走在大街上已经很少有人认识他了。

时过境迁,风雨满楼。经年的风,吹散了心头的希望。此刻,他已是一个再普通不过的人了,一切都得从头开始。刹那之间,他跌入了无人问津的境地。历史的烟熏火燎,将他重重地呛伤了。

2

屋漏偏逢连夜雨,船破又遇打头风。

原本以为回到家乡后,一切都会好起来,可事与愿违,施韦泽的身体居然一日不如一日,不但时时发热,还出现了腹痛、腹泻等症状。他知道自己患了痢疾,不得不住进医院接受治疗。

住院期间,他情绪十分低落,想到自己的人生,想到社会的变迁,想到现代战争对人性与文明的摧残,心里十分难过。他习惯了在自己设定的人生之路上义无反顾地一路前行,而今却无助地躺在病床上,不知道明天将是怎样,内心的苦楚无法形容。

在病床上躺了很长一段时间,并且由斯托尔茨教授为他做了一个手术之后,施韦泽的身体才渐渐有了好转。虽然仍经历着病痛折磨,但他的心依然牵挂着兰巴雷内,牵挂着那里苦难的人们,期待能够早一天再去那里服务。可是,欧洲现在刚刚经历了战争,人们忙着重建自己的家园,目前不太会有人关注兰巴雷内诊所这样的慈善机构了,而他自己也十分贫穷,生活都很困难,负债累累,想要再回非洲,只觉得是一个遥远的梦了。

他想起兰巴雷内土著黑人渴望健康的眼神,不觉潸然泪下。眼泪顺着脸颊滑落到脖颈,凉凉的。

然而,伤心彷徨之后,坚强、乐观的个性又占了上风,这就是强者风范,他永远不会向困难低头。他坚信自己总有回丛林诊所的那一天,他要为此而努力。

很幸运,他大学时代的老朋友施瓦德现在正在斯特拉斯堡任市

长。老朋友得知他的境况后,向市民医院院长作了推荐,于是,施韦泽有幸在市民医院做了一名助理医师,负责医院里皮肤科的两个女病房。之后,在宗教界朋友的帮助下,他又接任了圣尼古拉教堂的助理牧师之职。

就这样,施韦泽同时拥有了两份职业,虽然辛苦,生活却终于有了着落。

3

黎明渐渐来临,柔柔的、泛着水色的曙光涌来,黑夜苏醒了。随着新的一年的到来,一切又充满了希望。新年的阳光照在人的身上,暖和了一些,又暖和了一些。生命就是这样,像温暖的阳光一样,拥着一抹暖意穿透了尘世的风霜,期待着明天的花开。

1919年1月14日是施韦泽44岁生日。这一天,女儿赖娜·施韦泽出生了。这个美丽的新生命,在他生日那天出生,成为他今生最美的相遇。他双手捧着这个小小的生命,深情地亲吻她的额头,心中装满了珍爱与疼惜。

夫妇俩到中年有了这个孩子,自是十分宝贝。养育一个襁褓中的婴儿,虽然辛苦,却可以见证生命黎明的绝美风景。守着婴儿的摇篮,凝眸她的圣洁小脸,闻着弥漫在屋内的婴儿特有的体香,还有什么比这更能让一个父亲感到幸福———一种无与伦比的幸福!

孩子长得很快,一天一个模样,亮亮的眼睛,翘翘的鼻子,逗她已会发出甜甜的笑了。施韦泽享受着初为人父的幸福,这一生,只想守候在她的身旁,见证她的成长。

此时,他正作为助理牧师,在圣尼古拉教堂布道。家中多了一个可爱的新生命,布道也变得更有意义了。

在2月16日和23日的布道中,他以至深的情感阐述了敬畏生命的伦理思想,以生命意志为逻辑出发点,宣扬爱与公正对于生命价值的重大意义。他强调生命的可贵和对自然万物生命的尊崇,唯有这样才能最终达到促进宇宙整体和谐的目的。

因为有深邃的思想,施韦泽的讲话增添了无尽的力量。在战后特殊的时刻,他的这两次关于敬畏生命的布道,在听众中产生了一些不同寻常的反响,引发了大家对生命意志的思考,对当今社会一些迷惑人心的现象进行剖析,进而对文化的衰落进行反思。

就在这时,海伦娜的身体状况出现了异常,她患了肺部疾病,反复发作,出现咳嗽、乏力等症状,呼吸功能受到了一定的影响,身体愈发虚弱。

对于妻子的病情,施韦泽看在眼里急在心中,赶紧陪她去医院治疗。他在辛劳工作的同时,还得细心照料母女俩。

这段时间,他日子过得实在艰难。然而,坚强的他依然执着如故,只为一份承诺、一场守候,哪怕斑白了头发、苍老了容颜,也终无悔。

他始终坚信,春暖花会开,清风自徐来。这一季的薄凉,面对温暖的春光,很快便将消散,化作春色无限。

4

日子不紧不慢地过着,平淡、忙碌、真实。

就在施韦泽不懈的坚守中,一封来信又给他带来了希望。

1919年10月,他的一个朋友从西班牙寄来邀请函,邀请他去巴塞罗那音乐会上演奏管风琴。这令施韦泽感到意外,同时也十分高兴,甚至还很激动。

轻倚岁月的门楣,任西风卷帘,心潮掀起波澜。这些年来,施韦泽内心深处对音乐的喜欢丝毫未减。作为一名天才的管风琴演奏家,他爱用音乐来表达自己的情感。他的演出曾征服过无数听众的心,曾经拥有大量粉丝,而今虽时过境迁,可人们并没有忘记他,依然挂念着他,怎不令他欣喜与激动。

虽然这些年来在非洲丛林的诊所里,每天都十分忙碌,但他依然没有放弃音乐。常常在结束了一天的疲劳之后,在一个个听风数雨的夜间,在小木屋里静静地弹奏巴赫的曲子,把深情融入醉人的音乐之中。正是在这样的一个个宁静之夜,他可以更加质朴、更加内在地把握

巴赫的作品,演奏技巧非但没有生疏,反而更加完善和深化了。

对于这次重出江湖,施韦泽自是十分重视。他认真做了准备,精选了一些曲子,按约来到巴塞罗那,于战后第一次走上舞台。在舞台耀眼灯光的照射下,他那强大的气场,一下子就感染了在场所有的人。他伸出双手,手指灵动地跳跃在最爱的琴键上。随着舞台上优美音乐的响起,听众的心立即被他指尖流淌出的动听旋律俘虏了。

一曲弹罢,掌声如雷,再来一曲,听众依然不让他停歇。美妙的乐声,诉说着他的真情,流淌着浓浓的爱意。虽然这只是一次成功的管风琴演奏,但对处在人生低谷的施韦泽来说,其鼓舞和激励作用是巨大的,他的信心也再一次树立了起来。

从西班牙回到斯特拉斯堡,施韦泽变得更加自信、更加努力。他告诉自己,人生不可能一帆风顺,当遇到困难与挫折的时候,必须坚强。虽然海伦娜的身体状况恢复得不甚理想,白天的工作、家庭的照料使他十分疲惫,但因为心中有了希望,他的每一个日子又变得阳光灿烂了。

同时,自己肩头的一份责任,以及对非洲苦难人们的牵挂,又开始强烈地萦绕在他的心头。无奈的转身,演绎了一场悲苦的别离,可分别的每一天每一刻,对苦难人们的牵挂又何曾消失过?

5

1919年岁末,圣诞节就要来临了,此时女儿已十分可爱,开始牙牙学语了。施韦泽高兴地张罗着过圣诞节,将屋子装点得漂漂亮亮的,给心爱的妻女准备好礼物,买来上好的白葡萄酒。而就在这时,又一份惊喜扑面而来。

这些年来,瑞典大教主那坦·瑟德布罗姆一直在关注施韦泽的行动,对他放弃人生的繁华,志愿到赤道非洲做丛林乡村医生,献身于非洲人民健康事业的高尚行为十分赞赏。当他得知由于战争原因,施韦泽不得不中止在兰巴雷内的人道服务,目前正在斯特拉斯堡时,便真诚地向他发出了访问瑞典的邀请。

施韦泽并不认识瑟德布罗姆大教主,而今面对他的邀请,自是十分高兴,立即答应了下来,并按照大教主的要求,认真准备在瑞典演讲的内容。他目睹了非洲的贫瘠与不公,对生命的价值,对那一场战争,对当今文化的衰退,有太多的思考。而今面对邀请,他觉得有机会将这些思考向社会大众宣讲。这是多么难得的机会,他一定要认真对待。

圣诞节到了,一家人在一起欢度节日,自是十分开心。施韦泽回想起在兰巴雷内度过的最后一个圣诞节,感慨间又勾起了他对丛林村民的深深牵挂,期待常能得到一些他们的消息,愿他们日日安康无恙。他早已把兰巴雷内当作自己的第二故乡,再也放不下那里的人们了。

人生最要紧的,是拥有一个放不下的牵挂。有了这份牵挂,生活就有了方向。

6

光阴在指尖滴落,穿尘而过。1920年1月10日,经过巴黎和会长达6个月的谈判,《凡尔赛和约》正式生效了,阿尔萨斯成了法国的领地。施韦泽由此成了法国公民。

作为一名德国人,他被当作法国战俘而被勒令停止在丛林诊所的工作,并被软禁、关押、驱逐、遣返。而今,他却成了法国人。时代是独裁者,而命运则是无谓的少年。回想过往,唯有无奈地发出一声叹息。

经过一段时间的治疗和休养,海伦娜的身体有了一定的康复,施韦泽前往瑞典的准备工作也已完成。4月20日,在海伦娜的陪同下,施韦泽抵达瑞典乌帕撒拉。在瑟德布罗姆大教主的安排下,他在乌帕撒拉大学做了题为《哲学和世界宗教中的伦理与肯定世界、人生的问题》的演讲。

施韦泽在作了精辟的哲学演讲后,还向听众介绍了非洲的情况。他请大家想象一下,能否在几十年之久的生活中没有任何医疗保健?兰巴雷内丛林里土著村民缺医少药的悲苦,在那儿开设丛林诊所的紧迫性和必要性,都引起了大家的热切关注。

演讲进行得十分顺利,反响良好,这令施韦泽特别高兴。随后夫妇俩应邀来到瑟德布罗姆大教主家做客。大教主夫妇的热情接待,令两人有了宾至如归的感觉。施韦泽与大教主愉快地交谈着,互相探讨历史、哲学、文化、宗教、精神、生命、人生等话题。两人谈得很投机,对许多问题的看法极为相似。

交谈中,大教主从施韦泽的眼神中看到了一丝忧虑。他是个聪明人,在等待合适的机会去探寻施韦泽的内心世界。

黄昏时分,天下起了小雨,一派烟雨蒙蒙的浪漫。大教主撑着一把雨伞,和施韦泽一起在雨中漫步。在同一把雨伞下,和着细细的雨丝,大教主说话了:"天上飘下了小雨,给大地一点滋润,多好。雨过天晴,阳光照耀,一切将更加美好。"

"您说得太对了。"施韦泽轻声应答道。

"其实,人生就如这天气,总有阴有晴。俗话说,不经历风雨,怎见得彩虹,你说是吧,呵呵呵。"

"呵呵呵……"施韦泽也跟着笑了。

施韦泽从大教主的话中听出了探寻之意,于是就敞开心扉,毫无保留地将自己的心事向大教主倾诉。

"兰巴雷内热带丛林里的土著黑人实在太苦了,那里疾病众多,却没有一个医生,这令人不安。我现在的唯一想法,就是早日回去为苦难的村民们看病,尽力解除他们的病痛。"

是啊,施韦泽此刻一心想着早日回到兰巴雷内,去为那里的丛林村民服务,为他们的健康保驾护航。可是,现在要走这条道路实在太难了,摆在他面前最大的困难就是资金问题。直到现在,他还没有还清在兰巴雷内志愿服务所欠下的债务,甚至日常生活都很困难,重返非洲丛林仿佛是一个遥远的梦。

而今,心扉已经敞开,他也不再隐瞒,如实将自己面临的困难向大教主做了汇报。

听完施韦泽的一番肺腑之言,大教主沉思了片刻后说:"是啊,资金问题确实是一个棘手的问题。但是,瑞典人民可以帮助你啊。"

瑞典没有参加第一次世界大战,人们富裕、安康,崇尚公平正义,愿意帮助需要帮助的人们。大教主坚信,如果瑞典民众真正了解了施韦泽所做的一切,明白了他志愿献身的意义,他们定会慷慨解囊的。

于是,大教主建议道:"你这次在乌帕撒拉大学的演讲非常成功,引起了人们巨大的反响。我想,你干脆在瑞典举办一次巡回演讲吧,同时穿插举办你最拿手的管风琴演奏会。我想,参加演讲会和音乐会的人们会被你的善举打动,他们一定会为非洲丛林中急需得到帮助的人们提供帮助的。"

施韦泽听后,十分感谢大教主的一片真诚,连声道谢。看到他这么开心,大教主也非常高兴,笑着说:"这样吧,我来给你策划一下,帮你确定巡回演讲的线路,提前向要去的各地发出推荐信。这样的话,你的巡回演讲就会很顺利了。"

阡陌红尘,一路风霜,经历了这么多的风风雨雨,而今遇到知音,施韦泽自是感动得热泪盈眶。大教主这一份真挚的情感,给了他巨大的鼓舞和力量。

经年如是,这样的相逢,终如阳光般温暖。

7

在大教主的精心安排下,施韦泽开始了他的瑞典巡回演讲,用自己充满真情的一字一句,讲述发生在水与丛林之中的故事,激起大家对生命感悟的沉思。

演讲中,他动情地说:"非洲人民饱受着疾病的折磨,有些疾病是由我们带到那里去的,它所造成的痛苦要比在欧洲严重得多。大家想象一下,非洲丛林里成千上万人生病的时候,根本得不到任何医疗救助,这意味着什么?面对疾病,他们只能忍着痛苦,在遥远的茅屋中等待死亡的到来。"

听众中,有一位青年人坐在前排,仔细聆听施韦泽的演讲,眼中噙着泪花。他叫埃里阿斯·瑟德斯特罗姆,是神学院的在校大学生,有着崇高的思想和献身人类的伟大抱负。施韦泽的话语,深深震撼了他的心灵。他睁大眼睛看着施韦泽,继续听他演讲。

他听见施韦泽充满深情地说:"我们必须有这样的医生,放弃现有

的安逸生活,自愿到遥远的他乡去为苦难的人们服务,为他们解除病痛。当然,海外的那些穷人,他们通常不能筹到生活的资金,因此生活在幸福中的人们有义务向他们提供资助,这是我们的责任!"

施韦泽的演讲,在现场引起了巨大的反响。听了施韦泽的演讲后,埃里阿斯更是感动不已。散场时,他跑到施韦泽面前,在激动地做了一番自我介绍后,深情地说:"您的演讲实在太感人了,我想在您接下来的行程中能够有机会陪同您,做您的现场翻译,希望您能给我这个机会。"

施韦泽听完很感意外,看着青年人纯真的眼眸,在和他做过一番交流后,为他的抱负所感动,便答应了他的要求。

于是,埃里阿斯尽心尽责地陪同施韦泽在瑞典各地演讲,为他做现场翻译。年轻人不知疲倦的工作热情,把握准确的现场翻译,令施韦泽的演讲有了更好的效果。

这次巡回演讲,倾注了瑟德布罗姆大教主的无限热情,事关能否为重返兰巴雷内募集到一定的资金,同时也可以借此机会向外界介绍非洲丛林的真实情况,传播敬畏生命的伦理观。为此,施韦泽振作精神,按照事先定下的线路,在埃里阿斯的陪同下,一站站去作演讲,同时举办管风琴演奏会。

施韦泽有着极好的口才和表达能力,又富有幽默感,加上内心深处对非洲人民的那份牵挂和对生命的敬畏,使得他的演讲极为生动,深深打动了在场每一个人的心。而他的管风琴演奏,那天籁般的乐声,更是令人陶醉。

巡回演讲与演出进行得十分顺利,施韦泽的哲学思想和伦理原则得到了又一次宣扬。他以自己在非洲丛林的亲身经历告诉人们,那里的土著村民现在生活困难,毫无医疗保障,过着十分凄惨的生活,急需人们去帮助他们。

施韦泽在瑞典的真情付出,赢得了众多的支持者,人们纷纷解囊。他由此筹到了一笔不小的资金,可以还清兰巴雷内的大部分欠债了。

在全程陪同施韦泽作瑞典巡回演讲后,埃里阿斯非常感动,他对施韦泽说:"一个真正心中有爱的人,应该牵挂那些正处在不幸中的人们。在这方面,您为我做出了表率,我要仿效您,到最需要我的地方去,为弱势的人群服务。"他真的就此放弃了神学院的学业,申请到一个遥远的传教站去了,在那里传经布道,帮助贫困的人们,深得当地人民的信赖。

然而,原本以为一切会那么顺利,可是转瞬间,美好却化为了泡沫。仅仅是几年的距离,一切就成了断点,埃里阿斯遇难的消息从遥远的他乡传来了。

得知消息后,施韦泽的心里非常难过,他站在窗前眺望远方,想起埃里阿斯的音容笑貌,思绪起伏间,一任泪水沾满了衣襟。

人生之旅,没有永远平坦的路途。寻梦路上,多少人因梦想而牺牲,更多的后来者沿着前人留下的脚印,继续前行,义无反顾。蓦然回首,这一路的牺牲,一路的追随者,就是一幅人生的画卷,前赴后继,春去秋来,永不褪色。

8

不变的是梦想。瑞典之行获得圆满成功后,施韦泽夫妇回到了斯特拉斯堡。回想起瑞典热情的听众和人们的慷慨支持,施韦泽在感动之中又一次拥有了足够的信心。

这时候,施韦泽的事迹又一次被人们关注,苏黎世大学授予他名誉博士学位,并请他去任教。这是一个吸引力很大的邀请,如果前往,他将重新获得前往非洲之前的安逸生活。然而,他的心早已留在了兰巴雷内。对他来说,帮助非洲苦难的人们比当教授重要得多。

施韦泽谢绝了苏黎世大学的邀请,继续做着重回非洲的准备。夜深人静之时,他就静静地回忆兰巴雷内的日日夜夜,思念那里的人们。忆及丛林里的山水风物,内心深处总不能平静。激动之余,他又一次拿起了笔,记录下他们夫妇俩在兰巴雷内生活的点点滴滴,让情感自由倾泻,让灵魂在文字里安栖。

一边回忆丛林生活,一边思考人生价值,一边将其化作飞扬的文字。施韦泽觉得,作为一个医生,在贫穷落后、缺医少药的非洲丛林里,

结合当地的实际情况，以自己的医学知识和人文情怀为土著黑人的健康尽力，虽然势单力薄，却为当地人民解决了许多健康问题，其意义是积极的、肯定的。

文字，自年少时就潜入了施韦泽的少年梦里，和他牵手共享人生的一个个故事。而今，他又用文字再现了自己在兰巴雷内丛林里的一个个难忘瞬间，情到深处，模糊的双眼已看不清笔尖写出的一笔一画。1921年夏天，他终于完成了这段时间的写作，并将这些回忆文字取名为《水和丛林之间》。

《水和丛林之间》一经出版，书中文字便拨动了读者的心弦。从字里行间，人们听到了作者灵魂的表白和心灵的歌吟。施韦泽夫妇志愿服务赤道非洲的崇高行为，他们肩扛的责任和灵魂的负重，让大家看到了人性中那些最崇高、最凄美、最真性、最纯粹的东西。

《水和丛林之间》最先以瑞典语出版，不久，德文版、英文版、荷兰文版、丹麦文版、芬兰文版等也相继在各国推出，销售量很大，版税收入为施韦泽挣得了一笔不小的钱。随着书中文字的流传，他的名字在欧洲大陆更是变得家喻户晓了。

9

为了筹措到更多的资金，早日重返非洲，施韦泽于1921年秋天又一次来到瑞典，在瑟德布罗姆大教主的关心下，前往各大城市作关于伦理、宗教问题的演讲，并穿插举办管风琴音乐会。他还从瑞典前往英国，在伦敦、伯明翰等地作了哲学演讲。从这时起，他所做的一切已彻底被大家理解。人们同情非洲丛林里的苦难村民，支持他在兰巴雷内的医疗行为，给了他很多的帮助。

回到阿尔萨斯，施韦泽待在宁静的根斯巴赫山村，继续他的文化思考，笔耕不辍。1922年夏，他出版了自己最重要的哲学著作《文化哲学》的第一部《文化的衰落与重建》。书中详细分析了现代西方文化衰落的原因，以及文化重建的重要性和必要性。

冬季，应哥本哈根大学邀请，施韦泽前往丹麦作伦理学演讲和管风琴演奏。在丹麦,他又一次得到了人们的慷慨支持,使他有了重返非洲的经济基础。

　　此刻,重回非洲的愿望就要实现了,他是多么高兴,多么愉快。回到阿尔萨斯,他的心情十分明媚,摊开稿子洋洋洒洒地写了起来。

　　笔尖在纸上划动,书写出美丽的文字,这是时光唯美的落笔,把人生中那些重要的时刻来记录。往事早已走远,走不远的是沉浸在往事里的情怀。

重返非洲

1

时光迤逦,四季更迭,岁月静静地滑过指尖。

不知不觉中,已是1923年1月。新的一年,给人以美好的向往与憧憬。就在岁首满含期待的时候,施韦泽接到了来自捷克斯洛伐克的邀请,此时,他的心中充满了阳光。接到邀请,他欣然前往布拉格,在那里宣传他的哲学思想,传播先进文化。

他的到来,宛如一股清风,流转在布拉格新年的欢乐气氛中。演讲中,他声情并茂,所有的人都被他的真情感动了。他在演讲中说道:"无论世间冷暖,我们都要心存一份善良,你若温柔以待,经过的岁月都会浸满幽香。"

在遥远的非洲,他为土著黑人无私奉献自己的一切,与山水相逢,与月色对酌,与丛林邀约,看尽生命的变迁,领悟出"敬畏生命"的真理。而今,他来到布拉格大学,宣传全新的哲学理念,大家彼此理解,心贴着心。这就是爱与道德的力量,人与人之间的距离由此被拉近了。

施韦泽救死扶伤的圣举,献身非洲的善行,自我牺牲的精神,敬畏生命的伦理,在异国听众中引起了强烈的反响。他结束了布拉格的演讲,回到法国之后,只感到家乡的山也高、水也潺、风也轻、云也淡,一切又变得如此美好。坐在书桌前,他勤奋笔耕,午后的阳光照射进来,温暖而明媚。他喜欢这透窗而进的阳光,在光影中就着一杯咖啡,思绪便像奔涌不息的江水一样,滔滔不绝。

他喜欢文字,善于用文字记录自己的哲思。在非洲的丛林之中时,他不但行医救人,也弹巴赫的作品,读歌德的书,奋笔写下自己的哲学思考。而今在法国的家里,他更加勤奋,夜以继日地写作,终于在1923年夏天写成了《文化哲学》的第二部分《文化与伦理》,并正式出版。这部凝结了他无限心血的著作,要为当今世界的文化衰落寻找一条出路,为人类开辟光明的未来。他坚信伦理是最高的真理,期待再来一场伟大的文艺复兴运动,自己甘愿做这场运动的一块铺路石。为此,他专门写了这样一段话,表达了自己对人类文化繁荣的信心和要为此做出伦理努力的决心。

一场比使我们走出中世纪黑暗伟大得多的新的文艺复兴必将来临。我们将在这场伟大的文艺复兴中发现,伦理是最高的真理,它将为人类的可持续发展与世界和平提供新的思想基础。

我愿意成为这场文艺复兴的铺路石,把对全人类的信仰的火把投入我们这个黑暗的时代。我有这样的勇气,信赖新人类。因为我相信,迄今为止仅被当作贵族情感的人道信念,其基础在于一种出于基本思想的、可普遍传播的世界观中。从而,人道信念具有一种它至今尚未有过的自信,它能够有力地诉诸现实并影响现实。

《文化与伦理》是施韦泽哲学和伦理学研究的一部重要著作,它致力于改变西方世界出现的文化问题,反映了他的哲学思想和伦理观念。后来的日子里,他完成了《文化哲学》的第三部分《敬畏生命的世界观》的写作,但生前没有发表,于20世纪末由德国贝克出版社作为遗著出版。他对文化国家的问题也进行了思考,草拟了相关章节,计划作为《文化哲学》的第四部分,但因过度忙碌而没有完成写作。

作为敬畏生命伦理观的提倡者,施韦泽终身关注人类的生命价值和文化命运,其哲学思想和伦理观念表达了一种虔诚的人类之爱,是人类文化符号中的一个重要元素。《文化哲学》以独特的视角和深刻的思想性,成为20世纪西方社会的一部独创性的伦理学著作,对人类社会的发展产生了一定的影响。

2

分别,并不代表忘记。自从被迫离开非洲之后,施韦泽的心里一直装着兰巴雷内。他是一个坚强乐观的人,没有任何力量可以阻挡他前行的步伐。被驱离非洲大陆的那一刻,他就坚信自己能够重回非洲。兰巴雷内高大的热带树木,奥果韦河来往不息的舟船,忙碌的诊所,悲苦的黑人,村民的健康,这一幕幕时时在他的脑海里回放。同样,丛林村民也时刻惦念着他,盼着他能再回这里,做他们身体安康的保护神。

牵挂,是一份暖,一份人生的安慰。这些年,局势动荡不安,人们生活不安定。兰巴雷内的土著村民失去了健康的保护,生活在水深火热之中。他们惦记着医学博士施韦泽,盼望丛林诊所能够再次开张。教区的牧师和学生也常给他寄一些信来,告诉他这里的情况,字里行间洋溢出对他的深深牵挂和热切期盼。

读着一封封来自赤道非洲的信件,施韦泽的内心深处无法平静。丛林里的苦难人们,早已成为他生命中放不下的挂念。尽管欧洲一些大学和研究机构不断向他伸出橄榄枝,以高薪邀请他去做教授,搞学术研究,但他的心早已回到了苦难的非洲,红尘中的各种诱惑对他来说没有任何吸引力。

医生是一个需要终生学习、不断充电的职业。总结前些年在丛林诊所的医疗工作经验,结合当地实际情况,施韦泽觉得自己在许多方面都要做进一步的学习提高。他专门去购买了一些热带医学的书籍阅读,向名师请教一些热带难治的疾病的治疗方法,在斯特拉斯堡的医院里进修妇产科和牙科,在汉堡的医院里进修热带医学。同时,他开始大量采购必需的药品、纱布等物资,为重返非洲做物质准备。

无尽的思念,已经容不得施韦泽做更多的等待了。事实上,他此时已经不需要再为经济问题烦恼了。近几年在欧洲的演讲、管风琴演奏和出版著作的收入,不但帮他还清了债务,还让他有了重返非洲的资金。同时,他的一系列社会活动也产生了巨大的影响,为他献身非洲丛林的慈善事业赢得了更多的理解、同情和支持。

人生有多少美丽的心愿,就会有多少飞翔的翅膀。而今,施韦泽的身体已基本恢复了健康,采购药品、纱布等物资的事情也已完成得差不多了,重返非洲的条件已经成熟。他又要扛着一份责任,带着至深的爱去飞翔了,飞翔在非洲广袤的热带雨林里,飞翔在生命的海洋中。

虽然,夫妇俩都认为兰巴雷内的慈善事业是他们这一生最重要的事情,但此时海伦娜的身体状况还不能承受热带丛林的恶劣气候,她将不得不继续留在欧洲养病。施韦泽只能一个人前往非洲,孤独地在丛林里坚守。为了非洲人民的福祉,夫妇俩不得不分居两地。

远离的日子,为了妻子和女儿能够有一个相对好一些的居住环境,今后自己回欧洲时也能有一个安静的住处,施韦泽请人在黑林山国王地盖了一幢房子,临走之前将母女俩安置好,这样他才能稍微放心一些。

3

悠悠岁月,忘不了亲情万千。

面对妻子,施韦泽心中有着太多的歉意。

他想成为她人生的安谧港湾,可终究给不了她朝朝暮暮、地老天荒的相守。

其实,海伦娜从嫁给施韦泽那一刻起就清楚,她的人生将会和其他人不同。她要追随丈夫的人道主义事业,为他献身,一辈子支持他。而今,由于不争气的身体,她已不能兑现当初的承诺,不能陪在他的身边了。然而,虽不能陪他了,却也不能成为他人道奉献的绊脚石。她要给他自由,让他能够安心地重返非洲,去完成志愿服务的人生宏愿。这是一种巨大的牺牲,但海伦娜愿意为了丈夫的事业而做出这种牺牲。

"我们在兰巴雷内的日子,虽然终日忙碌,却十分充实。因为我们的付出,丛林村民的身体健康才有了一点保证。而今,我们离开兰巴雷内已经整整7年了。这些年来,不知道丛林村民的日子是怎么过的?没有了医疗服务,他们的生活怎能过得好!"说到这里,施韦泽的声音低沉了下来。

听丈夫这么说,海伦娜的心情也十分沉重,她静静地看着施韦泽,

没有说话。

"没有了医生,没有了药品,他们将承受多少病痛的折磨啊!"过了一会儿,施韦泽继续悲切地说道。

"是的,整整7年,丛林村民实在太苦了,他们不能没有医生,"海伦娜靠在丈夫的肩上,声音里充满了同情,"他们需要我们,正在盼着我们,只可惜我这不争气的身体,无法与你同行了。你去吧,这就回非洲去吧。家里的一切,你尽管放心,我会照顾好女儿,照顾好自己的。"

"不是我心狠,而是兰巴雷内不能没有医生。你这么理解我,这么支持我,这是我的福分,也是丛林村民的福分。"说这话时,施韦泽的眼中充满了感激,"有你的牵挂,有你的支持,有你做我强大的精神后盾,我在远方永远不会寂寞。只是,女儿还太小,你一定要照顾好她,同时也要照顾好自己。"

"我不要紧,女儿也不要紧,我会照顾好她的,倒是你自己一定要多保重,回去后千万不要太劳累。你已经人到中年了,不能像过去年轻时那样没日没夜地干了,你的精力和体力都不同于以前了。"

"你放心,我一定照顾好自己,常给你去信。"施韦泽紧紧拥抱着妻子,只感觉她的暖暖体温,温暖了自己的每一个细胞。

这是一份相濡以沫的真情,将两颗心紧紧系在了一起,化作今生今世的地久天长,直至永远。

这些年来,施韦泽曾经无数次幻想,终有一日会云开日出,可以回到非洲,重回丛林村民的身边。远方对他来说,不过是一片云的距离,推开窗户闻到的,就是清风中吹来的丛林气息。而今,重返非洲的这一天真的来临了,怎不令他激动万分。

1924年2月21日,施韦泽背上行囊,肩扛一份责任,满含留恋地辞别病中的妻子和年幼的女儿,义无反顾地踏上了重返兰巴雷内的征程。回眸处,是一缕阳光,在流年里许下了母女俩一世的安好。

而此时,施韦泽在欧洲的影响力已越来越大。人们感动于他的献身精神,关注他的人道主义事业,许多崇拜者从世界各地给他来信向他问好。

在这个世界上,毕竟充满了爱与善良,施韦泽在大众之中找到了自己的根基。

4

一天,一位名叫诺埃尔·基勒斯皮的年轻人找到了施韦泽。他精力充沛,朝气蓬勃,有一双深邃睿智的蓝眼睛,正在英国牛津大学化学系读书。他是个有理想、有志气的青年,十分钦佩施韦泽的为人,愿意以志愿者的身份,利用假期跟随施韦泽前往非洲丛林,在那里为当地村民服务几个月。

施韦泽细细打量眼前这位青年人,从他的眼睛里读到了一份真诚。他和年轻人做了一番长谈,发现他淳朴善良、聪敏智慧,有为人类服务的理想,甚得他的欢心。

就这样,当驶往非洲的奥列斯特号轮船缓缓出发时,施韦泽的身边多了一位年轻的大学生。

一路上,依然是漫长的旅程,因为两人同行,也就不觉得寂寞了。可是每到夜间,当诺埃尔沉沉睡去的时候,施韦泽则迟迟不能入睡。他的心随着大海的波涛在起伏,眼前浮现出志愿服务之路上一幕又一幕的场景。

整整7年了,曾经以为很难再回去的兰巴雷内,很快就可以重回她的怀抱了。当年自己选择到非洲服务,放弃已经取得的成就,8年学医生涯,建立丛林诊所,努力为土著村民看病,在战火中成为俘虏,被驱逐囚禁……这一幕幕场景,仿若电影画面一样在眼前一幅幅浮现,一切就像是在梦中。

轮船在海面上颠簸起伏,不知疲倦地劈浪前行。一场细雨过后,远方的天空中出现了一道彩虹,高悬在波光粼粼的海面之上,多少天来一成不变的苍茫画面顿时生动了起来。站在轮船的甲板上,眺望天水相接处那一道七彩长虹,施韦泽心潮起伏,内心深处感慨无限。

这世界上,最懂他、理解他、支持他的人,就是海伦娜。为了他,为了他的事业,她付出了自己的青春和健康。生命需要阳光的滋养,不能缺少爱的光芒,今生如果没有了她那阳光般的爱,他的心就不会温暖。而今,她却成了一个体弱多病的人,还在照看孩子,日日牵挂着他。

感动中,施韦泽自言自语道:"亲爱的海伦娜,人生因了你我这一场美丽的遇见,变得更加丰盈了。回想当年我们一同前来非洲的情景,仿佛就发生在昨天,对于你的自我牺牲与无私奉献,我永远不可以忘记……"

轮船劈波斩浪,一路前行,几个星期的漂泊后,终于来到非洲,在经过了一个个熟悉的码头后,施韦泽于复活节的时候抵达洛佩斯角海湾。

他曾带着妻子来到这里休养过两次,而今重来,止不住又撩起对往日的回忆。

岁月如歌,念她如初。人生若是这一程山水,施韦泽将永远守候在有她的地方,怀揣一世安暖,与她同喜、同乐、同欢笑,看尽世间的花开,许年华如诗。

夜深沉,望星空;人息静,梦一方。施韦泽于黑暗中点亮心灯,坐在时光里怀想。想起与海伦娜在这儿共度的日子,眼角不知不觉湿润了。

在洛佩斯角海湾休息了一天后,施韦泽和诺埃尔改搭平底河轮,沿着美丽的奥果韦河向上游驶去。坐在船上,穿行在神秘的热带雨林中,望着两岸茂密的丛林,听着草木的呼吸,闻着热带的气息,施韦泽心潮起伏,发出阵阵感慨。

思绪万千中,眼前的绿色丛林越来越茂密,日思夜想的兰巴雷内又重新出现在他的眼前。

5

1924年4月19日中午时分,河轮在兰巴雷内码头靠岸了。悠悠岁月,人生几何?故地重游,感慨良多。

7年前的秋天,施韦泽于战火弥漫中以战俘身份被驱离这里。这些年来,兰巴雷内无数次出现在他的梦里。而今,在经历了2个月的长途旅程后,这魂牵梦萦的地方又重新出现在眼前,怎不令他激动不已。

高大的热带树木依然挺拔如故,滚滚的奥果韦河水依然四处奔涌,土著黑人熟悉的鼓点声依然激越深沉。这一切,从岁月深处缓缓走来,越来越清晰,以至于真切地呈现在眼前的时候,施韦泽几乎不敢相信这是真的。

"亲爱的丛林兄弟姐妹们,我回来了,从今往后,我与你们生死相依,再也不离开你们了。"施韦泽难抑激动之情,张开双臂对着丛林深处大声呼唤了起来。诺埃尔第一次来到非洲,这位热血沸腾的年轻人也激动地学着施韦泽的样子,高举双臂孩童般欢呼雀跃起来。

热带的风儿迎面吹来,拂动着两人的衣襟。高大的椰子树叶互相摩挲着,发出簌簌的声响,像是在欢迎两人的到来。

上得岸来,施韦泽与迎接他的传教士深情拥抱。诺埃尔提着行李,兴奋地审视着眼前的一切。这山,这水,这丛林,这土地,于他而言是那么新奇。而施韦泽,则一心挂念着丛林诊所,经历了岁月的风雨飘摇后,不知道诊所现在是否安好?

在传教士的陪同下,施韦泽径直往丛林诊所方向走去。带着岁月的凝眸,携着生命的热盼,他期待一切都是他期待中的那么完美。然而,行至心所挂念的地方,出现在眼前的却是一片凄惨衰败的景象。

此刻,映入施韦泽眼帘的是大片东倒西歪的杂草与灌木。丛林诊所在杂草灌木的拥围下,已经变得面目全非了。诊所的一部分墙体已经倒塌,尚未倒塌部分也已岌岌可危。屋顶歪斜着,上面布满了触目惊心的空洞。

岁月流逝中,一切都发生了巨大的变化。

施韦泽一心挂念的丛林诊所,居然破败成这个样子,根本无法在里面开诊了。施韦泽的内心感觉非常悲凉,就好像一个人走在清冷的夜间。面对这样的荒芜,他的心一阵阵发痛。

"为什么会这样?"他伤心地向传教士发问,"我们离开以后,诊所关门了,这里没有了人烟,在风雨的侵袭下,荒废是不可避免的。可是,不是请你们找一些工人把诊所先修好的吗?"

施韦泽满心不快地说着,来之前,考虑到离开了这么些年,丛林诊所无人看管,一定十分破败了,所以他特意委托传教办事处帮他招收一些工人,在他到来之前把诊所整修好,以便一到这里马上就可以开展工作,不耽误对病人的诊疗。

面对责问,传教士十分不安,低声解释道:"实在对不起你,由于欧美要开和平博览会,需要大量木材搞建筑,因此最近这里接到了大批的木材订单,木材商花高价招收村民们去伐木。由于我们给不出高价,因此一个工人也没有找到,也就无法整修诊所了。对不起。"

虽然施韦泽很不高兴,但细细一想,确实也不能全怪传教办事处。他了解这里的一切,办事处的经费少得可怜,根本出不起高价去雇佣工人,而给不出价钱,是不会有人来这里干活的。当年他和海伦娜第一次来到兰巴雷内的时候,期待中的诊所也没有建起来,原因和今天完全一样。

想到这儿,他倒也释怀了。

"好吧,就让我自己承担起整修诊所的工作吧。"他喃喃自语道。

6

施韦泽是一个坚强的人,面对挫折,只会越挫越勇。思忖间,他想到了兰巴雷内的家——那个四周建有回廊的温馨小木屋。

他想找到那条先前走过无数次的回家之路,可此刻竟然消失得无影无踪了。

由于杂草丛生,灌木乱长,荒芜中那条熟悉的小路早就被密密的野草覆盖,再也看不见半点踪迹。要不是这条路他曾经和海伦娜每天都要走几遍,那么真的连他自己也不会相信,这里先前居然还有一条可以行走的路。

感叹着世事沧桑,体会着人生百味,施韦泽无奈地跟着传教士,左绕右绕地兜了一个圈子,才来到了小木屋前。

然而,这里的一切又一次令他感到悲伤。历经岁月风雨的侵袭后,小木屋已十分破旧,幽暗而飘散着霉味,一部分回廊已经坍塌,屋顶还有很多漏洞。

虽然传教办事处知道施韦泽要回来,想尽办法对小木屋进行了整修,可因为人手缺乏,还有很多地方尚未得到修理,现在还不能住人。施韦泽知道,接下来小木屋的整修工作也得靠自己了,这令他更感凄凉。这一切,都是罪恶的战争造成的。此刻,他更加痛恨战争了。

晚上,传教办事处热情招待了施韦泽与诺埃尔,对他们做了周到的安置,这令施韦泽在深深的失落中有了一些安慰。此刻,他已无暇想别的事情,对他来说,既然回到了兰巴雷内,意味着马上就将开始救死扶伤的工作了。

他对这儿的一切太熟悉了,清楚地知道自己回来的消息一传开,这里马上就会挤满了求诊的病人。可是,诊所不能及时修复就不能开诊。但要修复诊所,没有工人又怎么办?既然传教办事处已帮不上太大的忙,那他只能赶紧自己想办法了。

7

乐观的人相信阳光总在风雨后,纵有酸甜苦辣咸,悉数尝尽五味杂陈后,依然会笑对人生,迎接彩虹的出现。

施韦泽就是这样一个乐观向上的人。作为一名医生,他只想早日修复诊所,以便早日开诊。他顾不得旅途劳顿,放下行李就带着诺埃尔驾驶独木舟穿行在丛林的河流中,前往各个村落去做动员工作。

"嘿,我们的博士又回来了,这真太好了。你可知道,这些年里,我们一直都在想着你,时刻盼着你回来啊!"每当施韦泽走进一个村子,总能听到这样亲切的声音。

浅相遇,深相知,重逢在人间。在一个个村落中,一户户丛林人家里,施韦泽对村民们开心地说道:"哈哈哈,又看见你们了,真是太高兴了。这些年,我可时刻惦记着你们啊!怎么样,身体还好吧?"

"唉,身体总有不好的时候,每当生病了,我们就特想念你。现在你回来了,这下可好了,我们生病也不用再发愁了。"

"对,我会悉心呵护你们的健康的。"

"博士,没有你的日子,我们可受尽了病痛的折磨。你是我们的恩人啊!"

"不,我是你们的兄长。你们的健康,就是我的心愿。"

就这样,施韦泽和村民们一一打招呼,拉家常,嘘寒问暖,好不温馨。他向他们述说当前丛林诊所遇到的困难,希望能够得到大家的帮助,出一些劳动力来将诊所整修好。

他的真诚感动了一些村民,他们表示愿意出力帮助整修丛林诊所。但是,他也经常遇到不太愿意出力的人,这时候,他便板起面孔佯装生气地说:"丛林诊所是为村民服务的,如果你们不肯出力的话,那么诊所开诊以后,你们也别想来看病了,我不会给你们治病的。"

就这样动之以情、晓之以理,施韦泽终于找到了一些工人,并想方设法弄到了一些棕榈叶瓦。在他的带领下,大家立即投入到整修房屋的紧张工作之中。施韦泽日日都在现场,他是房屋整修工作的总指挥,自己带头什么活都干。诺埃尔更是表现出了无限的热情,跟着施韦泽忙这忙那,成了他的得力助手。

在连续奋战了一段日子后,倒塌的墙壁终于修复了,覆盖了棕榈叶瓦的屋顶也不再漏水透光了。诊所内部被打扫得干干净净,并布置了简单的工作台。

此时,施韦泽和诺埃尔虽已累得筋疲力尽,心里却十分快乐。

天上飘逸的云朵,挥洒着长空的情怀。穿过丛林的清风,轻吻着施韦泽的脸颊。站在修缮一新的诊所前,把手放在心口,执守着永驻心田的非洲情缘,一梦千寻。

8

夜幕降临时,施韦泽住进了整修好的小木屋里,站在阳台上,望着莹蓝天幕中的一轮弯月,听着丛林深处传来的阵阵涛声,任由远来的风掀起衣角的牵念。远远的山,远远的水,笼了这丛林的半烟半雨,湿了自己心中的这一份情感。

这段日子的建设工作,令施韦泽十分疲劳,可丛林诊所得到了修复,马上就可以大批地接诊患者了,又令他十分欣慰。

人世间,总有一种牵念,留在远方。高兴之余,他感到了一丝落寞。他原是个理性的人,可如今孤独一人,面对无心的月光,他也变得感性了。埋藏在心底的那一页脆弱,不由自主地被翻了开来。

要是海伦娜此刻就在身边,看到丛林诊所得到修复,马上就可以正常开诊了,她该多高兴啊。自己的事业,得到了妻子太多的支持,而对于妻子，自己的付出实在太少。可是，为了非洲人民的健康，他只能放下儿女情长。通情达理的海伦娜对此十分理解，丝毫不会怪他。爱是生命里一首永恒的歌，他是这首歌的一名虔诚的歌咏者。对于妻子，他的心里充满了深爱。她在身边的时候，生活是带露的玫瑰；她在远方的时候，生活是思念的花朵。

"这似水的时光，请许我一个永远，让最美的爱情相伴着我们，在生命的常青藤上，刻上一份永恒。"这是施韦泽心的吟唱。

丛林医院

1

离开兰巴雷内7年之后,带着爱的使命,施韦泽又回到了这里,经年不变的承诺,在他的心底里升腾。

记忆深处,那些忙忙碌碌的日日夜夜,一张张病痛的脸庞,一个个病愈后的笑靥,奥果韦河上与河马的相遇,敬畏生命伦理灵感的闪光,隔着一水蒹葭,沿着花开的痕迹,次第在脑海里回放。

兰巴雷内——施韦泽志愿服务之梦开始的地方,他要在这里圆梦。虽然一路走来十分不易,可他是个信念坚定的人,一颗献身非洲的心从未改变过。

诺埃尔是个不怕吃苦、朝气蓬勃的有为青年,他跟随施韦泽一起操劳着修复丛林诊所的事情,日夜忙碌,辛苦不已。而今,诊所终于修整好了,两人在里面布置了桌椅、床铺、架子、医疗用品等东西,明天就可以开诊了。

是夜,站在小木屋的阳台上,望远山近水,施韦泽的心里又掀起了波澜。大河滔滔,这是怒放的生命;巍巍群山,亦是沉重的叹息。过去世事的变幻无从逃避,太多的失望无能为力。而今,经过了这么多的坎坷,丛林诊所终于又修复了,他更加珍惜眼前的一切。

随着新的一天的钟声响起,丛林诊所终于又重新开诊了。坐在整修一新的诊室里,尽心给村民们看病的时候,施韦泽有太多的情感无法言语。丛林诊所是非洲原始森林里的一道风景,从今往后,无论多么艰难,无论再发生什么情况,他都要竭尽全力,让这一道风景长留。

与之前一样,医学博士回来的消息早已在丛林里传开了,方圆几百里的病人从四面八方赶来。意料之中的是,受战争影响,患病的人比以前更多了,恶疾也增加了不少。

于是,施韦泽的每一天都变得分外忙碌。尽管工作量巨大,可他丝毫不悔,只要能为非洲人民多尽一点心,多出一份力,自己苦点累点又算得了什么。

2

一别经年,在世间风雨的侵袭中,丛林里的黑人变得更加悲苦了。而今,施韦泽回来了,大家又相聚在一起,你望着我,我看着你,近在咫尺,太多的话儿早已沉淀在心中。于施韦泽而言,他只想把所有的时间和精力都用来为村民们服务。

诺埃尔虽然不懂医学,可他有一颗好学上进、热情善良的心,在施韦泽的指导下勤勉地工作着,帮助管理病人,料理诊所的日常事务,令施韦泽省了许多心思。一些清创换药的事儿,或是做一些小手术,诺埃尔便是一个很好的助手。当危重病人医治无效死亡时,他又帮着抬尸体、整理遗物。

"如果去学医,你一定会是个好医生的。"施韦泽这样对诺埃尔说。

"这段时间,我对医学充满了兴趣,如果有机会的话,我会向医学靠拢的,呵呵呵……"诺埃尔青春的脸庞洋溢着灿烂的笑容。

有时候,一句话虽然简单,但恰似一盏指路明灯,可以让人在黑暗中看到前路的光明。

这次非洲丛林之旅,施韦泽这句不经意的话,促使诺埃尔走上了仿佛是早已定下的人生轨迹。若干年后,他真的走进了医学殿堂,后在美国芝加哥当医生,成了一名出色的麻醉学专家。

3

施韦泽重返非洲践行人道义务的善举,在欧洲引起了巨大的反响。人们理解他,关注他,钦佩他。窗沐清风,帘卷心事,他在水与丛林

之中的一个个传奇,化作了人们心中的无限感动。受他的影响,一些同样抱有志愿服务理想的青年人,自愿追随他,到非洲丛林里来献身。

马蒂尔德·科特曼小姐出生于阿尔萨斯,对她的同乡前辈施韦泽的崇高品德与伟大人格十分仰慕。此刻,她已经完成了护理学业,自愿申请作为志愿者前来兰巴雷内丛林医院,追随施韦泽为土著村民服务。

施韦泽听到这个消息后十分高兴,他为这位同乡女青年的志愿献身精神而感到高兴。

放弃了欧洲的舒适生活,告别了人生繁华,带着简单的行囊,经过几个星期的长途颠簸,科特曼小姐终于来到了非洲。1924年7月18日,施韦泽和诺埃尔早早就等候在兰巴雷内码头了。船一靠岸,两人就热情地将这位年轻姑娘迎下了船。

科特曼小姐年轻美丽,外柔内刚,气质优雅,浑身散发出青春的活力。她似一缕清风,从欧洲飘到了遥远非洲的热带丛林。

踏上兰巴雷内码头的刹那间,她既兴奋又激动。与非洲大陆的这一次人生邂逅,她这一场华丽的转身,必将令她的人生充满了意义。

"姑娘,欢迎你!"望着一脸兴奋的科特曼小姐,施韦泽自是十分高兴,他欢迎道,"你来这里真是太好了,这里太需要你了!"

"谢谢,谢谢,见到您我非常高兴。"显然,科特曼小姐十分动情,"我终于来到了非洲,能够用自己的一技之长,跟随您在这儿志愿服务,为非洲人民做些事,我是多么高兴啊。"

"不过,这儿气候恶劣,物质匮乏,生活十分艰苦,你要做好充分的思想准备哦。"

"我有思想准备,能适应这里的环境的,请您放心。只是,以后您还要多帮助我、教育我哦。"

"好的,以后有什么问题,只管和我讲,我会全力帮助你的。"

"嗯,真的太感谢您了!"

"是我应该感谢你才对啊!"

多好的姑娘啊,谈话中,施韦泽又一次被深深地感动了。

美丽的姑娘,穿一身简装,合着爱的节拍,从远方飘然而至。长空之下,时光安然,广袤的非洲丛林,为人世间这样的遇见而欣喜。

诺埃尔殷勤地为科特曼小姐拿着行李,施韦泽带她来到专门为她准备的住处,将她妥善安顿下来。

科特曼小姐的到来给丛林诊所带来了生气,更给了施韦泽巨大的帮助。他有了一个聪明懂事、心地善良、吃苦耐劳、可以护理好病人的好帮手了。

科特曼小姐是一个心怀大爱、宅心仁厚的护士,她顾不得初来乍到的疲劳,立即就投入了紧张的医疗服务之中。她年轻、灵活、善良、聪明,又善于学习,很快就适应了丛林诊所的医疗工作,与施韦泽配合得非常默契。

在她的配合下,一些较大的手术也在丛林诊所逐渐开展了起来。

4

生活是一首歌,一首深情的歌,吟唱着人世间的聚散离合。

8月,陪伴施韦泽重回非洲,帮助他整修丛林诊所,陪他度过回到兰巴雷内后最艰难的4个月时间的诺埃尔,就要离开丛林诊所回牛津大学继续完成他的化学学业了。对此,施韦泽心中满怀不舍,却又不能留住他不放。

离别的忧伤布满了施韦泽的心头。

这次重返非洲,如果没有诺埃尔的陪伴和帮助,施韦泽真不知道这几个月他将如何度过。他对这位小伙子充满了好感,同时也满怀谢意。几个月的相互扶持,两人读懂了彼此。一声懂得,激起了这一段时光的激滟。

送别的码头上,他对诺埃尔一再道谢,同时也一再叮咛,要他好好完成学业,并祝他今后事业有成。

"兰巴雷内丛林诊所的这段日子,是我青春岁月中最重要、最难忘的一段经历,您的无私献身精神和乐观向上的性格,更是深深感染了我。请您放心,回去后我会好好完成自己的学业,同时我也会向大家讲述丛林里的故事,以此唤起大家对非洲人民的关注,唤起人们心中的爱。或许,我真的还会去学医哩,呵呵呵。"临别时,诺埃尔这样深情

地说。

多好的青年啊,施韦泽与他紧紧拥抱,挥手作别。

"珍重!"一句珍重,其他话都已显得多余了。

送走了诺埃尔,施韦泽的心里竟然有了一丝空荡荡的感觉。

当天夜里,他不能入眠,干脆披衣起身,在日记中写下了心中的所思:"我不知道应该如何感谢这位可爱的志愿者给予我的所有善意和帮助,他令我看到了年轻人身上的光亮。在牛津大学的教室里,往事对他来说就像梦幻一样。在非洲靠近赤道的地方,他曾是一位丛林乡村医生的助手,一个木匠,一名诊所看管者,一个抬尸体的工人……我相信非洲大陆这一段独特的经历,将深深地影响他的一生,他终将成为一个拥有爱心的高尚的人。"

伫立于月色之中,但觉时光微凉。且听风吟,且听心语,只用飞扬的文字,把这一段匆匆聚散来凝固。

5

此后的日子里,前来就诊的病人丝毫没有减少。虽然有了科特曼小姐当护理助手,但诊所里只有施韦泽一个医生,令他十分疲惫,常常感到心力交瘁。

这次重返非洲,施韦泽发现丛林里的昏睡病人比以前更多了,而且症状也更重了,仅仅在一个星期中,他就接诊了25个昏睡病人,其中好些都出现了癫痫持续状态、高热、昏迷不醒。他将这些病人收住院,采用静脉注射疗法进行抢救,可虽然尽了全力,但依然没能挽救大多数危重患者的生命。

现在丛林里的麻风病人也比过去增多了,幸运的是他们的症状没有比过去加重,施韦泽每周都必须面对几十个前来求医的麻风病患者。虽然没有可以根治的好方法,也没有更多的床位可以收治他们,但施韦泽可以用一些简单的疗法让他们的症状相对减轻。他让他们先洗净身体,然后给他们涂抹印度大风子油,病人普遍反映症状有了明显缓解,并且可以维持很长一段时间,因此这个简单的治疗方法很受麻风病人的欢迎。

还有一些病人患的是由梅毒和雅司引起的溃疡。对于这类病人,施韦泽使用了新洒尔弗散静脉注射和铋制剂治疗,这个化学疗法在治疗中取得了较好的效果,可以有效杀伤入侵的生物体但不损伤或很少损伤宿主。对于全身溃疡的雅司病儿童,施韦泽给他们服用了一种新生产出来的药物,效果也很好,使孩子们避免了静脉注射之痛。

由于对昏睡病人和溃疡病人使用了静脉注射疗法,而对黑人的静脉注射要比白人困难许多,因此施韦泽的工作量急剧增加。尽管有科特曼小姐当护理助手,施韦泽也十分努力,终日不歇,可还是来不及给村民们看病,这令他深感不安。他不断给欧洲的朋友写信,希望他们能够想办法动员一些医生来兰巴雷内服务,帮他缓解当前的困难。

他在给朋友的信中写道:"离开7年之后,重回兰巴雷内,这儿的状况更加糟糕了。病人越来越多,各种各样的疾病都有,加上大量的静脉治疗,整日不停地忙碌,严重影响了诊疗质量,影响了病人身体的康复。这里严重缺乏医务人员,希望能够多想些办法,动员、介绍一些学医的志愿者来,帮助这些急需帮助的人们。"

施韦泽在非洲的志愿行动,他对非洲人民的一片赤诚,深深打动了欧洲的朋友们。在大家的帮助下,在他伟大献身精神的感召下,第一位志愿帮助施韦泽在非洲行医的医生维克托·内斯曼终于来到了。

10月19日,施韦泽在兰巴雷内码头上迎来了风尘仆仆的维克托,两人紧紧拥抱在一起。

维克托也是施韦泽的同乡,毕业于斯特拉斯堡大学医学院,是他的校友,这令他与施韦泽之间有了一种天生的亲切感。

这位优秀的年轻人就像科特曼小姐一样,没有令施韦泽失望。他身体健壮,医学基础扎实,技术全面,乐观向上,很快就适应了这里的燥热环境,在一个个忙碌的日子里诊疗工作开展得井井有条,深受丛林村民的欢迎。

6

人生,是一趟颠沛流离的旅程。施韦泽行走于非洲丛林,艰难地践行自己的人道奉献,在来自四面八方的支持下,感受着人世间的温情,一路前行。

入夜,飞雨飘落,激起了施韦泽起伏的心绪。"维克托的到来,给了我极大的帮助。"听着雨声,他静静地写道:"这么多病人,我一个医生实在太难应付了。每个病人都需要详细地问诊,细致地体检,我却没有足够的时间来为他们诊治,这使我的心里十分不安。"抬头望窗外,和风细雨绵绵。"现在好了,我的老乡维克托的到来,加上先前到达的科特曼小姐,我们三个人联手,终于可以有更多的时间来给病人做仔细诊疗了,医疗质量因此有了很大提高,这令我感到欣慰。"

帮助来得太及时了,他真的很难再独自担起建筑师和医生这两副重担了。他也是个普通人,不是神。真诚的帮助,令他感动。

就这样,施韦泽和维克托医生、科特曼护士组成了一个高效的医护团队,在丛林诊所里齐心协力,努力为每一个患者提供最好的医疗服务。虽然不可避免地还有各种不如意之处,但他们始终非常努力,完全达到了忘我的境界。他们的工作,赢得了患者的赞赏。丛林诊所在土著黑人的心中已经成了健康的圣地。

远在欧洲的朋友们一直关注着施韦泽的事业。在大家的帮助下,又有几名医护人员陆续来到兰巴雷内,加入施韦泽的志愿服务行列之中。在诊所情况有了改善后,"医生的第一助手"约瑟夫也回来了。丛林诊所医务人员增多了,技术力量增强了,大家互相之间精诚合作,对疾病的诊疗效果不断提高,令施韦泽备受鼓舞。

过重的负担,加上日夜操劳,使施韦泽倍感疲劳,然而心中有信念,也就给了他坚持的力量。他期待丛林诊所能够进一步得到完善,敬畏生命的伦理能够成为一种普世的价值观,人与人之间可以建立全新的关系。

然而,他几乎整天都没有片刻的空闲时间,甚至连思考一下的时间也不多。可是,这依然阻止不了他的思考,他愿意为了人类的美好未来而付出自己的一切。

7

在贫穷落后的非洲丛林,传染病对于村民来说具有极大的危害。不幸的是,一场大规模的痢疾于1925年5月在兰巴雷内阿奇果湖北边的林业工人中暴发流行了,情况甚为严重。患病的工人腹泻、腹痛、发热、虚脱,一些重症病人出现高热、谵妄、重度脱水等表现,很快就死去。严峻的疫情牵动着施韦泽的心,他再也不能平静,立即和维克托、科特曼等人一起前往疫区给患病的工人们诊治。他们给病人服药、输液。病人实在太多,整整忙碌了一天,还有一些重病人没能来得及救治,于是便在回诊所的时候把这些病人带了回来。

由于没有足够的医疗条件和有效的控制措施,加上当地恶劣的卫生状况和不良的生活习惯,虽然施韦泽的医疗团队已竭尽全力,但痢疾疫情还是没能得到很好的控制,病人越来越多。到了6月末,丛林诊所里住满了病人,可患者还在源源不断地被送来。

病人越来越多,很多病人的病情十分严重,丛林诊所拥挤不堪,每天都忙碌不停的施韦泽尽管已经想尽了办法,可是依然无法阻止疫情的发展。疫情持续2个月后,终于演变成了一场人间灾难。

这些被传染的痢疾病人,大部分是奥果韦河上游的土著黑人。他们中的重症患者病情非常严重,中毒、脱水、电解质紊乱、休克,虽经全力救治,可病情依然越来越重,最终一个个在痛苦中死去,而他们的家人却还在苦苦盼着他们早日回家,等他们伐木挣得的钱补贴家用。

面对这些不幸的人们,施韦泽多想挽救他们的生命啊!可是他力不从心。

热带地区流行的痢疾通常是阿米巴痢疾。可是这次流行却与过去不同,混杂着细菌性痢疾。病人特别痛苦,药物治疗的效果很差。由于患病的人不敢再喝已被污染的井水,便去河里取水喝,这样却更加扩大了流行的范围。

施韦泽竭尽全力治疗这些病人,可是一批批病人不断被送来,令他应接不暇。他非常担心疾病在诊所传播,造成严重的院内感染,因为他没有专门隔离的传染病区,消毒措施也无法做到位。他只能因陋就简地把一些病房隔开,专门用来集中收治痢疾病人。

然而,由于病人的排泄物没有条件予以处理,加上一些患者不守规矩继续喝河水,大家聚在一起时固执地用一只锅煮食物,然后一起伸手抓着吃,此前十分担心的院内感染终于发生了。为此新增了许多病人,又死了好些人,这让施韦泽感到特别难过,心情沉重地叹息着现实的无奈。

施韦泽对丛林村民充满了同情,可限于现实条件的不足和医学的局限性,他没有回天之力,有的只是内心的不安与自责。

虽然疫情最终过去了,但大批重症患者死亡以及院内感染事件令他伤心得难以入眠。眼前的一切仿佛被岁月搁浅了一般暗淡无光。

8

丛林上空的乌云,说来就来,云开云合,令这个季节充满了忧郁。看着简陋、拥挤不堪、愈加忙碌的诊所,想到一旦发生重大疫情,传染病人仍将无法得到隔离,必然会又一次引发灾难,他迫切地感觉到必须要改善医院条件,扩大规模,设置独立的传染病区。

而今,诊所医务人员虽然增加了一些,可前来就诊的病人数量也在不断增加,而且传染病随时有可能流行,不提前做好准备,风险实在太大。怎么办?经过细致周密的思考后,一个大胆的设想在施韦泽的心中形成了。

为了进一步提升丛林诊所的医疗能力,使丛林村民的身体健康能有保障,施韦泽决定选择一个合适的地方,建设一所有一定规模、比较规范的丛林医院,门诊、病区、手术室、隔离病房等都要设计得尽可能合理,同时还要建条件较好的医务人员宿舍以及其他附属房屋,还要有适当的空地供病人活动。

设想一旦形成,接下来就是付诸行动。从此,繁忙工作之余,人们常常可以看见一个熟悉的身影,于黄昏时分在丛林诊所附近的山坡旁走啊看啊,不断地勘查,不断地记录。毫无悬念,这个人就是施韦泽,他在寻找适合建造医院的最好方位。

经过一段时间的勘查和一次次比照，施韦泽将目光停留在原始森林边缘奥果韦河畔的一座小山丘旁，这里离丛林诊所有3千米远，自然风光美丽，一条河流静静地淌过，宽大的热带树叶在舞蹈般摇曳。

时光如水，淌过一日又一日，美好的心愿，在滑过的日子里飞扬。1925年秋天的一个夜晚，施韦泽沐浴着皎洁的月色，将这个美丽的地方确定为新医院的建造之地。

9

其实，施韦泽早就有扩建医院的想法，只是限于条件所限，他一直没有深入细想下去。这次痢疾暴发流行，导致大量重症患者死亡，对他来说是一次沉重的打击。他觉得如果早扩建医院，医院里有了更好的诊疗条件、规范的隔离病房和有效的消毒灭菌措施，也许痢疾的流行就不会这么凶猛了，院内感染就可以避免，死去的病人数也不会这么多了。

同时，施韦泽心里也十分清楚，在目前困难重重的情况下，要在这里建一所比较规范的医院，真正实施起来将非常艰难，有大量工作需要去做，自己也将因此辛苦不堪，不再有任何空闲时间。而且，妻子和6岁的女儿正盼着他能回家看看，一旦开建医院，他将在很长一段时间内无法离开兰巴雷内，这对妻女来说是非常不公平的。

此时，施韦泽已经50岁了，他已经走过了半个世纪的风风雨雨，为丛林村民付出了许许多多，按照惯例，他可以离开兰巴雷内，回欧洲去享受退休后的休闲生活了。但是，他从没有想过要退休，甚至没有想过有一天要离开这里。他对非洲人民的志愿服务具有特殊性，是一辈子的事情。同时，医生救死扶伤的天职也驱使着他，为了丛林村民的福祉，即使再苦再难再累，也一定要坚守到最后。

他志愿服务的决心是坚定的，治病救人的行动是永恒的，建设一所医院的意念就这样在脑子里日夜滋长。既然已经有了中意的地址，接下来要做的事情就是得到这块土地的使用许可。为此，他去跑了多个部门。幸运的是，他的善举得到了大家的理解，在传教事务所的鼎力

帮助下，在地方官员的大力支持下，他仅仅缴纳了少许费用，就得到了这块土地的建筑许可。

施韦泽抑制着自己内心的激动，召集诊所全体工作人员，将建造医院的计划和已经取得土地建筑许可的好消息告诉了大家。大家听后都十分高兴，虽然担心在建设过程中会遇到诸多问题，但他们对新医院终将建成充满了信心。丛林诊所沉浸在一片欢乐的气氛中。

10

想法总是简单的、美好的，然而真要在非洲丛林艰苦的条件下建一所比较规范的医院，实施起来却如此困难。建造医院是一项工程，首先就要面对建筑设计问题。在广袤落后的原始森林里，去哪儿寻觅懂建筑设计的人呢？这完全是痴人说梦的事。

然而，施韦泽就是这样幸运，当他一筹莫展的时候，一位名叫沙兹曼的瑞典建筑师得知消息后专程来到兰巴雷内，无私地帮助他对医院进行全面设计。

沙兹曼的到来，令施韦泽又一次深受鼓舞。他向沙兹曼详细介绍了兰巴雷内的情况，说了自己对新医院的思考。考虑到非洲强烈的阳光对人体的危害，他们决定医院建筑设计为坐西向东的方位，这样阳光不会直射进来，也能减少对人体造成的伤害了。

考虑到目前的实际情况和长远需求，沙兹曼费心做了一个项目总体规划。他不愧为一个业务精湛的专业人才，其规划将医疗设施的静态功能空间与医、患、物等动态使用空间相匹配，尽可能使建筑适合丛林实际情况而能够得到最大限度的使用。

医院建筑被设计在紧靠河道的地方，这样可以方便大量水路而来的患者，也方便从水路上的急诊出诊。在完成总体规划后，沙兹曼又对各单体建筑进行了更为精细的设计，力求使内部所有空间都能够得到最合理均衡的利用。

施韦泽对沙兹曼的这个设计方案非常满意，对无私支持他的这位远乡人更是感激不尽。在人生的旅途中，他常常受惠于别人，令他更加懂得感恩。接下来，就要按计划付诸实施了。像过去一样，施韦泽面对的劳动力问题又一次出现在他面前。

这方面，他已有了一些经验。于是，他故伎重演，动之以情，晓之以理，甚至佯装生气进行威胁，终于动员了所有能够动员的人，主要是被他治好的病人，当前住院病人的陪客，以及在饥荒面前急需粮食的村民。面对他的一片真诚，工人们虽然像流水一样不停地更替，但终究有了建造新医院的足够人力。

医院建设工作令施韦泽花去了几乎所有的空闲时间和精力。他要完成日常诊疗工作，接诊各种疑难杂症，关心其他医护人员，操心诊所的运行情况。医疗工作之外，他必须来到建筑工地上，因为丛林村民天生就是自由人，必须有人在旁边时时鼓励他们，才能持续有效地工作。

现在，他真正成了一个大杂家了，不仅要做医生，还要当监工、搬运工、泥水匠、木工……他是个事无巨细、充满责任的人，亲自参与到建设工作的方方面面之中。尽管终日劳累，但看到医院建筑物在一点点地建起来，所有的疲惫都在他的欣然一笑中得到了缓解。

11

1926年，是施韦泽艰难、劳累而又充实、快乐的一年。忙并快乐着，这才是他的生活。时光如画，岁月若诗。在繁忙医疗工作的同时，他活跃在建筑工地上，事无巨细地操劳着，一日下来十分疲惫。然而，他全然顾不得这些，一心想着能够早一日将医院建成，可以早一天为村民们提供更好的医疗服务。

根据热带丛林的实际情况，新医院的房屋被建在坚实粗大的木桩上，墙是木板做的，屋顶盖着铁皮。特别感人的是，施韦泽在建造医院的过程中，还十分注意对动植物生命的保护，时时践行敬畏生命的伦理观。

他让人把工地上的树木移栽到别处，打桩时总要让人先看清楚下面有没有蚂蚁、蟾蜍之类的动物，如果有，就将它们放到一边去，以免它

们被树桩压伤甚至压死,告诫大家要敬畏一切生命。

令施韦泽欣慰的是,后来他发现当有土著村民无意中要伤害蟾蜍之类的动物时,边上常会有黑人提醒道:"不要伤害生命,动物也是由亲爱的上帝创造的,上帝将惩罚那些随心所欲地折磨和杀死动物的人。"每当见到这样的情景,施韦泽的内心深处就多了一份慰藉。

在施韦泽全身心的操劳下,建院工作在困难中持续向前推进。过完圣诞节后,新的一年又来临了。按照时节,过了1月中旬就将步入雨季,在此之前必须完成医院建设的扫尾工作,否则一旦雨季来临,将非常被动。

在施韦泽的带领下,大家一鼓作气,用半个月时间完成了扫尾工作,于1927年1月中旬,赶在雨季来临之前开始了激动人心的搬迁工作。

对于搬迁,施韦泽预先做了详尽的方案,组织了足够的人员,做好了突发事件发生的应急预案,一切都在有序之中进行。

新医院建筑距原诊所3千米远,搬迁过程中水上运输起了大作用,设备、物品从水路很方便地运到了新医院。就在搬迁工作即将结束的时候,一个白人急匆匆地赶来,拉着施韦泽的手焦急地说:"施韦泽大夫,我的妻子马上就要临产了,她痛得不行了,请您快救救她吧。"

说话间,产妇已被抬进了新医院。施韦泽一边安慰男子,一边立即启动了应急预案,按预案事先安排在新医院里的医务人员随即赶到产房,产妇被抬上了产床。施韦泽一检查,发现产妇早已破水,宫口已经开大,宫缩规则有力,胎儿的头已清晰可见。

在施韦泽的指挥下,现场医护人员互相配合,边鼓励产妇顺着宫缩使劲,边在保护会阴的同时帮助产妇分娩。一切都是那么顺利,半个小时后,清脆响亮的啼哭声从产房里传出,一个健康的新生儿平安降生了。

这是一个可爱的新生儿,体重有8斤重。护士将孩子抱到母亲面前,望着自己的孩子,这位新妈妈激动得流下了眼泪。从这个新生命的身上,施韦泽看到了新医院美好的未来。

从产房出来,顾不得休息,施韦泽来到精神病区,察看这里的搬迁情况。在天色将黑的时候,最后一批精神病患者被顺利安置进了这个独立的病区。半山坡上,还新建了隔离的传染病区,如果今后传染病流行,施韦泽也可以比较从容地应对了。

入夜,施韦泽走进新病房,对这些刚搬过来的病人做了一次夜查房。病房环境整洁,宽敞明亮,地上铺着木板,病人们惬意地躺在新床上,对新医院的条件十分满意,纷纷感谢施韦泽对他们的关心与照顾。

就这样,兰巴雷内热带丛林终于有了一所条件较好的医院了,就星罗棋布的丛林村落而言,新医院就像是丛林里的一个医院村,有着浓郁的丛林风格。施韦泽在管理这所医院的过程中,顺应了他一贯的思路,在最大限度考虑病人健康的同时,最大限度地照顾到非洲人的生活习惯和传统。

回小木屋的路上,施韦泽的心里充满了欢愉。这座小木屋,是仿照原来的小木屋新建的,建筑式样和内部陈设延续了原来的风格,而居住条件却改善了许多。施韦泽抬头望着天空,天上忽明忽暗的星光,又不由自主地勾起了他对妻女的思念。

思念如藤,繁衍成一树相思的绿叶。记忆的小径上,开满了挂念的花儿。这一路走来,山一程,水一程,相思的寂寞,比那山水更绵长。

想起爱妻一低头的温柔,想起女儿天真无邪的笑靥,他的眼眸里盈满了热泪。转身的刹那,思念早已泛滥。

12

广袤的丛林,宛若一幅画卷横亘在天地间,在深蓝背景的衬托下,显得极其美丽。在施韦泽眼中,新医院就是镶嵌于这幅美丽画卷上的一颗最美的珍珠。

新医院拥有更多的床位,可以同时容纳 200 多个病人住院;而且还有备用病房,可以在应急的时候开放。同时,良好的光线、宽敞的空间更是极大地改善了病人的就医环境。精神病房、传染病房已独立设置,麻风病区也相对独立了,只待今后条件进一步成熟后,便在医院附近真正独立建造一个拥有足够床位的"麻风村"。

医院规划与过去相比合理了许多,分区布局和服务流程都在施韦泽的精心设计下变得十分人性化、本土化。医院还为危重病人准备了重症监护病房。厨房、餐厅、库房、鸡舍、停放独木舟的小屋、种植作物的农田、患者活动的空地,这里应有尽有。

施韦泽秉承以前的风格,尽可能为病人考虑周全,包括他们的生活习惯和传统。医务人员的住宅也建在医院旁,条件比过去有了很大改观。

这时候,从欧洲又志愿来了几名医生和护士,一切是这么顺利,施韦泽感到十分开心。

为了进一步发挥丛林医院的作用,他开始认真总结热带病的诊疗技术,摸索乡村初级卫生保健制度的构建,使丛林医院在高度技术化与高度组织化的医学时代里,同样可以在适宜技术处置下,在低支付条件下,取得一流的疗效,并且保持对病人个体的尊重和人性的关怀。

喜事连连不断,令他欢喜不已。新医院建成后,两位欧洲朋友各捐赠了一艘摩托艇。施韦泽为它们起名为"感谢号"和"拉鲁帕号"。

新添的两艘摩托艇方便了病人的接送和急诊出诊,以及医务人员的下乡巡诊,让医院有了更好的救治条件。

若没有至真的相逢,怎知心的距离这么近。丛林医院吸引了许多记者、科学家、艺术家、作家和政治家。他们前来这里,与施韦泽面对面交谈,他的事迹又一次随着报道在世界各地传播。大家被他的善举、他的献身精神、他的无私大爱深深感动。

这就是施韦泽,他的心中只有别人,从来没有自己。

兄弟情深

1

丛林医院建成以后,诊疗条件有了很大改善,但是兰巴雷内原始森林的生活没有任何改观,依然艰苦、枯燥、乏味。然而,施韦泽天生是一个乐观开朗、意志坚强的人,他以苦为乐,有坚定的理想信念,情系患者,敬畏生命,在每一天的忙碌中充实自己。

于施韦泽而言,遥远的非洲丛林生活很单调,却也很充实,在每一日的忙忙碌碌中,实现着人生的价值。奉献,是最美的一首歌,唱出了他的心声。繁忙工作之余,他心中挂念着亲爱的妻子,爱情之花在心底绽放。落日飞霞之际,望远山近水,忆最爱的人,将深情寄托在非洲丛林的一帘烟雨中。

虽然,爱被距离的山水隔阻,然而,在一朵花前想她,总能在花瓣里看见她最美的模样。施韦泽永远记得与海伦娜相依相伴的那些日子,一同携手走过的风风雨雨。因为相遇,随之相知相恋,相亲相爱,相濡以沫,情倾一生。

想起爱妻海伦娜,施韦泽深感愧疚。总喜欢将自己的思绪在夜风中放逐,任思念游走,与风声共舞,与时光相依。她的爱,早已融入了他的生命,终将成为守候一世的传奇,化作一场千年不歇的花瓣雨,感动尘世。

2

日常工作与生活中,施韦泽是个非常幽默的人,他有着丰富的内心世界和一颗敬畏生命的心,他天生的诙谐幽默和乐观情绪,感染了

身边的每一个人。

每当有医生或护士志愿从欧洲来这里工作时,他都会热情接待,从码头上接到来人那一刻起,他就立即高兴地向来者介绍兰巴雷内的情况。他会关切地问:"这儿气候不好,又湿又热,对身体健康会有影响,所以忙碌工作之余必须要有充足的睡眠。你的睡眠好吗?这可非常重要哦。"

当他听来人说"我的睡眠一直都不错"这样的话时,他便特别开心。而当对方说自己的睡眠不是很好时,他会很担心,立即用心传授一些获得良好睡眠的诀窍,眼睛里的柔光,总令对方深受感动。

他说:"你睡前半小时可要放松,不要喝咖啡,可以听点优雅的音乐,比如巴赫的音乐哦。"说到这里,他呵呵一笑,转过话题,又和人谈起音乐,谈起巴赫来。于他而言,音乐是人生最美的一道风景。

施韦泽知道幽默的好处,可以放松人的情绪,缓解人的压力,使人轻松乐观、心情愉快,可以让心灵穿越乌云密布的天空,看见明媚的阳光。交谈的时候,他会满含希冀地对来者说:"这里很枯燥,没有娱乐,来这里后一定要在枯燥当中发现生活的乐趣,要幽默,这真的非常重要。你幽默吗?"

说到这里,通常未等对方回答,他自己就哈哈大笑起来,笑得那么发自内心,眼眸里充满了快乐。当对方也用幽默的语言来回答他时,他就笑得更加灿烂了。

对他来说,在兰巴雷内工作,睡眠和幽默确实是特别重要的两件事,可以缓解大家的压力,维护自身健康。他的乐观态度和风趣幽默,给丛林医院的工作人员带来了工作的热情与心灵的快乐,使大家能够日复一日充满激情地为患者服务。

3

丛林医院住满了患有各种疾病的病人,门诊病人就更多了,每个医务人员都在整日忙碌。现在,经常有一些特别重的垂危患者被送来,有的终末期病人根本就没有任何救活的可能性了。由于村民们自我

保健意识不足,加上丛林交通不便,偏远地方的病人要花一周以上时间在独木舟上,很多病人的病情就被耽搁了。

常常会出现这样的情况,施韦泽不辞辛劳地忙碌了几天几夜,用尽了一切办法,可病人最终还是死了,所有的付出就这样付诸东流了。病人死亡,有时候还不可避免地惹来一些风言风语,对丛林医院的医疗技术品头论足。

"医生的第一助手"约瑟夫多次好心地劝他不要收治那些被耽搁了很久、特别严重的病人,他说:"博士,这些病人病得实在太重了,根本就没有办法救活了,家属都已不管他们了,你可千万不要再收治这样的病人了。这些病人一个个死去后,会影响你的声誉,损害你作为医生的名望。"

"可他们也是活生生的生命啊,"施韦泽答道,"尽管他们活在世上的时间可能不长了,但毕竟还活着,还有感情,我必须给他们医治。即使一点办法也没有了,我也应该安慰他们,向他们表达爱,减轻他们临终时的痛苦,让他们归去的路上一路走好。"

施韦泽同情这些已经走到生命尽头的病人,希望他们在临终的时候能够感受到人世间的温情,带着泪光微笑着离去。

他始终这样认为,当医学已经无法阻止生命消退的步伐的时候,给病人以安慰,用人文关怀去呵护生命最后的旅程,是医者最起码的作为。

施韦泽坚守自己的伦理——敬畏生命。他从不拒诊,用心收治每一个送来医院的危重病人,对他们极尽呵护,愿意为他们承担风险,努力减轻他们的痛苦。

4

一位全身长满褥疮、散发出阵阵恶臭的瘫痪老人,在奄奄一息之际被家人在半夜里偷偷扔进了医院。老人孤零零地躺在那里呻吟着。施韦泽发现后立即叫人将他抬到病床上,为他擦洗溃烂的伤口,给他涂上药膏,帮他用一些可以减轻痛苦的药物,并轻声安慰他。

在这里,老人得到了很大的安慰,身上的病痛缓解了不少。傍晚回小木屋前,施韦泽关照值班人员,这位老人今晚可能挺不过去了,要多去看他、陪他,发现老人不行时要立即来小木屋叫自己。

凌晨,值班人员敲响了小木屋的木门,施韦泽立即披衣起床,匆匆赶到病房。此刻,老人已进入弥留状态。施韦泽来到他的身边,为他整理好被子,拉着他的手,轻声安慰他。

老人突然睁开了眼睛,看着施韦泽的脸,流出了两行感激的热泪。

很快,老人就安静地昏睡过去了,呼吸渐弱,直至最后停止。

在医务人员的帮助下,施韦泽对老人的遗体做了处理,使他看上去很安静,脸色安详,就像刚刚睡着了一样。施韦泽知道此刻家属就在附近,便和大家一起默默地离开了病房。

第二天清晨,老人的遗体就像来时被悄悄扔进来一样,又被家属悄悄抬回家了。

施韦泽就这样敬畏每一个生命,哪怕是被家人抛弃的临终病人,他也这样用心对待,令他们在人生的最后时刻能够感受温暖。他这样做,非但没降低自己的威望,大家反而更加信任他、尊敬他,甚至管他叫"奥甘加",意思是神人。

施韦泽是一个心地善良、满含关爱的奥甘加,作为医生,他特别关注丛林村民的病痛,在药物和手术治疗之外,更多的是去帮助和安慰他们。

随着与当地民众接触时间的日益增多,他越来越理解土著黑人,懂得了他们淡淡的忧伤,懂得了他们丝丝的凉薄,懂得了他们肩头的负重,懂得了他们内心的悲苦。

事实上,丛林村民对施韦泽也怀有深切的敬意。他们对他的评价和对其他白人的评价完全不同,他们说:"博士来这里不是为了研究我们,而是为了照顾我们,尽管他吃了那么多苦,可他还坚守在这儿照顾我们。他真的太好了,我们大家都爱他。"

5

了解施韦泽的人都知道,他为人真诚,特别善良,处处为他人着想,尊重每一个人的人格尊严。同时,他也特别认真,特别负责,工作中非常严厉,有时候表现得还很专制,甚至专制得令人望而生畏,由此他被认为有家长式的作风,甚至受到一些人的批评。然而,施韦泽本人对此并不认同,他严于律己,雷厉风行,做事认真,无愧于心。

"谁说我有家长式的作风?"他常这样对丛林村民说,"我不是你们的家长,而是你们的兄弟,但我是长兄,是大哥。作为大哥,我要照顾好自己的兄弟姐妹。我懂医术,你们不懂,所以应该听我的话,我必须为你们的健康负责,全力以赴。"这就是他对自己与非洲人民的关系定位,他们之间是一种兄弟情深的关系。

兄弟情深,这是多么美好的社会关系啊!人间自是多真情,这种情感最是珍贵。施韦泽始终把自己当作黑人的兄长,他珍惜这份情感,珍惜大家一起走过的行行足印,对他的黑人兄弟姐妹们自觉地负起了不可推卸的保护责任。

作为一名慈爱宽厚的兄长,施韦泽用心呵护丛林村民,令他们有了被爱的感觉。同时,他们又能时时感受到兄长的威严,像导师一样,在人生的十字路口为他们指点迷津。施韦泽有着高贵的人格,处处令人信服,成为丛林里最值得大家信赖的人。

虽然施韦泽属于强势的领导者,但由于他生性善良、幽默开朗,因此忙碌工作中始终充满了积极向上的乐观气氛,身边的人愿意在他的领导下工作。他就像某个仁慈的独裁者,而且特别适合这一角色。除了强势领导外,他的医者情怀,对病人无微不至的照顾,总是令人感动不已。

每天晚上吃过晚饭之后,他都要到住院部去巡查一遍,一个床位一个床位地查看病人,询问他们的病情,给一些重点病人再检查一下身体,还要问问他们的饮食、睡眠情况等,临走时与每个人握手道晚安。只有这样,他才能够放下心来,夜里才能够睡得着觉。

同样,那些住院的黑人每天晚上都要等待施韦泽博士来看他们,

这已成了他们每天睡觉前的一个习惯。大家都把他当成自己最值得信赖的兄长,因此一些对他人不便讲的心里话也都愿意讲给他听。

6

夜查房回来,寂静的夜间,施韦泽总是坐在书桌前奋笔疾书,间或翻看一下歌德的作品,与歌德这位伟人进行心灵的交流。这些年来,他越来越深刻地感受到,有教养的人比没有教养的人更能承受丛林的寂寞生活,因为前者的身心在享受音乐、文学以及和伟人对话的过程中得到了休息,后者则没有。

看书写作眼睛疲劳了,施韦泽便一个人站在阳台上,静静地眺望月色下的山峦、河流、丛林与飞云,遥想远在欧洲的妻女。此刻,思念便像一张细密的网一样将他团团围住,毫不留情地吞噬着他。

夜已深,月下情更浓,眉间相思尽染,天涯不忘。

亲爱的海伦娜,可爱的赖娜,虽然她们远在欧洲,可施韦泽早已适应了思念她们的情怀。

窗外夜色正浓,沐浴着黑夜的神秘,任思绪在寂静中徜徉,执笔记下妻女的好。岁月的路上,走走停停的是过眼烟云,铭刻在心的是关于她们的不老记忆。施韦泽只是盼望着重逢团聚的那一刻能够早日到来。

夜深人静,想要搁下这一份思念,太难太难。妻女的身影,彩绘在时光的画轴里,卷卷都是柔情蜜意。情到浓时,施韦泽会静静地坐在钢琴前,深情地弹奏巴赫的曲子,那一声声潜入肌肤的乐声,轻叩着他的心扉。一个身怀大爱、具有精神追求的人,是可以承受任何孤独寂寞的。

非洲丛林的一个个夜晚,当钢琴声奏响巴赫的乐章,回荡在辽阔的夜空中时,远处的一个个村落里,正在响起土著村民深沉的鼓声。钢琴声和着鼓点声,奏响了一曲兄弟情深的赞歌,飘逸出浓浓的诗情,洇染了光阴漫卷的岁月。

7

丛林医院建成以后,大大增强了施韦泽的医护团队志愿服务非洲人民的能力,这令施韦泽感到欣慰。看到村民们终于得到了较好的医疗条件,越来越多的患者被治好了,和家人一起欢天喜地地出院回家,他感到自己所有的付出都有了超值回报。

一个人灵魂的高度,就是他人生的厚度。施韦泽是个有着崇高灵魂的人,为了丛林村民的健康,他坚守在赤道附近没日没夜地操劳,身体又一次受到了严重的损害,热带贫血症状在他身上的表现也更加明显了。这段时间,他感觉特别疲惫,换了别人也许早就倒下了,只是由于坚强的意志和肩负的责任,他才能够坚持到现在。

随着医院各项事务走上了正轨,在同事、朋友们的规劝下,他依依不舍地暂别兰巴雷内,乘上了前往欧洲的轮船。一方面,这次丛林坚守已经3年了,他要回去看看妻子和女儿,亲情在他的心中分量很重,她们为自己牺牲太多了。另一方面,为了能更长久地待在非洲,他也必须回欧洲好好休养些时日,让身体有所康复。还有一件很要紧的事他也要去做,那就是在欧洲作一些演讲,举办几场管风琴演奏会,以宣扬他的哲学思想,为丛林医院多募集一些资金,使医院能够得到更好的发展。

在这次离开医院之前,发生了一件令他感动的事情。一个名叫恩沙姆比的精神病人经过他的治疗以后,目前病情已经缓解,被解除了看管。按理说他可以出院回到自己的村子里去了,可是精神病人在村子里的悲惨遭遇令他恐惧,执意要留在善待他的医院里。他怕施韦泽回欧洲后,医院里的医务人员不让他再住下去了,便找到施韦泽,拉着他的手不放。

他焦急地对施韦泽说:"博士,你就要回欧洲去了,请你无论如何要向医院里的人讲清楚,在你离开医院期间,任何人不能够把我从医院里赶出去。"

施韦泽一听,哈哈大笑,说:"你的病已经缓解了,出院回到村子里和家人团聚,不是很好嘛,为何一定要住在医院里呢?"

恩沙姆比一听,更加着急,把施韦泽的手拉得更紧了,焦急地说:"不行不行,我不出院,我不回去。过去发病的时候,村里人不把我当人看待,把我绑在笼子里,还差点被扔到河里去喂鱼。我回去后万一发病,他们又这样对我,我可怎么办呢?"

施韦泽一听,明白了他的担心,便对他说:"好的,你快松手吧,我答应你了,我会关照医院里的每一个医生的,所以你尽管放心,在我回欧洲期间,不会有人赶你回去的。"

恩沙姆比听后,握紧施韦泽的手,说了一些感激的话,这才放心地回到病房里。

8

坐在阿莱姆巴号轮船上,告别的目光注视着渐渐消失的海岸线,施韦泽的心情十分复杂。

这次回故乡之旅,几个星期的航行,他无暇欣赏一路的风景,思绪一直没有停下来。建了新医院虽然令人高兴,可是为了建新医院,前期积蓄都已经花光。面对越来越多的病人和每日必需的花销,接下来该怎么办?

医院里虽然来了一些医护志愿者,可随着医院规模的扩大,人手又显不足,若再遇到急性传染病流行,现有的人手是无法应付的,怎么办?兰巴雷内的现状不容乐观,饥荒越来越严重,必将导致土著黑人的健康状况进一步恶化,今后病人也将更加多,怎么办?

经济的拮据,生活的繁琐,现实的不易,一个个揪心的问题困扰着施韦泽,令他心烦意乱。然而,他天生是个乐观的人,从不会把自己禁锢在忧愁的厚茧里。忧虑间,想到自己能够重回非洲丛林救死扶伤,想到敬畏生命的伦理观念正在被越来越多的人接受,想到很快就能和妻女见面了,他的心情又明媚了起来。

施韦泽是个心有阳光、肩负责任、懂得感恩的人。丛林村民是他的兄弟姐妹。他是他们的兄长,他对他们的牵挂注定了这次返回欧洲的日子必将是十分忙碌的。为了兰巴雷内丛林医院,为了丛林中那些有

着兄弟般情义的土著村民,他一定会又一次不辞辛劳地奔波在欧洲各国去筹措资金,以保证丛林医院的正常运转。

1927年7月21日,经过几个星期的旅途劳顿,施韦泽终于回到了欧洲。而此时,距离父亲去世已经2年了。想起父亲临终前,自己正忙于丛林医院的建设,没能回老家伺奉父亲,无法在床前尽孝,施韦泽不免黯然神伤。父亲去世后,根斯巴赫的牧师公馆已经有继任牧师住进去了。他不能再入住那幢装满了美好回忆的宅院了,心里感觉特别忧伤。

这次回来,他先回到黑林山国王地的家里作了短暂休息。那里的房子是他1923年重返非洲前请人为妻女建的。一家人幸福地欢聚在一起,自是十分高兴。经过精心调养,海伦娜的身体状况有了很大好转,赖娜也在茁壮成长,健康活泼,这令他感到特别宽慰。

"爸爸,你终于回来了,你知道我有多么想你吗?"8岁的女儿小鸟般依偎在父亲的怀里,亲切地对他说。

施韦泽搂着女儿,动情道:"真是爸爸的好女儿,其实,爸爸也天天想你啊。"

赖娜高兴地说:"爸爸你这次回来,一定要多住些日子哦。你的身体不太好,可要在家里把身体养好了。"

"哈哈哈,我的乖女儿。"施韦泽笑着,幸福地把女儿搂得紧紧的。

"好了,别这么长时间赖在爸爸的身上,爸爸要累的。"海伦娜笑眯眯地看着父女俩说。

赖娜咯咯笑道:"我就是喜欢粘着爸爸,爸爸也喜欢我粘,爸爸你说是不是?"

"是,是,是!"施韦泽也像女儿一样咯咯大笑了起来。

施韦泽陪伴在妻子和女儿身边,享受着亲情的甜蜜。可是,他忘不了那些在最艰苦的日子里,给予他支持和帮助的朋友们,还有那些曾在兰巴雷内工作过的医生、护士。他作别了妻女,前往朋友们所在的地方去一一拜访他们。

9

这时,一封来自兰巴雷内的信件送到了施韦泽的手上,信中说当地又闹起了饥荒,每天有300多个病人前来就诊,医院物资药品紧缺,医生、护士明显不足,大家都很着急。读完来信,施韦泽又焦虑了起来,他必须尽早想办法帮助医院走出困境。

施韦泽回到黑林山国王地的家中,在妻女的陪伴下稍事休息后,就马不停蹄地来到了瑞典。瑟德布罗姆大教主热情欢迎他的到来。大教主非常关心他在兰巴雷内的情况,了解到新医院已经建成并走上了正轨,他感到非常高兴。看到施韦泽疲惫的身体,大教主劝他尽早回家去休养一段时间。

可是,施韦泽此时已经完全忘记了热带贫血症对自己身体所造成的伤害,心中只挂念着丛林村落里的黑人兄弟姐妹。他执意一边吃药治疗,一边请大教主帮他安排在瑞典的演讲和管风琴演奏会。他要为丛林医院的生存去筹措资金,这件事情不落实,他的内心无法安宁。

大教主劝不住他,只好根据他的意思,帮他安排了在瑞典的公益活动行程。

这一次,他在瑞典各个城市之间巡回,停留时间长达5个月。他的精彩演讲,他那天籁般的管风琴演奏,再一次令瑞典听众感动。

这次瑞典之行,勾起了施韦泽对往事的不尽回忆,在平平仄仄的时光里,自己的志愿服务活动得到了太多人的支持。离开了大家的帮助,他将一事无成。心潮起伏间,他深深感谢瑟德布罗姆大教主,感谢瑞典人民。

结束了瑞典的巡回演讲,他顾不得劳累,风尘仆仆地经丹麦来到巴黎,在那里举办演讲会和管风琴演奏会,又一次大获成功,募集到不少资金,结识了更多的朋友。这之后,他才拖着疲惫的身躯回到了斯特拉斯堡。

在斯特拉斯堡,他拜访了几个朋友后,便匆匆赶回黑林山国王地的家里,一家人终于又可以好好团聚了。可是,享受着亲情的甜蜜,他的心却飞向了遥远的非洲丛林。

在妻女的帮助下,他一次次去购置医疗物资、药品,分批寄往兰巴雷内丛林医院,以缓解那里的困境。

同时,在一个个寂静的夜间,他依然笔耕不辍,继续《文化哲学》的思考与写作。

10

1928年夏,施韦泽的身体状况有了明显好转,他感觉自己又精力充沛了。想到热带丛林中黑人兄弟姐妹的病痛,想到丛林医院当前的困境,他再一次踏上了筹款之路,先后在荷兰、英国、德国等国的各大城市举办管风琴演奏会,举办专场演讲会,讲述发生在非洲丛林里的故事。

人生需要付出,你付出得越多,便能收获越多,最终获得真正属于你的人生。施韦泽就这样忘我地付出,面对热情的人们,他精神焕发,充满激情地演讲,滔滔不绝。他的志愿服务善举,他的献身精神,他的医者仁心,他的高尚品德,深深感动了台下的听众。

听过他的演讲后,人们在步出大厅的时候,纷纷议论了起来。一个记者感慨地说:"在当今这个看重物质的世界上,施韦泽博士能够放弃荣华富贵,告别人生的繁华,甘愿在贫瘠落后的非洲原始森林里做一名乡村医生,以自己的牺牲来换取那里的黑人的身体健康,真是太伟大了。"

旁边的人赞同道:"是啊,像他这样对弱势人群充满了大爱,以自身的实践去践行基督之爱,宁可自己受尽百般苦难也誓不回头的人,确实不多。除了他,我们真的很难再找到另一个相似的人了。"

"对,扪心自问,这世间能与他比肩而立的人,还真的没有。他是个伟大的人物,因为他的献身,使我们这个社会有了道德的坐标。"

"是呀,如果他的情操能够感染这世界上的大部分人,那么我们的世界将变得多么美好啊!"

确实,人们对施韦泽的评价非常贴切,他是个内心柔软的铮铮男儿,有缘献身于广袤的非洲丛林,终日忙碌,不停奔波,只为男儿心中的一梦。

11

事实上,施韦泽的每一天都是努力的。他擅长演讲,风趣幽默,加上他的音乐天赋,因此每一场演讲会和演奏会都给人留下了深刻的印象,门票收入与得到的捐款每次都出乎意料的多。

同时,各地热心人士为了帮助施韦泽进一步做好慈善事业,纷纷组织成立"施韦泽之友俱乐部",向丛林医院提供尽可能多的帮助。

随着筹集到的善款越来越多,施韦泽愈发感恩,觉得自己应该为这个社会多做一些贡献才对得起大家。为了丛林医院能够更好地发挥作用,为了他称之为兄弟姐妹的丛林村民的身体健康,他必须竭尽全力。

带着一颗感恩的心,他不知疲倦地付出着,完全达到了忘我的境界。除了主动安排以外,只要有社会团体邀请他去演讲或演奏,他都一口答应,在百忙之中抽出时间去完成。他要通过一系列的公益活动去筹集更多的资金,同时借此机会进一步介绍非洲丛林的情况,推广敬畏生命的理念,唤起更多人对弱势人群的关注。

这时候,又有几名医生、护士被他的崇高思想感动,志愿前往兰巴雷内丛林医院为非洲人民服务,购买的药品和物资也已多次寄达兰巴雷内,医院已经度过了困难期,这令施韦泽感到十分欣慰。

忙碌之中,他虽然人瘦了一大圈,但分外高兴,因为丛林医院的生存发展又一次展现出美好的前景,丛林村民的医疗条件又有了改善。

生活中的很多事情,只要用心去努力,就可以有所改变。无论困难有多大,无论多艰难曲折,都要坚持走下去,因为一定会有为你盛开的鲜花在前方等着你去欣赏。面对人生种种,施韦泽永远都是尽心尽力的,他以自己的一份坚韧和一份执着,努力去排除各种阻力,确信只要坚持到底就有希望。

确实,他遇到过太多的困难,要逼他屈服。他总是挥一挥衣袖,抖落满身的尘埃,拾起脚下的梦想,向着远方,风雨兼程,一路前行。

前方等待他的,一定是云开雾散后的那片绿洲。

体验歌德

1

人生是一场漫长的远行,走过了山长水远,历经了风雨如晦,终能看到最旖旎的风景。

随着施韦泽坚守在兰巴雷内当丛林乡村医生的感人事迹被广为流传,他的影响也越来越大了。他为土著黑人的倾情付出,视荣华富贵为粪土的崇高品行,志愿服务非洲人民的悲悯情怀,赢得了世人越来越多的敬意。

施韦泽的人道献身行为,为他在德国最伟大的诗人歌德的出生地法兰克福赢得了巨大的声誉。他曾就读于斯特拉斯堡大学,那是歌德的母校。他非常欣赏这位前辈校友,痴迷于读他的作品。一份感知,若用心,便可谓真正的心相印。事实上,歌德的生活道路就反映在他的创作之中。施韦泽用心读他的作品,读出了高尚,读出了真善美,读出了阳光的味道。

在非洲的热带丛林里,施韦泽不但治病救人,造福一方,还在寂静的夜间读歌德、弹巴赫,从伟人身上汲取力量。这世间,物有宿命,人有约定,歌德于不经意间便成了他志愿献身的强大精神支柱。他常这样来表达自己对歌德的崇拜:"有时候,我们心中的火焰熄灭了,但是当我们遇到某个伟大的人物时,它又会在我们的心里再次燃烧起来。我们每个人都应当对这个重燃我们内心火焰的人心怀最深的感激。"

施韦泽崇拜伟大的歌德。而今,伟人的家乡向他伸出了橄榄枝,对

他的人道奉献致以最崇高的敬意,把歌德奖授予了他。这是一份有着无上荣光的奖项,给了施韦泽巨大的荣誉。

2

在德国,歌德是法兰克福的名片;在世界上,歌德是德国的名片。他有着深刻的伦理思想,不但是最伟大的诗人、魏玛的古典主义最著名的代表,还被认为是最伟大的德国人。小说《少年维特之烦恼》使歌德一鸣惊人,给他带来了世界性的声誉,诗剧《浮士德》更使他与但丁、塞万提斯、莎士比亚齐名,从而永垂青史。

作为具有深刻伦理思想的伟人,歌德对伦理有着自己独特的理解,他将生存的目标定位为人性的圆满,要使生命变得高贵。施韦泽格外推崇歌德"高贵、真诚、纯净、善良"的人格。他崇拜歌德,深深感动于他的文字,认为"随着时间的流逝,他的作品找到了人们灵魂深处的道路"。

在施韦泽眼中,虽然歌德的时代早已远去,但他时时感到这位伟人就在自己身边,指引自己去追求高贵的生命,时刻激励着自己,影响着自己。夜太凉的时候,读歌德的文字,就有了暖暖的依靠;心很累的时候,想起歌德的人生,便有了继续前行的勇气。是伟人的灵魂带给了他阳光的色彩,温暖心间,支撑人生。

很多年前,施韦泽在斯特拉斯堡大学学习哲学的时候,就开始接触歌德的哲学思想,从而走近了这位历史伟人的内心世界,与他一起相辅相成地追寻人道的目标。学生时代结束的时候,他读到了歌德自魏玛到戈斯拉尔途中在马背上所写的《1777年冬的哈尔兹之旅》,甚为感动。歌德在这篇文章中,记述了忙碌的他牺牲了自己的工作,在雨雾中前去探访一位牧师的儿子,在精神上向牧师的儿子伸出援手的故事。施韦泽为歌德的善良所感动,就此彻底爱上了歌德,坚定了自己志愿服务弱势人群的信念,并将志愿服务当作了自己的"哈尔兹之旅"。

在兰巴雷内湿热的丛林里,施韦泽常常在寂静的夜间想起歌德,想起难忘的"哈尔兹之旅",一个人静静地与歌德进行心灵的对话。每当这时,他便感觉心中暖暖的。

条件艰苦的非洲丛林,闷热潮湿的恶劣气候,忙碌不堪的医疗工作,常常使施韦泽感到劳累,甚至疲惫不堪。长期生活在这样的环境里,一般人是无法坚持,甚至无法想象的,可施韦泽坚持了下来。因为他心中有信念,有歌德这样的人生偶像,有阳光的温暖,于是他便有了支撑的动力。

岁月蹉跎,光阴荏苒。漫漫人生路上,总需要阳光的滋润。艰难的日子里,歌德这位伟人像阳光一样照耀着他,令他变得淡然,变得宠辱不惊,变得信念倍增,变得充满了力量。

心有阳光,世界便是美好的,即使一个人身在丛林,也孤而不单,寂而不寞。

3

光阴似水,岁月如歌。一个人的时候,施韦泽总喜欢静静地拿起手中的笔,写下一行又一行文字,记下一点又一点感悟。云水深处,有他不尽的思考。

他从"人要高贵、乐于助人和善良""倾心于自然神秘的独特生命""不以正义为代价去做有能力做到的事""在实际行动和精神创造的并存中实现人格的统一"这四个方面,对以"将生存目标定位为人性的圆满"为核心的歌德的伦理思想进行了细致的研究。他说:"我们越前进就越认识到,歌德是一个深刻而广泛地体验了他的时代、为其担忧,并影响了那个时代的人。"

他还从"伟大的诗人、伟大的自然研究者、伟大的思想家、伟大的人"这四个方面,谈了自己对歌德的理解,他说:"他把自己的力量积极地付诸现实,以最有活力的方式参与和体验了他生活于其中的整个时代,在这一过程中形成了他的人格特征和人性理想。他要做一个理解时代和胜任时代的人,并由此养成了伟大和创造性的人格,成为令人高山仰止的人物。"

实际上,歌德并非过着一种成功而轻松的生活。他一生努力,不懈

追求，从容地走自己的道路，对真正的人性上下求索，努力做一个符合自己本性的人。无论岁月如何变迁，他的"高贵、真诚、纯净、善良"的人性理想，永远是施韦泽一生追求的人生方向。

施韦泽是一个淡泊名利的人，可对于自己获得歌德奖，他感到了无上荣光，但同时又觉得受之有愧，只有更加努力地工作才能稍稍安心。他在自己行动的人道志愿服务中感受着歌德的人性理想，将其作为自己力量的源泉。他说："只有感受到歌德人性理想的人，才能真正理解歌德，并从中汲取力量。"

受法兰克福市政府的邀请，施韦泽前来参加歌德奖的颁奖典礼。临行之前，他走遍了丛林医院的每一间屋子，与每一个住院病人暂别，对每一个医务人员都做了详尽关照。临行之前，他站在丛林医院之前，深情凝望原始森林边缘这些非洲风格的建筑物，久久，久久。

法兰克福作为歌德的诞生地，这里的一切都不可避免地深深打上了歌德的烙印。这次应邀前来领奖，施韦泽专门参观了歌德故居，这是他心所向往的地方。站在歌德写作的书桌前，看着歌德的一部部伟大著作整齐地放在眼前，他的心中充满了敬意。

就这样越过了时空的篱笆，施韦泽与歌德一次次相遇，使他能够把握生命的节奏，跨越生活的沟沟壑壑，在光影交错中用真情书写人生的篇章，于不惊不扰间坚守那一份心的澄净，坚定地将自己的志愿服务之路走到终点。

4

1928年8月28日，隆重的纪念活动开始了，法兰克福市长在主席台上向大家热情地介绍施韦泽，对他在非洲丛林的人道主义善举做了高度评价，称赞了他的伟大人格，盛情邀请他上台领奖，并请他发言。

施韦泽身穿西服，打着蝴蝶状的漂亮领结，健步走上讲台，微笑着向台下听众挥了挥手，开始了他的精彩发言。他深情地说：

本人以参加歌德颁奖典礼的第一个获奖者的身份，谨向法兰克福市致以诚挚的谢意。你们将本人选为本年度的得奖人，给了我无比的荣誉和喜悦。市长先生刚才的讲话，给了我很大的鼓励，使我能在往后的日子里，继续努力从事我为社会而做的事情——只要我尚有力量，就会全力以赴地将善举做下去。

今天，我这颗卑微的小星，正在自动地被歌德这个太阳吸引。在这里，我要简单地向大家汇报我是如何接近歌德，并因他而体验到什么。

我第一次明确自己对歌德所采取的立场，是在哲学领域。通过了解歌德的哲学思想，我领悟到哲学有两个流派，它们并存不悖。一切哲学的目标，都在使思考的我们理解我们应与宇宙保持怎样的知性或者内心的关联，并因而一面受到刺激，一面如何活动。

在我的学生时代告终时，我与歌德有了另一次相逢。那时，我偶然读了《1777年冬的哈尔兹之旅》。我心目中的这位奥林帕斯的居民，在11月的雨雾中旅行，前去探访一位牧师的儿子，想在精神上向牧师的儿子伸出援手，这使我深为感动。蓦然间，在我的面前，奥林帕斯的神以一个有着深深的朴素之心的人出现。我开始爱上了歌德。其后，在我生命的航程中，当我为需要援助的一些人负起服务之责时，我便每次都告诉自己：这就是你的哈尔兹之旅。当我为了服务别人而不得不远远离开已经证实过的我的才华，以及我通过努力并取得了成绩的工作之时，歌德成了一个安慰者，给了我帮助与激励。

当周围的人，连对我最熟悉的人都一起来责难我改学医学，反对我，告诉我那不适合我，太冒险，而使我感到烦恼的时候，我想这样的冒险行动，如果是那位伟人，便不以为是多大的冒险吧。

然后，当我为了新从事的活动而开始学习必需的技术时，我又与歌德相逢了。因为我选择了行医之路，所以必须从事自然科学。这时，我想起了歌德也是一面从事精神方面的劳作，一面进入了自然科学。在我这边，过去是专门从事精神方面工作的，如今非以自然科学为对手不可。我就在那儿领悟到歌德为什么会沉湎于自然科学，不想离之而去。

学习时期好不容易告一段落，我以一个医生的身份前往我从事的

事业之地,这时我又一次与歌德相逢。好比说,我是在丛林里与他进行畅谈。我一直都认为,如果我成了一名医师,便要到遥远的地方去。可是开始几年间,每逢有建筑工程等方面的工作,我便希望能找到更合适的人,把工作推给他。可是不久,我发现这是不行的。不是我找不着这样的人,便是找到也不能够使工作顺利开展起来。因此,我不得不承担与医师工作风马牛不相及的活儿。

1925年最后几个月,大饥荒使我的医院陷入了危机。我被迫开辟医院用的农地,以备饥荒再来袭时,能够可以稍稍地克服些困难。于是我不得不带头从事丛林的开垦工作。由病患们的陪客组成的劳动队,除了我这位"老先生"的权威之外,他们谁也不服。就这样,有好几个星期、好几个月时间,我站在丛林里,为不听话的劳动者们而苦恼,试着从丛林里赢取一片可带来收获的土地。每当我陷入绝望时,我便想起歌德为了作为他最后的事业而想到的,也是从海赢取陆地,以便人们在那儿定居,并获得粮食。歌德就是这样,成了湿热的原始丛林里微笑的安慰者、伟大的理解者、站在我的身边。

世纪交替之际,一个新的理论得势,那就是,应当实现的事情可以不必顾虑正义。当我自己不知如何面对把我们俘获住的这些理论时,使我深受感动的是发现歌德永远都抱着一个愿望:应当实现的事情,绝不可以牺牲正义而使其实现。我不管在欧洲也好,或是在非洲也好,每逢复活节都要重读《浮士德》。这最后几页的内容,使我深深地洞察到歌德的心中多么强烈的对正义的考虑,以及不致造成损伤而实现非做不可的事情的渴望,这令我深为感动。

这就是我与歌德的接近和相逢。他不是使人狂热的存在,他没有在他的作品中,呈现足可引起狂热的理论。他所提供给我们的一切,是思考与在实际事件中所体验到的。唯有体验,我们才能接近他。只有当我们体验到与他的体验相对应的体验之时,他才能从一个陌生人成为可亲近的人,使我们感到我们能以敬爱之忱与他联结成一体。

由于我个人的命运,我深切地体验到我们时代的命运以及人类的忧虑。明明希望这么多的人们能够自由,可是置身在被狭隘的职业上

的工作封闭住的时代里,仍能以一个自由人来体验对时代命运以及人类而忧虑,并且与歌德一样,靠境遇上的侥幸而以一个自由人来为时代而服务,我觉得这正是恩宠,而它正好也缓和了我生活的困难。我所能做的一切劳作与事业,我以为只是对命运所赐给我的恩惠的谢礼而已。

为时代而忧虑、努力,歌德已给我们率先树立了典范。我们应当在各自的生活里,一面从事各自的职业,一面实行、继承并发扬伟大的法兰克福之子的精神。我想,歌德这位法兰克福之子,并非随着今后时光的推移而远离我们,而是愈易与我们接近。我们越是前进,便越能理解歌德实在是又深又广地体验时代,同时为时代而处心积虑,为时代而尽力的人,并且努力于理解时代、做一个时代所需要的人。

歌德的影响是深广的,他不仅影响了那些从他的眼睛里看到人性光辉的人,而且通过其作品影响了无数后来者。施韦泽就是无数后来者之一,他通过伟人的不朽文字和崇高品德,细细品味阳光的味道。想象着心中的偶像阳光般的笑靥,温暖立即就涌上了心头。

1932年3月22日,纪念歌德逝世100周年纪念活动在法兰克福歌剧院举行。作为知名的人道主义者、1928年歌德奖获得者,施韦泽又一次接到了法兰克福的邀请,邀他前来参加相关纪念活动,并再一次向大众发表演说。

当时,施韦泽正在兰巴雷内丛林医院里忙于医疗服务,他接到邀请后,立即安排好丛林医院的相关工作,又一次作别兰巴雷内,经过几个星期的旅途颠簸回到欧洲,应约来到法兰克福,在歌德纪念大会上发表讲话。

此刻,德国国内的形势并不是很好,大量的人失业,物资缺乏,人们贫困挨饿,美好的家园已被政治斗争破坏得不成样子了,群众盲目地受到各种煽动,文明陷入了严重的危机之中。施韦泽感觉很伤心,却也很无奈,他是带着严肃的思想来到法兰克福的。

带着心底的忧虑,施韦泽站在台上发言了。他说:

现在，法兰克福市正要开始其最伟大的孩子的逝世百年祭奠，在这艳艳春日里，歌德的同胞们却在这里经历着失业、饥饿和绝望。在这个日子里，聚集在此的我们所带进这房子里的为生存而担忧的忧心之总和，有谁能够测量出来呢？

物质上的生存和精神上的生存，同样受到了威胁。今日，只因袭向我们头上的苦难与忧虑是这么重大，所以我们甚至怀疑默默无言地送走这一天是否更好？今天我们是用一种特别的内心纠结，来为歌德祝祭。但是同时，我们禁不住反躬自问，他对于我们来说，是不是成了异乡人？

歌德是仁慈而富有同情心的，他从不对有求于他的人瑟缩而退，尤其当他面对精神与灵魂有苦恼的人时，一定伸出援助之手。歌德晚年将一笔钱交给了他的医生佛格尔，让他用这笔钱给贫穷的患者义诊。歌德实现了他自己所说的话："崇高，仁慈，善良。"他给人的印象是多么伟大。

今天，人类正面临可怕的窘境。歌德对我们负有使命。歌德对今日人们的使命，与当时的人们乃至一切时代的人们都相同，即"向真正的人性努力，成为你自己，将自己内在化，以适合自己天性的方式来做一个行为的人"。

如今，歌德逝世届满100年，而个人的物质精神的独立却受到了极大的威胁。此刻，我们想起了歌德，没有比他更适合的诗人与思想家，在这样的命运时刻来告诉我们一些话，他是向我们的时代提出忠告的最合时宜的人。

他说："在现代的舞台上扮演的可怕戏剧，只有现代将一直委身过来的经济魔术、社会魔术排斥，忘却迷惑根源的符咒，不管付出怎样的代价，都决心恢复与现实的自然关系时，始能告结束。"

他对各个人说："不可放弃人格的个性，即令这可能使人忤逆现代的事情。不能承认这理想的败北，即令想使精神顺应于单纯的物质的时潮主义理论。已经断定这理想不能支持。你当保持你自己的灵魂，勿成为合乎集团意志，与集团意志同一步调的机器人。"

在历史之流中，并非如肤浅的观察所想，一切都服从于不停歇的变化。而承担永恒真理的诸理想,与变迁不已的事态对决,在其中主张自己,加深自己,才是在历史中应当发生的事。人格的人性之理想,也就是这样的理想。如果放弃了这理想,人类精神便将灭亡,并且也就是文化与人类的灭亡。

今天,我们把眼光集中于真正高贵人格人性的告知者歌德,让他的思想经由种种途径扩展到人们之中,实在是饶有意义的事。从他的思想所传出来的教训"你应当是你自己"乃是人类在这命运时期的口号。但愿它能使我们奋起,抵抗时代精神,在这无比的难局中,为我们自己,也为别的人们,保持真正的人性,将朴素的人性思想即"人应该崇高,应仁慈、善良"转化为行动,存在于我们之中。

在发言中,施韦泽反复谈到了可怕的当下,感叹今天这个世界的混乱和人道理想的缺失,呼吁人们仍然应该忠实于18世纪歌德的伟大人道理想,保持真正的人性,将"崇高、仁慈、善良"化为行动。他坚信,歌德生平和思想中所放射出的人性光辉和人道光芒,将永远照耀着生活的道路。

对于法兰克福的现状,施韦泽毫不掩饰地指出,这个城市在表面的风光之下,蕴含着巨大的苦难,包括失业、饥饿和绝望等。但是,歌德的精神告诉人们要坚信未来,乐观地面对困苦,积极地看待人生。只要不放弃思想和自由,就一定能够摆脱一切困苦,拥有美好的未来。他的发言,点亮了法兰克福市民的心灯,让大家看到了希望,使大家对未来又有了信心。

6

宁静的夜晚,月亮冷清地悬挂在黑色的天幕上,泛着如水的白光。这样的时刻,施韦泽常会翻阅一会儿歌德的著作,弹奏一曲巴赫的曲子,在月光下与伟人进行心灵的对话,从两位伟人身上汲取人生的力量。

人生的使命,一旦驶出了起始的站台,便再也不会折返。就施韦泽

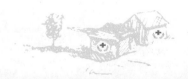

而言，他一往无前的志愿服务之旅，就是他履行人生使命的长征。即使走过荆棘万千，也要以终为始，坚持到底，绽放生命的美丽，让人生变得崇高。

完全可以这样讲，施韦泽之所以能够坚守在非洲丛林里，除了志愿服务、奉献爱心的初衷外，巴赫与歌德是他强大的精神支柱，这使他有了构成生命的强大而精彩的元素，能够在遭遇困难的时候，可以正确地面对，勇敢地搏击。也许明天还会刮风下雨，还会荆棘满地。只要心中有了精神依靠，有了强大的生命元素，就能无所畏惧，一路向前。

施韦泽是一个阳光灿烂的人，他崇拜歌德，处处以歌德为榜样。努力在当下，他寄情于明天，放飞在未来。面对清晨升起的太阳，他就有了新的一天的内心喜悦。一程山一程水，一阵风一阵雨。前行之中，他留下了自己精彩的身影。

病人之村

1

施韦泽参加歌德逝世100周年纪念活动是在1932年春天,4年前的1928年8月28日,也是受法兰克福市的邀请,他前往那里接受歌德奖,发表了热情洋溢的讲话,随后便回到根斯巴赫,用歌德奖的奖金建造了一幢客房,起名为"根斯巴赫之家"。

由于施韦泽原来在根斯巴赫的住处在父亲去世后已被教会收回,因此施韦泽在根斯巴赫就没有了自己的根基,这令他感到十分伤心。自从建了根斯巴赫之家后,他又在故乡找到了自己的根,像少年时一样,故乡的每一条村间小路,都通向简单纯真的快乐。而今经历了人生中一段段的坎坷曲折,故乡更是成了他魂牵梦萦,永远也挥之不去的一份牵挂。他是一棵大树,枝叶摇曳在非洲的丛林里,根深深地扎在故乡的泥土中,于是他就有了不竭的动力。

兰巴雷内丛林医院在一批批医务志愿者的无私奉献下,在维护丛林黑人的健康方面发挥了越来越大的作用。由于热带雨林气候闷热潮湿,这些志愿者们需要定期回欧洲休养,根斯巴赫之家就成了他们最好的休养之地了。施韦泽每次回欧洲,大部分时间都居住在这里,或会见朋友,或静静地写作。

此刻,他为丛林医院四处奔波募集经费的任务已经完成,身体在有意义的奔波中竟然得到了康复,这令他感到分外高兴。

毫无疑问,他的心又飞回了兰巴雷内的丛林深处。他要回非洲去了,和坚守在那里的同事们一起并肩工作,为土著黑人的福祉多做些贡献。

2

对于兰巴雷内,海伦娜同样满含深情。她与丈夫一起在那里度过了建立丛林诊所最初的艰难时刻,在为非洲人民服务的过程中,她深深地爱上了那片土地和那里的人民。

而今,兰巴雷内新建了医院,她对第二故乡更是充满了向往,一心想随丈夫一起回去,亲眼看看那里的新气象。

施韦泽担心妻子的身体,希望她能留在家里好好休息,把身体养好。他温情地说:"新建了丛林医院,环境已经有了很大改善,医务人员也新增了不少,医院的各项工作都开展得十分顺利,你就不要多担心了。你安心待在家里吧,我的一封封信件会把兰巴雷内的好消息源源不断地给你送来的。"

"我知道,新建了医院后,那里的医疗条件改善了许多,可我想亲眼看看医院,想陪你工作一段时间。我太想念兰巴雷内,太想念丛林村民了,不知道他们是否别来无恙?我想去看看他们,太想了。"海伦娜坚持己见。

施韦泽有些为难:"我完全理解你的心情,可那里的气候和生活条件实在太糟糕了,我担心你虚弱的身体会吃不消的。"

"我只去几个月,看看新医院,看看医院同事,看看丛林村民,陪你一些日子,给你做做下手,为村民们再做些服务,明年开春就回来,好吗?你一定要答应我,带我一起去。"海伦娜依旧不依不饶。

这下,施韦泽更为难了。他有点无奈地说:"其实,我也想让你同去,有你陪在我的身边,该多幸福啊!可是,我实在担心你的身体,所以还是希望你能留下来。"

"我的身体已无大碍,去几个月肯定没有问题。明年春天我一定就回来,你务必答应我,好吗?"海伦娜娇嗔道。

"此去非洲路途遥远,海面上随时都会遇到风浪,几个星期的颠簸将令人十分疲劳,我怎忍心你拖着病体遭受这样的折磨。"施韦泽心痛妻子,做着最后的努力,希望能够将她劝住。

"一路上有你陪伴,这是多么快乐的一件事情啊,怎么会是折磨呢？这分明是一场快乐的旅行,呵呵呵。"海伦娜坚持着,说着说着笑了起来。

"快乐的旅行,哈哈哈,你总是以苦为乐。"施韦泽说着,轻轻刮了一下海伦娜的鼻子,也哈哈笑了起来。

海伦娜更是笑靥如花,她看着施韦泽,故作狡黠地问:"难道你不是这样想的吗？呵呵呵。"

听到妻子发自内心的笑声,施韦泽十分感动,他看到了世界上最纯真的感情。到了这时,他已经无法再拒绝了,只好微笑着点头答应。

海伦娜见丈夫同意自己一起去,十分高兴。她把头轻轻靠在丈夫胸前,听丈夫的胸膛发出铿锵有力的心跳声。

烟雨画卷里,两个相爱的人携手同行,风雨同舟,多么美好。

3

能够重回兰巴雷内,亲眼看看新建的医院,和丈夫一起再为土著村民做些服务,令海伦娜感到十分开心。夫妇俩一起策划,购买了足够的药品和医用物资,装箱打包,水路托运。

1929年12月,在遥远非洲的呼唤声中,两人又一次踏上了前往兰巴雷内的征程。

海伦娜这次重返非洲,心里自是难以平静。一路上,她依偎在丈夫坚实的肩膀上,回忆之前在兰巴雷内度过的日日夜夜,经历的坎坷曲折,不禁心潮起伏,感慨不已。生命中某些经历,给人的印象总是特别深刻。即使很多年过去,依然会时时忆起。

轮船在海面上劈浪前行,溅起浪花朵朵。夫妇俩站在甲板上,看阳光给大海披上金色的盛装,一望无尽的远方,就是自己牵挂的他乡。其实,他乡,已与故乡没有区别,早已成为心中最柔软处的牵挂,成了第二故乡。

人生,因了远方的一份牵挂,而滋生出浓浓的乡愁。乡愁,是灵魂深处的苦恋,直教人牵肠挂肚。而今,正是在这一份乡愁的牵引下,才有了海伦娜的这次抱病之旅。

此刻,她正依偎在丈夫的身边,望着海天一色,只感觉世界无穷之大,人太渺小,唯有珍惜生命中的每一刻,才能不辜负人生。

"你嫁给我,害你吃了不少苦,甚至损害了你的健康。"看着妻子虚弱的身体,施韦泽怜惜地拥着她,话语中尽是歉意,"而今,你还跟我受这般颠沛之苦,去过艰苦的日子,我感觉真心对不起你。"

"别,"海伦娜赶紧打断丈夫的话,微笑道,"能够拥有这样一段时光,和你天天在一起,我要衷心地感谢你才对。"

"亲爱的,谢谢你,我能在非洲丛林里完成志愿服务的心愿,完全得益于你的支持。离开了你,我将一事无成,你是这个世界上最好的女人。"施韦泽望着妻子,深情地说。

海伦娜莞尔:"我还是这个世界上最幸福的女人呢,因为我的生命中有了你,呵呵呵。"

海伦娜的眼眸里全是幸福。

施韦泽拉过妻子的手,轻轻一握,温润里装满了感动。

一生中,能碰到这样一位深爱自己的女子,足矣。

4

几周之后,夫妇俩到达了洛佩斯角海湾。这是一个充满记忆的地方,这里的海涛流淌着他俩的心音。两人曾两度在这里休养疗疾,在海湾度过了美好的时光,留下了一帧帧洁净的回忆。完全可以这样说,这里是他俩的温柔之乡,相伴朝朝暮暮,花落花开,多么倾心,多么美好!

在安然静好、柔美多情的美丽海湾休息了一天后,次日上午两人又换乘平底河轮,沿奥果韦河溯江而上。天黑了,又亮了,兰巴雷内也越来越近了。这时候,海伦娜反倒不安了起来,正应了"近乡情更怯"这句老话。

坐在船上,航行在思念的河面上,海伦娜的心越来越忐忑。终于,她牵着丈夫的手,又一次踏上了魂牵梦萦的兰巴雷内码头。

极目四望,这里的一切实在太熟悉、太美丽了。天色晴好,草长莺飞,茂密的丛林像水彩一般多姿多彩,空气中也弥漫着阳光照在花朵上的芳香。

原始森林的边缘,传教办事处的白色建筑在她的眼中也变得那么亲切,那么生动了。人生的经历就像一首诗,这一个段落美了,整个人生就美了。

回忆是一根扯不断的长线,前尘往事总是缠绕在多情人的心头。忆起和丈夫在这里共度过的蹉跎岁月,一时间,那些人和那些事,那些艰辛和那些付出,在光影交错的流年里,清晰地浮现在眼前。

旧时的模样,怎能忘记?而今,看到原诊所上游三千米处新建的医院,带着浓郁的丛林建筑风格,各方面的条件都有了极大的改善,她发自内心地为自己的丈夫、为丛林医院的同行、为丛林村民感到由衷的高兴。

住进新建的小木屋里,但见建筑式样与屋内陈设保持了原来的格局,而条件与过去相比好了许多,海伦娜感到十分满意。这是心灵的归属之地,像当年初来乍到时一样,夫妇俩站在阳台上,深情地眺望远方。在海伦娜的眼中,看山,山依然脉脉含情;看水,水仍是一往情深。这个小木屋是一个多么可爱的巢穴,她可以在这里重温旧时暖暖的一帘幽梦了。

从阳台回到屋内,施韦泽惬意地坐在钢琴前,手指在琴键上舞蹈,美妙的乐声立即从指尖溢出,弥漫在小屋里。海伦娜静坐一旁侧耳聆听,只觉得这世间的千般好、万般美,都比不过现在这一刻。

回味曾经的光阴,虽然聚聚散散,却常在心头泛起幸福的光芒,给生命以温暖。

5

"好消息,博士夫妇回来啦。"

"真的吗?他俩一起回来啦,这真太好了。"

施韦泽夫妇回到兰巴雷内的消息很快就传遍了丛林的每一个村落,人们纷纷前来看望他们。一些妇女拉着海伦娜的手,与她嘘寒问暖。

丛林村民特别信任施韦泽，纷纷向他诉说自己的健康问题。他总是认真倾听，细致检查，制订治疗方案，清洗伤口，做手术……海伦娜时刻陪伴着他，以护士的身份忙碌在门诊与病房。看到丈夫日日忙碌不停，却始终精神饱满，对病患关怀备至，海伦娜对丈夫充满了敬意，她用她那颗细腻的心，读懂了他的一切。

经过这些年的努力，兰巴雷内医院在黑人心目中的地位已经越来越高了，除了本地的病人，一些外地的重病人也被送来这里求医了。

这一天，医院里来了6个象皮病患者，他们是从500千米远的内陆库拉穆图地区慕名而来的。象皮病是热带好发的一种疾病，由血丝虫感染引起。血丝虫幼虫在人体的淋巴系统内繁殖使淋巴发炎肿大，丝虫阻塞淋巴管导致淋巴液循环障碍，最明显的体征是肢体明显肿大，患者的腿可以肿大得如大象的腿一样，一般传染的途径是蚊虫叮咬。

这6名患者都是非常严重的象皮病患者，为了来到这里，他们或坐独木舟，或步行，风雨兼程。由于腿又粗又肿，他们走得很慢，路上整整花去了一个半月时间。来到医院后，他们紧紧拉着施韦泽的手说："博士，我们受尽了疾病的折磨，而今慕名前来，请你给我们做手术吧，你一定要把我们治好，让我们能够过上正常人的生活。"

施韦泽给这些象皮病患者做过检查后，发现他们的病情已经非常严重了，手术风险特别大。但是看着他们粗大的病态的腿，看到他们行走的困难和眼中流露出的渴盼的眼神，施韦泽心动了，他下定决心，一定要帮助他们解除病痛。他和其他几个医生一起讨论了手术方案，制订了并发症的处理预案，在认真准备之后，非常谨慎地为他们施行了手术。

由于手术复杂，持续时间长，麻醉时间也长，病人在术中会大量失血，同时也会失去大量淋巴液，很容易出现休克，甚至出现生命危险。对此，施韦泽和他的手术团队极其小心，认真施行每一个操作，严密监护生命体征的变化，尽量减少出血和并发症的发生，术中不停地补液以维持正常的血液循环。在大家的努力下，奇迹发生了，6个重症象皮病患者的手术都取得了圆满成功。术后，他们得到了细致周到的照顾，辅以药物治疗后，很快就恢复得和正常人差不多了。这样好的治疗效果,大大超过了他们的期待,令他们欣喜不已。他们不知道,为了给他们治疗,施韦泽的医疗团队担了多少风险,放弃了多少睡眠,为他们花费了多少费用啊!

出院那天,施韦泽对他们一再叮嘱,告诉他们出院注意事项,专门为他们租用了回家的独木舟,给他们准备了足够的漫长归途中的食物。看着他们高高兴兴远去的背影,一种医生的幸福感从施韦泽的心底油然升起。

随着医务人员的增多,施韦泽又将医疗服务延伸到了院外。每年中的一个时期,他总要安排几名医生坐快艇去兰巴雷内周围100千米的各个地方巡回医疗,将医疗服务送进村庄,送到采木场。遇到支流水位浅的时候,巡诊医生还不得不坐独木舟到村子里去。为了丛林村民的身体健康,大家都无怨无悔,无私奉献着自己的力量。

6

近几年,通过施韦泽在欧洲的演讲和媒体的宣传,他和兰巴雷内丛林医院的知名度更高了,他的朋友也更多了,来自世界各地对他的支持也更大了。此刻,医院里有了充足的药品与粮食,医疗设备也添置了一些,医务人员也有了补充。

随着一批又一批病人前来就诊、住院,这儿聚起了很旺的人气。医院建筑与丛林村落的房屋相仿。门诊病人络绎不绝,病房里住满了病人,一些病人在家人的陪伴下,在医院的空地上悠闲地散步,拖家带口的病人更是把医院当成了自己的家……在施韦泽的精心设计下,丛林医院真的成了一个别具一格的"病人之村"了。

在这里,受施韦泽伟大人道精神的影响,每个医务人员都怀揣着一颗爱心,不知疲倦地为村民们的健康服务,完全到了忘我的境界。他们急病人之所急,想病人之所想,把土著黑人当成了自己的兄弟姐妹。

作为医院院长,施韦泽处处以身作则,以实际行动践行人道主义理想,无私奉献自己的一切。医务人员敬重他,病人信任他,土著村民爱戴他,遇事大家都爱听他的意见,请他做主。而今,他这个院长分明

就是"病人之村"受人尊敬的"村长"了。

看到这里的一切都在不断改善,看到丛林村民能够得到比过去好很多的医疗服务,看到医务人员的数量相对充足了,海伦娜一颗悬着的心也稍微放下了一些。热带丛林闷热潮湿的气候,几个月的劳累,严重威胁着她的健康,她应该回欧洲去了。

在施韦泽和医院同事的劝说下,海伦娜答应回欧洲休养。

1930年3月,她乘上了返回欧洲的轮船。

夫妇俩分别的时候,凝望着彼此的眼睛,心里都十分难过,依依不舍的海伦娜更是流下了两行热泪。这个世界上有人值得她去流泪,这本身就是一种幸福。

"一路上,多保重。回去以后,你要好好休养,注意自己的身体。"施韦泽关切地叮嘱妻子。

"我不要紧的,倒是你坚守在这儿,叫我怎么放心得下?你千万不要太过劳累,要特别注意身体,多保重。"海伦娜心疼地说。

"我体质好,已经适应这里了,不用多担心。你回去后,好好照顾、培养我们的女儿。"

"嗯,赖娜是个懂事、乖巧的孩子,她一直惦记着你,你可要常给她写信,抽空回家看看她。"海伦娜的眼睛里凝满了深情。

谈到女儿,施韦泽心里十分欣慰,又十分惭愧。有时候,施韦泽真的感觉自己好庆幸,庆幸女儿这么懂事,这么理解他、宽容他。可正是因为这样,他才感到更加愧疚。

轮船起锚的汽笛已经拉响,夫妇俩只能依依不舍地挥手作别,互道珍重。这样的场景,一次次出现在两人的生命中。每一次的分别虽然令人难过,却让下一次的重逢变得更加甜蜜了。

7

人活着,都有一份信念做支撑。心里有了寄托,才可以维系那些深刻的思想和情感。海伦娜回去以后,施韦泽把对妻女的思念深深藏在了心里,远远地想着,深深地念着,切切地爱着。

这个世界上,总是缺失了所谓的永远,唯有心,才能够时时刻刻真切地听见亲人的呼唤,那么真诚,那么深情。

心中念着远方的亲人,在闷热潮湿的赤道非洲,施韦泽把所有的情感都放在了丛林村民身上。他日夜操劳,救死扶伤,完全达到了忘我的境界。

在他崇高思想和志愿善举的感召下,又有几名医生、护士从欧洲志愿来到兰巴雷内。这些年轻人的加入,给医院注入了新的活力。

为了让新人能尽早适应这里的环境,施韦泽无论从工作上还是生活上都给了他们无微不至的照顾,为他们扩建了条件不错的住处,经常与他们沟通聊天,向他们介绍兰巴雷内的风土人情,让他们了解土著黑人的生活习俗与所承受的苦难,把爱的种子播进他们的心中。无论是门诊、查房抑或手术,他总是把年轻人带在身边,向他们言传身教。他对每一个患者都怀有一颗感同身受的心,走进病房后,他握住病人的手,嘘寒问暖。检查过身体,他替病人整理好衣服,盖好被子,轻声道别,向他们传递亲人般的温情。他的这一份医者之爱,深深感染了这些新来的年轻人。

一个小腿部伤口溃烂的小男孩被送了过来,施韦泽带着新来的年轻人检查伤口,但见伤口腐烂严重,小腿部一段白花花骨头都已经露了出来,一阵阵腐臭不时从溃烂处散发出来。这个小男孩患的是慢性骨髓炎,小腿化脓已经有一年半时间了。家里人已经受不了他的伤口所散发出的恶臭,小男孩本人也奄奄一息了。

施韦泽将小男孩安置在床上,轻轻处理伤口,整整花了半个多小时,才将伤口的脓液和坏死组织清理干净。在清理伤口的过程中,施韦泽不断安慰小男孩,还给他讲有趣的故事,听得小男孩哈哈笑出了声,完全忘记了清创的痛苦。

施韦泽像慈爱的爷爷一样,处处呵护着小男孩,隔日为他换药,不厌其烦。几个月后,奇迹发生了,如此严重的感染伤口,持续了一年半时间的慢性骨髓炎,居然神奇地愈合了。出院那天,小男孩开心得合不拢嘴来,依偎在施韦泽的怀里,就像孙儿依偎在爷爷的怀里一样,久久不肯离去。年轻医务人员看到这一幕,都深受感动。大家纷纷效仿他,

用心呵护每一个患者。

对于这些年轻人,施韦泽谆谆教诲,处处以身作则,通过言传身教,让大家明白了一个道理:"医学不仅是科学技术的应用与组合,更应富含人类的情感。医学其实就是一门人学,其核心是尊重生命。医务人员必须以一颗博大的爱心去关心、呵护患者,走进他们的心灵,唯有这样,才能使医学获得鲜活的生命力,成为仁术。"

施韦泽特别重视向这些年轻人灌输人文知识,培养他们一颗懂得悲悯、爱护患者、敬畏生命的大爱之心。他对他们说:"医学的手段是有限的,但医生的情感是无限的,只有将无限的情感投入到医疗救治的每一个环节之中,医学才是人性的、温暖的。"

施韦泽对生命的尊重和敬畏,对患者真诚而无私的爱,深深感动了他的这些年轻追随者。

8

奥果韦河上,接送病人的舟船来往不息,丛林医院一如既往地忙碌着。问诊、检查、治疗、清洗伤口、动手术、接生……施韦泽的医者之爱深深感动了大家,人们对他越来越信任了,他这个"村长",也更受"病人之村"村民们的爱戴了。

这段时间里,医院里连续发生了两起破伤风死人事件,施韦泽为此非常担心。为此,他想方设法高价从欧洲买来了一批预防破伤风的血清。破伤风抗毒血清到货后,他立即下令给每一个伤员和手术病人注射。虽然这是一笔相当大的开支,但是为了病人的生命安全,他坚定地认为这么做是完全必要的。

一次,一个年轻的孕妇喊着肚子痛被送来医院,施韦泽为她做检查,发现宫口已开,宫缩规则,立即将她送进产房,亲自为她接产。半个小时后,孕妇顺利分娩,产下了一个可爱的大胖儿子。十月怀胎,一朝分娩,母子相会,年轻的妈妈喜极而泣。

孩子生下来后,一家人都非常高兴。要给孩子起名字了,他们立即想到了施韦泽。于是,他们把施韦泽请了过来,真诚地向他提了一个请

求,希望施韦泽能够允许他们给这个新出生的孩子起名为"阿尔贝特博士"。

施韦泽在非洲丛林里有着崇高的威望。按照习俗,如果用他的名字来给孩子起名,这孩子将来一定大有出息。这是非洲人民对他的认可和信赖。施韦泽听后立即高兴地答应了。当他把这个名叫"阿尔贝特博士"的小男孩抱在怀里的时候,感觉自己真正融入了非洲人民之中,和他们的心贴得更近了。

9

施韦泽为非洲人民的服务是无止境的,虽然丛林医院的条件在改善之中,但病人也在不断增加,因此他还要不断扩大医院规模,完善医疗设施,同时考虑要单独设置一个有一定规模的麻风病区。他一边为村民们诊治疾病,一边谋划着医院的发展。在传教办事处、全体医务人员和丛林村民的支持下,医院面貌又有了一些改善。

这些年来,施韦泽常常饱受食物短缺之苦,因此在扩建医院的同时,他始终记得粮食的补充问题。他带领大家在医院四周开垦荒地,种植香蕉、木薯、椰子、芒果、油棕榈果等,在旱季的时候还种植蔬菜等作物。这样一来,住院病人的果腹问题就解决了,面对时不时发生的饥荒,他也手中有粮心中不慌了。

至1931年4月,精神病区和传染病区有了扩大,医院建筑物的地基也由原来的木桩改成了水泥,医院条件有了进一步改善,粮食供应因为有了种植园的食物补充也基本上有了保障。看到一切都在往好的方向发展,施韦泽兴奋极了。他激动地站在斜阳的清辉里,立于医院建筑之前,拍下一张张相片,定格下一个个瞬间寄回欧洲,把这一份喜悦带给时刻牵挂这里的海伦娜。

10

一个个寂静的深夜,漏尽人息之际,回忆的帷幕又被悄悄拉开。施韦泽在小木屋里执笔回顾,一份心念于脉络里蔓延,指尖的温度契合

着心潮的起伏。他把自己的生活经历，兰巴雷内土著黑人和丛林医院的情况，践行医者仁爱精神的心路历程，对生命的思考和文化哲学的研究，都用心写进了书里。

俯身一隅，他以款款的深情于安然中奋笔疾书。日积月累，书越来越丰厚了。他给这本书起名为《我的生平与思想》，讲述了他小时候直至1931年的人生经历，回顾了他的人生历程和伦理思想的形成过程，阐述了自己对生命的理解。

这是一部非常珍贵、给人启示、引人向上的好作品。施韦泽回顾自己的人生，感谢成长过程中帮助自己的人们，感悟一路走来的点点滴滴，觉得自己这些年并没有白过，而是践行了青年时代服务人类的誓言。在巨大的付出中，收获也是巨大的，他的人生，是独特的、丰富的、不平凡的、有意义的。

《我的生平与思想》一经出版就引起了巨大的反响。出版之后，书被翻译成多种语言版本，产生了更大的影响。这本书给人以启迪，给人以激情，给人以勇气，读后令人记忆深刻，回味悠长，改变了许多青年的人生，激励他们坚持远大的人生理想，用青春、爱心、奉献去志愿服务人类，让生命发光。有关自己的人生，施韦泽深有感慨地写道：

我坚信真理和精神的力量，坚信人类的未来一定是光明的。伦理地肯定世界和人生本身就包含着乐观主义的意志，因此它不怕面对目前不理想的现实。当然，在我的一生中，也有过很多忧虑、辛劳、贫乏、困惑，这么多困难累积起来，如果我没有坚强的意志和执着的信念，我早就放弃了非洲的志愿事业。

这些年来，我一直肩负着巨大的压力，忍受着身体的疲惫，这是一件非常痛苦的事情。虽然我没有过多的时间留给自己，留给我的妻子与女儿，但我始终觉得自己是非常幸福的。

我将自己献身于慈善事业，经过努力我的活动有所成就，我在人们那里获得了许多爱和善意。我有忠诚善良的助手，他们把我的事业当作自己的事业，无私地奉献自己。我有健康的身体，平和的心态，成熟的思考能力，果断的行动力。这些，都是上苍对我的恩赐。

在许多人正在遭受压迫的不自由的时代，我被允许作为一个自由的人而有所作为，在从事物质劳动的同时，还有从事精神领域活动的可能性，这深深激励了我。我的环境，在许多方面满足了我在事业上所必需的条件。对于这样的幸运，我一定要尽我所能来报答。

施韦泽的这段话语，反映出他信念的坚定和对人生的感恩。他的这本书，与其说是一本自传，不如说是他的思想集。他有坚定的理想信念，相信真理和精神的力量。他把志愿服务人类的思想融入自己的真实生活之中，用医术去挽救土著黑人病痛的生命，将爱洒向茂密的丛林。

榜样的力量是无穷的。在"病人之村"，丛林医院的医务人员将施韦泽院长当作自己的人生榜样，在为丛林村民志愿服务的过程中，以感同身受之心和敬畏生命的虔诚，处处替病人着想，用心呵护健康，谱写了一曲"爱在丛林"的天使之歌。

时光不舍昼夜，岁月悄然流淌。不经意间，施韦泽来兰巴雷内又已两年多了。在丛林医院这个"病人之村"里，他肩负着"村长"的重任，用自己的不辞辛劳，换来了丛林村民的身体健康。

于他而言，人生的最高境界就是付出。为需要帮助的弱势人群做些有意义的事，通过燃烧自己来照亮别人，这样的人生最有意义。

高山流水，得遇知音，而今，过度操劳使他的头发和胡须都开始变得花白，丛林村民更是像尊敬父亲一样尊敬他了，而不是他自己所定位的兄弟关系了。

二战爆发

1

如前所述，1932年春天，施韦泽在法兰克福歌剧院参加歌德逝世100周年纪念活动，并在现场发表了演讲。活动一结束，他便离开法兰克福，回到黑林山国王地的家里与妻女团聚。

此时，女儿赖娜已经13岁了，冰雪聪明，活泼可爱。施韦泽一边静养身体，一边和妻女享受着天伦之乐。

都说少年心事当拿云。此时，赖娜已十分懂事，对兰巴雷内的一切都充满了好奇，她小鸟般依偎在父亲的怀里，要他讲述发生在水和丛林之中的故事。施韦泽搂着女儿，开心地给她讲丛林故事，赖娜听得完全入了迷。

"爸爸，兰巴雷内的热带丛林好大好大哦，那儿的一切真有趣。"美丽的少女，天真烂漫的神情，深深感染了施韦泽。

"闺女啊，那儿确实是一方美丽的土地，"稍微停顿了一下，施韦泽接着说，"但是，那里贫穷落后，人们生活得很苦，生了病也没有医生给他们看病。"

"当年，我和你爸爸一起到兰巴雷内热带丛林里去，就是为了给那些苦难的黑人送医送药，让他们生病后可以看医生，能够有药吃。"海伦娜插话道。

"而且，我们刚到那儿的时候，连可以给人看病的地方都没有，我和你妈妈想尽了办法，才终于搭建了几间屋子，把它当作临时诊所，就在里面给人看病了。"施韦泽补充道。

"你爸爸说的对,那里特别艰苦,也特别贫困,但是那里的人也特别需要医生,所以无论多么艰难,你爸爸也要坚守在那里,为那里的苦难的人们解除病痛。"

"这可是一件非常重要的事情哦,"施韦泽接回了话题,"为需要帮助的人服务,是一件十分有意义的事情。兰巴雷内的事业,将是我一生的事业。闺女啊,我和你妈妈是医生护士,专门给人看病,等你将来长大了,你准备干什么呢?"

"爸爸,等我长大了,我也要像妈妈一样,陪你到兰巴雷内的医院里,为你做助手,和你一起去帮助非洲丛林里缺医少药的人们。"面对父亲的发问,女儿不假思索地答道。

施韦泽听后十分高兴,他看了看海伦娜,又转过身来,假装严肃地对女儿说:"是吗?那可是在遥远的非洲,离这儿好远好远,要坐几个星期的轮船才能到达。而且,那里的条件非常艰苦,什么好吃的、好玩的也没有,气候也很恶劣,又闷热又潮湿,我可舍不得让我的宝贝女儿去那里吃苦哦。"

"爸爸妈妈能吃得了苦,我也能吃得了苦。我要去,长大后一定要去陪爸爸。"赖娜自信地答道。

"好孩子,有志气!"海伦娜抚摸着女儿的秀发,爱怜地说。

"那你就要好好学习,只有学到了知识,掌握了本领,才能给爸爸当助手,去兰巴雷内为爸爸分担。"施韦泽说道。

"嗯,我听爸爸的话,一定好好学习。"赖娜答道。

望着妻子和女儿,施韦泽开心地笑了起来,海伦娜和赖娜也跟着笑了起来。事实上,若干年以后,赖娜真的践行了自己少女时期的诺言,追随父亲来到赤道非洲,成了兰巴雷内丛林医院的一员。

这是多么幸福、多么和谐、多么富有爱心的一家人啊。就这样,施韦泽静享着亲情的快乐,在一个个阳光明媚的日子里,陪同妻子、女儿一起在黑林山的林间小路上漫步,真情拥抱美丽的大自然。

漫步林中,款步而行,丰腴的阳光透过绿叶的间隙洒落下来,在地面上留下一个个闪亮的光点,十分炫目。身旁,鸟儿啁啾的啼叫声,止不住就把施韦泽的思绪拉回了童年,心儿也随着思绪而起伏。

那时,他和女儿现在一般大,教堂的钟声催醒了他内心深处对生命价值的思考,于是就有了今生的非洲情结,有了对医学的眷恋,有了兰巴雷内丛林的坚守。时间太瘦,从指缝间悄悄溜走,不经意间,女儿都已这么大了,怎不令他感慨世事沧桑,人生变幻……

"爸爸,你看前面的湖泊,多么宁静,就像是一块镜子,白云在镜子里飘动,真是太美了。"

女儿银铃般的声音,打断了施韦泽的思绪。他抬头望去,但见一汪碧池在眼前铺陈开来,妻子女儿已跑到水边,正在欢喜地采摘着水边的野花。此情此景,令他感到一阵温暖。

"啊,这林中的湖泊真的太美了,只是你们也不等等我,自顾先到水边玩耍了。呵呵呵,我来也。"

亲情是润物的细雨,滋润着人们的心田;亲情是冬日的阳光,让心灵能够时刻感受温暖。一家人相拥着在林中漫步,在水边嬉戏,时光也仿佛放慢了脚步,只为能让这温馨的一幕持续得更长久些。

2

亲情无论多美,始终阻挡不住施韦泽匆匆远行的步履。

在家里休息了两个月后,他又辞别妻女,前往瑞典、荷兰、瑞士、英国等地进行演讲和演奏。他辗转各地,每天都十分忙碌。他要宣扬敬畏生命的伦理观,要为文化复兴与世界和平而不懈努力,同时还要为丛林医院募集更多的善款。

为了理想,为了信念,为了目标,他夜以继日地工作着,忘记了娱乐,忘记了休息。深夜,银色的月光照在他伏案写作的背影上,读懂了他的勤奋与执着。

这期间,他还接待了大量来访者,有医生、传教士、教授、学者、音乐家、大学生和想去非洲工作的志愿者,他与他们一起探讨社会热点问题,谈医学,谈人生,谈哲学,谈生命价值。对每一个前来拜访他的人,他都以诚相待,互相交流看法,体味人生的道理。

有一天,一位在校大学生找到了施韦泽。这是一个很有思想的年轻人,他向施韦泽了解非洲丛林的情况,了解丛林医院的情况,讨教敬畏生命的伦理学问题。

施韦泽的人格魅力深深吸引了这位年轻人。临别,他向施韦泽提出了这样的问题:"施韦泽博士,请问,什么样的人生才是道德的?"

施韦泽简洁地答道:"敬畏生命,与我们周围的生命休戚与共、友好相处,这样的人生就是道德的。"

于施韦泽而言,大半辈子的人生感悟,在水和丛林之中对生命的反思,令他敏锐地感悟到了人类社会的根本问题——对生命的漠视以及由此引发的一系列问题。因此他坚信,人类道德的根本问题,就是要敬畏生命,只有敬畏一切生命,才能与宇宙建立和谐的关系,从而解决那些关乎人类前途命运的社会问题,给人类以光明的前途。这样的人生,才是真正道德的。

"那么,怎样才能感受幸福呢?"大学生沉思了片刻,接着又发问了。

施韦泽答道:"还是这四个字——敬畏生命。"

望着迷惑不解的青年人,施韦泽解释道:"只有对生命敬畏,才能真正理解为什么要与我们周围的生命休戚与共、友好相处,为什么这样做才是道德的。你必须明白,敬畏生命是我们人生中的头等大事,人们只有认识到敬畏生命的重要性,才能体会到休戚与共、友好相处的重要意义,人类才能拥有和平的未来。这时候,你就会由衷地感觉到,与其他生命相比,你是多么幸福,而其他生命,也因你对其敬畏而感受到了幸福。"

施韦泽的这一番话令年轻人迷惘的思想找到了正确的方向。顺着敬畏生命的伦理理念去思考,很多问题因此有了答案。年轻人非常感谢,把施韦泽当成了自己人生的导师。

这时候,施韦泽的事迹正在被人四处传颂,人们敬重他,爱戴他。为了表彰他的人道主义善举,各国授予了他各种荣誉。在苏格兰,圣安德烈大学更是热诚地邀请他担任校长一职,但他婉言谢绝了。红尘的虚名对他早已失去了诱惑,他的心在兰巴雷内丛林医院,在备受苦难的黑人身上。

"我肩负责任,要为非洲丛林苦难的人们服务,其他所有的一切,于我而言都不值得留恋。"这样的声音,一次次回响在他的心中。

结束了在欧洲各国的奔波,施韦泽回到家里,和妻女再次短暂相聚。此时,海伦娜要带女儿赖娜到瑞士去居住了,施韦泽为她俩做了安排,把她们送上了前往瑞士的列车。

匆匆送走母女俩,他又忙着为丛林医院采购了一些药品与物资之后,立即就踏上了回非洲之路。

3

停留是刹那,转身即天涯。经过几个星期的长途颠簸,施韦泽于1933年3月回到了非洲。当他踏上兰巴雷内码头时,内心的喜悦不言而喻。

天光、烟雨、山岚、丛林,勾勒出一个美丽的世界,散发出一缕缕爱的馨香。这爱,弥漫在兰巴雷内丛林医院,弥漫在施韦泽的心中。丛林医院是一只被他牵着的风筝,那根被他牢牢攥紧的长线,是他的一份牵挂,一份责任。无论他身在哪儿,他的心从来都没有离开过这里。

这时候,医院的病人比他上次离开时还要多,医务人员也更加忙碌了。为此,他一放下行李,顾不得路途疲劳,立即就投入了紧张的医疗工作之中。同时,他还要考虑建筑、种植、经费等问题。这样的忙碌,其实是他最喜欢的,因为他的忙碌可以换来丛林黑人的健康与幸福。

自从精神病区单独设置以后,精神病人的治疗与照护条件有了很大改善,这令施韦泽感到欣慰。在热带丛林里,麻风病人也特别多。夕阳西斜,斑驳的树影映在病房的墙上,几个麻风病人孤独地坐在墙边,目光滞涩。麻风病房虽然相对隔离了,但床位太少,大量的病人没有办法收治,麻风病人依然没有得到及时的医疗服务,他们伤痛的心没有得到安慰。施韦泽感到必须另找地方,完全独立地建一个拥有足够床位的麻风病区。

现在,除了白天不停地忙碌,晚上也很难得到休息了。由于夜里送来的急诊病人明显多了,因此常常需要在夜间请他去会诊或做急诊手术。

很多个深夜,值班人员前来敲门,告诉他有急诊病人要请他会诊,他马上就披上衣服冲了出去,跑向医院。在手术室里干一个晚上,通宵无眠,对他来说是很平常的事了。

一个深夜,他又一次被敲门声惊醒,立即披衣跑到医院。值班医生见他到来,马上向他请示道:"院长,这是刚刚送来的一个急诊病人,他腹部疼痛得厉害,请您看看,他究竟患了什么病?该给他做怎样的治疗?"

在医院里,施韦泽有一道命令,就是对于急诊送来的诊断不清的病人,要立即组织会诊,尽早弄清诊断,及时处理,绝不可拖延。因此,无论再晚,只要送来的急诊病人诊断不明,施韦泽一定会被叫起来会诊。对于这样的会诊,他从来都不会埋怨,相反如果遇到这样的病人而没有在半夜里把他叫醒,那么他在第二天知道后一定会对值班医生发一通火。

眼前是一位老人,呈胸膝卧位,屁股翘得高高的,大汗淋漓,嘴巴里发出痛苦的呻吟。他详细询问病史,得知老人已经一周没有大便了,近两天腹胀得厉害,今天上午开始肚子痛得难受,到半夜三更痛得实在受不了了,便被送了过来。

施韦泽仔细检查老人的腹部,见鼓胀得厉害,叩诊全是鼓音。他诊断老人是大便秘结所致,立即让老人侧卧,褪去裤子。他戴上手套涂上油脂,毫不犹豫地将手指探入老人的肛门,立即触及一坨粪块,居然像石头一样坚硬。

他试着用手指抠了几下,却一点也抠不动。他想了想,毫不犹疑地脱去手套,用指尖上的指甲一点一点将粪块抠出来。整整花了约20分钟,才成功地将坚硬的粪块完全抠了出来。随即,他又用肥皂水给老人做了灌肠,清除了肠道内沉积的粪便,鼓胀的肚子很快就瘪了下去,腹痛也随即消失了。

这时,天已亮了,老人和他的家人十分感动,眼里流露出感激的神情,嘴里不停地说着感谢的话。虽然一夜劳累,但施韦泽的心里充满了快乐与欣慰。他不顾疲劳,稍事休息就立即投入了新的一天的工作之中。

4

1934年10月,施韦泽又一次离开非洲,应邀到牛津大学、伦敦大学和爱丁堡作演讲。他非常重视这样的演讲,认为这是向外界介绍兰巴雷内的好机会,可以争取更多的外来支援,并吸引更多的志愿者前来丛林医院为非洲人民服务。尽管来回奔波十分辛苦,但他乐此不疲。

1935年春,施韦泽回到非洲,兰巴雷内丛林医院有太多问题等着他来解决。由于近些年伐木业的兴旺,导致了从采木场送来的受伤的伐木工人越来越多,加上其他需要手术的病人,少数几个外科医生已经忙得无法应付了。施韦泽的到来,令大家松了一口气。

像往常一样,施韦泽一回来就投入了繁忙的医疗救治之中,没日没夜地给人看病。毕竟,他已是60岁的老人了,精力和体力再也不能和年轻时相比。不停奔波和终日劳累,使他的健康很快又出现了问题,热带贫血症令他感到十分疲惫。

1935年秋,他的贫血症已非常严重了。大家都心疼他,反复劝他回欧洲去养好身体。

尽管他万般不愿,但为了长久的未来,最终还是听从了劝告,在安排好医院工作后,回到了欧洲。

他来到瑞士,和居住在那里的妻女团聚,享受亲情,静静地调养身体。12月,他在伦敦以管风琴演奏巴赫的作品,并灌录唱片。

1936年,他利用这段休息时间,认真研究东方哲学,探索印度思想家的世界观。他非常赞赏印度思想家所强调的人的伦理行为不仅与同类有关,而且与所有生命有关的原则,撰写了《印度思想家的世界观、神秘主义和伦理》一书。

经过一段时间的调养,施韦泽的身体有了明显恢复。丛林医院在召唤他,非洲人民在等着他。就这样,他又一次辞别故乡,于1937年2月回到兰巴雷内。

一回丛林医院,他立即被大量的工作包围。他不顾自己年岁已长,又像过去一样,把全部精力都投入到救死扶伤之中。

本来,他打算尽早完成《文化哲学》的第三部分,可是繁忙的医疗工作和医院的杂务,使他没有时间和精力去持续写作,著书之事只能暂时停了下来。

1938年,施韦泽又为医院扩建了几间房子,医院收治病人的能力又有了提升。至此,施韦泽来非洲服务已经整整25年了。

25年间,走过了多少曲折,经受了多少磨难,只有他心中最清楚。他之所以能够坚持下来,完全是因为内心深处坚定不移的人道主义信念,对人类之爱,以及妻子、朋友、社会各界的关心和支持。

志愿服务非洲25周年,这是值得纪念的。住在奥果韦河流域的白人们自发募集了9万法郎捐赠给丛林医院,以志纪念。捧着这带有暖暖体温的捐款,施韦泽的心又一次被深深感动了。

生命无须太多,只要心有所依,人生就变得充实了。

5

时间过得很快,转眼间已是1939年了。

1月14日,施韦泽迎来了自己64岁的生日。这一天,他特别思念远方的亲人。这次来非洲,又有两年多时间了,海伦娜身体不好,他应该回去看看她了。同时,自己年岁已大,身体也大不如前了,近阶段又特别容易疲惫,他也需要离开这里去休养一段时间。于是,他对医院工作做了细致安排,从医疗到护理,从药品到设备,甚至病人的伙食等,他都一一做了关照,直到觉得没有再需要叮嘱的事情了,才挥手作别兰巴雷内,登上了返回欧洲的轮船。

漫长的旅途,面对一望无际的大海,尽管粼粼波光十分壮美,施韦泽却思虑重重,迷惑于现世的浮躁。此刻,在遥远的东方,中国人民正在奋力抵抗日本侵略者的入侵,中华大地笼罩在一片战火的硝烟中,人民流离失所,生灵涂炭,一片悲惨的境况。而今日之欧洲,何尝不是危机重重、灾难压顶?

当轮船行驶到比斯开海湾的时候,施韦泽惊讶地在广播中听到了希特勒的声音,他正在虚假地掩饰自己的真正目的,试图使全世界相信,他才是世界和平的维护者。希特勒的话令施韦泽矍然一省,立即意

识到战火即将再一次在欧洲大地上燃起,混乱的现实已经无法阻挡灾难的降临了。

　　施韦泽心中十分悲伤,他知道又一次世界大战即将爆发。想到一战时的情景,他非常担心兰巴雷内丛林医院,再也没有心思在欧洲多作停留了。船到法国,在波尔多上岸后,他匆匆赶回家和妻女短暂相聚,便立即订了10天后返回兰巴雷内的船票。他必须马上赶回去,做好战争爆发前的应急准备。

　　他知道,一旦战火燃起,物资将马上变得极度紧缺,如果没有一定的储备,丛林医院很快就不能正常运行。离返回还有宝贵的10天,他抓紧时间为家人做好了各种应急准备,同时大量地采购医用物资和药品,最大限度地为丛林医院做好战时储备。海伦娜、赖娜和他一起,将采购好的物资整理打包。

　　施韦泽眼中噙着泪水,满含留恋地作别刚刚相聚的妻女,又一次义无反顾地往非洲大陆而去。伴随着海浪的涛声,思绪在归途上起伏。接下来的日子里,一切将会怎样发展?什么时候电闪雷鸣?什么时候狂风暴雨?一旦战争爆发,百姓又要颠沛流离,民众又要饱受苦难。

　　物质的富裕为什么屡屡导致文明的倒退?今日的欧洲,又出现了怎样的危机?他隐隐感到,今天的欧洲人并没有真正理解世界、人生和伦理的内在联系,终将使世界成为生命意志自我分裂的残酷战场:一部分生命只有通过毁灭其他生命才能持续下来。这多么可怕!

　　而今,战争就要打响,面对人类的灾难,他一筹莫展,在战争狂人面前,他的伦理的声音实在太弱了。

　　事实上,他现在所能做的,也只是最大限度地为丛林医院储备一些药品、物资,保证他的病人在战后一段时间内能够得到及时有效的治疗。

　　战争爆发后,会延续多久?什么时候才能结束?这都是未知数。为了能够减少支出,尽可能节省医疗用品和粮食,施韦泽狠心疏散了一些病人,让大部分来自内陆的病人回家。有些病人不肯离去,医务人员只能一再解释,由于不知道什么时候才能得到医疗物资的补充,所以现在必须最大限度地节省医用材料,除非一些最紧急的手术,其他手术都必须停掉。看着满脸愁容不情愿地离去的病人,施韦泽的心里一阵阵作痛。

最后,大部分病人都离开医院回家去了,施韦泽又不得不忍痛精简了一部分担任医护助手的当地黑人。实施了这些措施以后,原来喧闹的医院一下子变得安静了不少,忙碌惯了的医务人员一时都难以适应,施韦泽的心里更是难过。他痛恨战争,因为战争让一切都发生了改变,原本就十分贫困的土著黑人,今后不知道将怎样艰难了。

1939年9月1日德国以闪电战攻击波兰,9月3日英法对德宣战,战火又一次在欧洲大陆燃起。这场战争,渐渐演变成迄今为止人类社会所进行的规模最大、伤亡最惨重、破坏最大的全球性战争。

6

二战的爆发,对世界产生了灾难性的影响,波及非洲,导致了经济的一片萧条。

在兰巴雷内,往日十分兴旺的木材生意现在已经完全没有了市场,土著黑人热衷的伐木业无可奈何地全面停止了,大量伐木工人都没有了工作。没有了经济收入,战争又导致物资匮乏和物价上涨,人们陷入了水深火热之中。

施韦泽诅咒战争,看着眼前这一切,心里十分难过。看到村民们都闲着无事可做,他觉得倒是可以把他们组织起来,为丛林医院做些事情。

于是,他发出信息,丛林医院需要人力在医院附近开拓一些荒地,以此来扩充医院的农场,以便种植更多的作物,应对随时可能发生的饥荒。

信息发出后,他又亲自动员。身体已经康复了的病人,住院患者的陪同人员,村子里闲着的人们,都是他动员的对象。很快,他就召集了一批人员,在医院周围开荒种地,自己又一次亲力亲为,督促大家尽可能多地开垦一些土地。

经过一段时间的努力,大片荒地被开辟成了农田。施韦泽的农场

得到了很大的扩充，种植了大量的木薯、蔬菜等。在他的精心管理下，作物长势十分喜人。

于是，丛林医院的粮食供应问题暂时得到了解决，一旦战事恶化，外面的粮食供应中断，施韦泽依靠自己的农场，基本上生活可以维持下去了。

确实，施韦泽的担心并不是多余的。随着战争一步步升级，海上航运也越来越不安全了。1940年3月的一天，多年来一直航行在波多尔和赤道非洲之间，满载乘客和物资的巴拉扎号大客轮，在航行到菲尼斯特雷角的时候，突然遭到鱼雷的攻击而沉没，船上人员全部遇难，一船的物资、药品、粮食等也都沉入了海底。悲剧发生以后，在很长一段时间内，欧洲到非洲的客轮航班被取消了，丛林医院也彻底断绝了来自欧洲的药品和食物补充。但是，由于施韦泽事前精心准备，加上处处节省，虽然丛林医院的运营极其困难，但也能够勉强维持。

7

在这场极度残酷的世界大战中，非洲原始森林也无法躲避其害。1940年10月和11月，熊熊的战火在兰巴雷内燃起，戴高乐将军的军队和傀儡政权维希政府的军队进行了兰巴雷内争夺战。一时间，枪炮声四起，到处都是弥漫的硝烟。

这时候，施韦泽早已是法国人了，他的善举也早已家喻户晓，是一个令人尊敬的人，非洲人民的忠实朋友，兰巴雷内医院也是人尽皆知的人道主义场所了，因此，交战双方都设法避开医院，刻意不让医院受到战火的侵袭。

在指挥官的命令下，交战双方的飞机在投掷炸弹时都有意避开了医院。为了确保医院人员的安全，施韦泽组织人员将厚波纹铁皮放在朝着战斗方向的房子木板墙的前面，以此抵挡流弹和乱飞的弹片。医院成了安全的地方，里面挤满了避难的人们。最后，戴高乐将军赢得了胜利，兰巴雷内恢复了与外界的联系。

在这战火纷飞的年代里，一些年轻的白人应召回国服务，或从军，或当战地医生,丛林医院的医务人员只剩下3名医生和4名护士了。人员的减少,令大家整日里都十分忙碌,一天下来常常累得腰也直不起来,年近古稀的施韦泽更是在一天的繁忙工作后疲惫不堪。尽管如此,大家依然坚持着,施韦泽更是像家长一样,悉心照顾好医院里所有的人。

8

此刻,远在欧洲的海伦娜时刻担心着自己的丈夫,她不知道战争给丛林医院带来了多大的冲击?不知道现在那里到底怎样了?不知道丈夫和他的同事、病人们现在过着怎样的生活?心的挂念令她做出了一个惊人的决定:不管自己的身体有多虚弱,不管战火中的世界有多纷乱,她都要到兰巴雷内去看看那里的一切,去陪伴丈夫,为非洲苦难的人们再做些服务,为丈夫分担一些压力。

可是,这是战争的非常时期,既往的交通线路早已经中断。于是,海伦娜只能向红十字会提出申请,希望得到他们的帮助。在红十字会的相助下,她终于获准前往非洲。一路上历尽了曲折,她以中立的葡萄牙为跳板,从里斯本乘萨查雷号轮船抵达安哥拉,然后再坐汽车穿越刚果,最后才一路艰辛于1941年8月2日抵达兰巴雷内。

海伦娜在战火纷飞的年代,不顾艰辛与危险,以无限的执着来到丛林医院,令施韦泽既意外又感动,同时也十分开心。夫妇俩又一次重逢在第二故乡,两颗不再年轻的心,又一次碰撞出了青春般的火花。

"亲爱的,你的到来,我太感动、太高兴了。你看,医院的同事和病人都因你的到来而格外高兴。"

"现在是战争的非常时期,一切都充满了未知,你知道我对你和医院有多担心吗?现在好了,看到你和医院一切都好,看到大家都平安无事,虽然艰苦些,但一切都处在有序之中,我就放心了。"

"是的,虽然物资匮乏,由于我们事先做了充分的准备,因此面对困难,我们还可以坚持下去。"

"对,我相信,只要我们坚持,一切都会好起来的。"

"坚持,我会永远坚持的。"

看着施韦泽说话时认真的神情和紧握的拳头,海伦娜扑哧一声笑了出来:"哈哈哈,看看你的样子,不服老,还以为自己是年轻人哩。"

"我确实还不老啊,哈哈哈……"施韦泽也开心地笑了起来。

到达兰巴雷内后,海伦娜顾不得休息,立即就投入了医疗救治之中。她给丈夫当助手,虽然整日忙碌,但两人时刻相伴,也就化解了疲惫。这一切,和当年初到兰巴雷内时完全一样,他们的两颗心,确实依然年轻。

海伦娜的到来,对医院的同事们产生了巨大的激励,大家鼓起干劲,全身心投入到救死扶伤的医疗工作之中。

随着日子的流逝,很快,储备的药品所剩无几了。一旦药品用完,医生手中就没有了与病魔决斗的武器,怎么办?施韦泽为此日日烦恼,海伦娜也替丈夫日日担心。

然而,即使战火纷飞,欧美的朋友在艰难的岁月里依然挂念着施韦泽和他的丛林医院,关心着他的现状,大家都在为他想办法。就在丛林医院的医务人员濒临绝望的时候,从美国运来了一大批药品,这令大家欣喜若狂。不久,又一批药品和医用物资从欧洲运来。施韦泽真是太高兴了,他又有了足够的药品和物资储备了。

"亲爱的朋友们,我衷心地感谢你们,我会把对土著村民们的医疗服务做得更好的,请你们放心。"对着远方,施韦泽默默地说。

有爱人的陪伴,有朋友们的支持,他就有了人生的方向。为了远大的人生目标,纵使沟壑纵横,甚至惊涛骇浪,他也要跨越过去,让经历了千锤百炼的生命更加饱满厚重。

战后岁月

1

飞溅的岁月,总在不经意间静静地流逝。1945 年 1 月 14 日,施韦泽迎来了自己的 70 岁生日。这一天,大家热情地向他祝贺,为他唱生日歌。虽然庆祝活动十分简单,却是兰巴雷内丛林医院这个和谐大家庭的一次聚会。快乐的气氛令在场的每一个人都充满了喜悦,施韦泽更是深受感动。

生日午餐上,施韦泽感谢大家对他的关心与祝福。回想这些年来的一些人、一些事、一些艰辛和一些期待,他动情地说:"在我 60 岁生日的时候,我就想着是否可以像那些告老还乡的人一样愉快地离开这里,把余下的时间献给我的妻子、女儿。是的,这样的想法太温馨、太美好了。但事实上,这里的一切我都无法放弃,10 年过去了,我依然在丛林医院里操劳着。我预料到,我永远也不会退休,最后的岁月仍将在这里度过,承担的义务也将比过去更多……"

施韦泽的话让在场的每一个医护人员都深感动容,大家都流下了感动的眼泪。茫茫人海,芸芸众生,大家聚集在他的周围,无悔地为非洲人民的健康付出着,无论是完美,或是残缺,终将是今生最美的片段。

其实,除了兰巴雷内,世界上其他很多地方,特别是欧洲,人们也都记着这位可敬可爱的老人,记着他来到这个世界上的日子。许多国家的广播电台在 1 月 14 日这天播放了特别节目来为他祝寿。从英国伦敦广播电台传出了这样的声音:"在闷热潮湿的非洲丛林里,一位名叫

施韦泽的老医生、老哲学家、老博士正为了当地黑人的身体健康而日夜操劳着……"

2

红尘世界里,有太多的纪念日。就个人而言,其他都不重要,唯有生日最要紧。而今,在战火四起的动乱年代,大家依然记得他、念着他、爱着他,怎不令他感动与满足。走过了一段又一段的心路历程,历经万事,阅人无数,而今他更加懂得感恩了。

面对真挚的祝福,他对大家表示了由衷的感谢。

是夜,倚一窗清宁,聆听耳畔草虫的低鸣,微风轻抚,令暮色下的人儿倍感舒畅。此刻,施韦泽正伫立窗前,心静如水。他已经走过了人生的风风雨雨,一颗心早已宠辱不惊了。望远山近水,青山隐隐,丛林如盖,奥果韦河的流水在一条条支流中轻缓地从前面流过,一路高歌向前奔去。他喜欢这里的一切,于他而言,人生就像奔流不息的大河,在永不停歇的前行过程中,将生命的力量凝聚。

虽然此时施韦泽已经是70岁的老人了,但他不知老之将至。坐在红尘的渡口,他与时光还有长久的相约。他用一颗历经沧桑的心,抚平了风雨人生的一道道皱褶,抒写着生命旅程的无怨无悔,即使眼中充满了泪水,也只当是岁月与诗的对话。

生日过后,他像往常一样又一头扎进医疗工作之中,不知疲倦地为丛林村民服务。他是个不甘示弱的人,在不老的岁月中,工作干劲和服务热情丝毫不比青年人差。他知道时光经不起挥霍,要珍惜这一日日的光阴。

期盼中,不断有消息传来。在意大利投降之后,德国也投降了。1945年5月8日,施韦泽听到了战争已经在欧洲结束的消息,这令他万分高兴。8月15日,日本投降,中国人民的抗日血泪之战终于取得了最后的胜利,和平的阳光再次普照大地。好消息再次传来,施韦泽激动不已。

这一场世界大战,战火遍及亚洲、欧洲、非洲、大洋洲,是人类历史上最为惨烈的一场战争。而今战争结束了,多年的战乱总算暂时得以平息了。珍惜和平,绝不让历史重演,应当成为时代和平发展的主旋律。

然而,战争真的结束了吗?今后,悲剧真的就不会重演了吗?施韦泽认真思考着,竭力理清思绪。他认为现在的欧洲,文化出现了衰落,人的世界观与价值观发生了偏差,种族与种族之间缺乏深入的沟通与交流。人们并未真正理解世界、人生和伦理的内在联系,一些人狂妄自大,对生命缺乏最起码的尊敬。这些问题如果不及早解决,和平将得不到保证,战争迟早还会再来。

此刻,他愈发觉得自己应该承担更多的责任,去传播敬畏生命的伦理思想,纠正人们认识上的错误,让大家真正认识到生命的珍贵,认识到维护和平的重要。人类只有和平,才会有光明的前途。虽然,这一条传播真理之路将会很艰难、很坎坷、很漫长,但他深信只要坚定地走下去,志同道合的人一定会越来越多,人类世界的未来终将光芒万丈。

3

风捻流年,四季如光。站在岁月的桥头,回望战争带来的伤害,竟如此严重。

此时的兰巴雷内,由于战时中断的很多交通线路尚未恢复,而且办理各种手续的程序也相当复杂,因此欧洲的一些援非医务志愿者虽然已经做好了准备,但一时还难以来到这里。

落寞的时节,丛林医院的医疗工作依然忙碌,源源不断的病人,一台接一台的手术,使坚守在这里的医务人员日夜不息地操劳,疲惫不堪。

施韦泽也像年轻人一样,整日在医院里忙个不停。虽然他不服老,还在超负荷工作着,但他明白长期这样下去,必将拖垮自己和这些充满了奉献精神的志愿者。他寻找各种关系,通过种种途径,与欧洲相关方面联系,试图能简化来非洲的手续。在他的不懈努力下,终于在1946年初,两位医生和一名护士克服重重困难,从欧洲来到了兰巴雷内。

新人的加入,令大家都非常高兴,施韦泽也松了一口气,他可以有计划地让疲惫不堪的医务人员轮流休息了。

由于病人太多,尽管处处节约,可是药品和医疗物资每天都在消耗。眼看库存越来越少,施韦泽急得又一次次向欧洲的朋友求援,一点一点从欧洲运来一些急需的药品、物资。尽管每天都对医院的运行操心不完,但一点也没有减少他对病人的关心与爱护。

门诊工作之余,他每天都要安排时间去病房查看,认真巡视每一个病人,分析他们的病情,调整治疗方案,只为求得最好的疗效。他以一个慈爱的长者的身份,与住院病人亲切地交谈,脸上挂着令人暖心的微笑。他说"请躺下来,让我看看"的同时,总是习惯性地扶住病人的肩头……每当这时,病人都特别欣慰,他们为上帝给他们派来这样好的健康天使而感动。

施韦泽无愧于"非洲人民的苍生大医"这样的赞誉,他有崇高的道德思想,带着献身丛林的高尚理想,服务在丛林深处。

在热带丛林里,各种各样的病人都有,一些精神上偏执、非常难缠的病人,固执地认为自己得了一种怪病,反复向施韦泽讲述夸大了的事实,要他认可自己的判断,按照自己的设想将自己治好。每当这时,在做过详细检查排除其他疾病之后,施韦泽就像慈父一样,不厌其烦地做解释工作,与其促膝长谈,向他们传授一些浅显的医学知识,纠正其认知上的偏差。这一份爱心、耐心和责任心,真正体现了他那爱人如己的医者情怀。

尽管如此,施韦泽毕竟已是70多岁的老人,体力和精力都明显不如以前了,为病人做手术也开始力不从心了。在大家的劝说下,他不再坚持自己亲自动手做手术,但是对病人的那份责任心令他对一切与病人健康有关的事都放心不下。于是,遇到比较复杂的病人和较大的手术时,他一定要到手术室去,站在主刀医生的身边做现场指导,只有这样他才能安心。

在他的世界里,没有别的,有的只是病人的安危和丛林村民的福祉。

4

作为一个哲学家,一名医学博士,施韦泽对人类所遭受的苦难有着深刻的领悟。对于生命哲学的思考,他从来都没有停止过。在万籁俱寂、漏尽人息的深夜,他还不肯休息,因为他要书写《文化哲学》一书,把自己的哲学思考用文字的形式表现出来,以此去影响别人。

按照施韦泽的身体状况,他早该回欧洲休养一段时间了,可他不肯离开,因为前来求医的病人每天都很多。

对他来说,病人的生命就是自己的生命。同时,医院里有几个医生护士已经连续在这里工作几年了,他们也已十分疲惫,需要回欧洲休养一些时日了。为了病人,为了同事,这位可敬的老人宁可拖着病体自己留守在这里,也不肯回欧洲休养。

美丽的兰巴雷内,他太爱这里了。他常会带着前来看望他的欧洲朋友来到奥果韦河边,告诉他们自己是怎样在这美丽的河流上航行的时候,悟出了敬畏生命的伦理概念的。

这一次施韦泽是1939年来到非洲的,一晃已经是第七个年头了,而海伦娜在战火之中追寻丈夫的足迹,重回兰巴雷内志愿服务,也已有5年时间了。真的难以想象,弱质女流海伦娜是如何在湿热的丛林里又坚持了这么长时间的!

海伦娜的体质本来就弱,这次又逗留了这么长时间,身体又一次遭到了摧残,稍微活动就感觉胸闷气短。施韦泽十分担心妻子的健康,劝她回欧洲休养一段日子,而她说什么也不肯回去。她的心中装满了柔情,愿意扛着自己的病体,陪伴丈夫继续坚守在这片贫瘠的土地上。

生命之诺,灿烂成景。含香的时光里,有这么一份不离不弃的相守,仿若流年深处的花开,太好太美。此生,因了一份生死相依的情感,一段执手相望的爱恋,也就有了一颗红豆诗情的永恒,浅喜深爱,永不辜负。

季节渐深,流光的碎影错落了岁月的沟壑。面对赤道的炎热和丛林的湿气,海伦娜的身体终于扛不住了。1946年9月,在施韦泽的劝导下,海伦娜含泪作别兰巴雷内,一路风尘回欧洲疗养去了。

5

寂静的深夜，施韦泽无法停止自己的思想。面对二战造成的巨大灾难，他的内心十分痛苦。生命如此可贵，可战争大量地毁灭生命，这种做法，真正走向了敬畏生命的反面，是对生命的亵渎。当他在兰巴雷内拯救生命时，一些人却在肆意屠杀。虽然战争告一段落，但战争的威胁依然存在。如果不纠正人们头脑中的错误思潮，悲剧还会发生，人类还将遭受劫难。

想到这里，他浑身战栗，感觉现实太可怕，不能任由这样的情况发展下去。他必须全力以赴去宣传正确的生命伦理观，告诉人们只有敬畏生命，共同维护世界和平，繁荣先进文化，人类才会有光明的前途。

时光的一隅，他伏案疾书，把自己的哲思写进《文化哲学》一书之中。在写给朋友的信中，他这样描述自己当时的心情："虽然战争结束了，但日子依然过得艰难，医院面临极大的困难。我受尽了各种煎熬，已心力交瘁，疲惫不堪，但我还需坚持，努力每一天……"

乐观，是从心湖里开出的花朵。乐观向上，真情守候，便能给周边的人带来温暖和力量。尽管困难重重，施韦泽始终以他的乐观向上和幽默快乐的个性来感染大家。事实上，他从来都是一个乐观向上的人，不论困难有多大，他都敢于面对，在不懈的努力中寻找光明的出现。

对于丛林医院，施韦泽从来都没有停止过对它的维护，只要有一点机会，他就马上完善、扩张一些。这些年下来，他已是一个名副其实的建筑大师了，因地制宜地将丛林医院建成了一所符合非洲实际情况、受丛林村民欢迎的医院。

在他卓有成效的努力下，到1947年底，医院已经拥有45间病房、4名医生、7名护士和十几个黑人助手了。要知道，这些都是在一无所有的情况下所取得的成绩啊！与之同步提升的，是医院的医疗技术和卫生条件。

看着医院规模不断扩大，病人享有的诊疗条件不断改善，医务人员都充满了爱心，施韦泽心里十分高兴，只觉得自己这些年来所受的每一份苦，所担负的每一份压力，所付出的每一点心血，都有了超值的回报。

6

这一次重回非洲,施韦泽在兰巴雷内已连续工作了9年。这期间,移居瑞士的女儿赖娜早已结婚生子,成了4个孩子的母亲,有了自己幸福的家庭。

孙辈的出生,令施韦泽十分高兴。然而这些可爱的孩子至今还没有见过自己的外公,更没有得到过外公的宠爱。对此,施韦泽感到十分遗憾,内心更是惭愧连连。为了非洲人民的健康,他放弃了太多的亲情,对不起妻子,对不起女儿,对不起这些孙辈的孩子们。

深深的思念,唤醒了深藏在心底的亲情。1948年11月,施韦泽作别兰巴雷内,拖着疲惫的身躯回到欧洲故乡,在根斯巴赫之家会见了一些朋友,然后前往黑林山国王地休息了些许日子,便和海伦娜一起前往瑞士看望女儿赖娜,见到了日夜思念的女儿和外孙们。

此时,女儿已经30岁了,他自己则已是70多岁的老人了。对于女儿,他有太多的亏欠,他给她的爱太少了。可是女儿十分识大体,她非常理解父亲,特别支持父亲的志愿行为。

晚上,温馨的灯光下,祖孙三代聚在一起,吃着精致的色拉果点,讲着开心的话语。天真的外孙们围着外公,小鸟般叽叽喳喳问个不停。施韦泽以他一贯的幽默给他们讲发生在水和丛林之中的趣事。孩子们一个个都听得入了迷,清澈的瞳仁里充满了向往。

儿孙绕膝,这是花儿一般美好的光阴,明媚的阳光透过窗棂洒在屋内,暖意滋生。施韦泽太喜欢可爱的外孙们了,可是亲情并没有让他陷落其中不愿转醒,肩上的责任驱使他将天伦之乐置于一边。欢聚了一周之后,他匆匆告别女儿和外孙,转身为自己的事业忙碌去了。

海伦娜留在瑞士,陪伴女儿和外孙们,施韦泽则回到了根斯巴赫之家,继续《文明哲学》的写作。知道施韦泽回来了,老朋友、老同事和一些素不相识的人道义士都来看他,与他一起探讨当今世界存在的问题和人类的前途命运。

二战结束以后,施韦泽再一次被人们关注,媒体也常常对他进行报道,盛赞他的人道义举:"当硝烟四起,一些人正在大肆杀戮的时候,一位老人却坚守在贫瘠的非洲丛林里,用医术和爱心去拯救可怜的土著黑人。"

我们的世界之所以美丽,就是因为有了施韦泽这样的道德人物,宁愿牺牲个人的一切,也要用爱的实践为人类带来光明。只可惜在这个世界上,像他这样真正善意、献身于世界的人,实在太少了。

7

发生在赤道非洲原始森林里的故事被美国媒体大量地报道,越来越多的美国人开始关注兰巴雷内丛林医院和坚守在那里的无私的人道主义者。

施韦泽敏锐地感觉到,自己有必要去一次美国,向美国人民介绍非洲丛林的真实情况,传播敬畏生命的哲学思想,呼吁世界和平,同时为兰巴雷内医院募集一些善款。

1949年6月,施韦泽在海伦娜的陪同下来到了美国。轮船缓缓驶进纽约港的时候,气势宏大的自由女神像出现在他的眼前。这座闻名世界的雕像的创作者就是巴托尔迪,这位伟大的雕塑家在科尔玛创作的一个黑人雕像,给少年施韦泽留下了深刻印象,由此有了他这一生对非洲大陆的牵挂。

而今来到美国,见到的第一个建筑就是巴托尔迪的这个伟大创作,怎不令他心潮起伏,百感交集。他仔细端详这座宏伟的雕塑,耳边响起了富兰克林·罗斯福总统在自由女神像落成50周年纪念仪式上的讲话,他说:"自由女神像向全世界传达出和平的信息。"

带着对人类和平的渴盼,思考着人类的未来,施韦泽从轮船上走下,踏上了美国的土地。海伦娜陪在他的生命里,一颗芳心读懂了他的一切,无论冷暖,无论悲喜,永远相伴左右。拥有了爱,施韦泽就拥有了春天。

爱因斯坦是施韦泽的老朋友,当年他在柏林大学当教授的时候,就和施韦泽结下了很深的友谊。他非常敬重施韦泽,对这位道德楷模的非洲献身行为十分推崇。当年施韦泽前往非洲丛林献身,爱因斯坦就是少数理解他的人之一,他说:"我觉得,就其最重要的部分而言,兰巴雷内的事业是对我们在道德上麻木和无心灵的文化传统的摆脱。"

而今,施韦泽来到美国,两人相聚在一起,倾情交谈,自是十分高兴。他们探讨社会热点问题,探讨战争与和平问题,探讨核武器问题。

由于非人道的信念所起的作用,这个时代成了一个令人担忧和恐惧的时代。科学和技术的成就,又使人类陷入了如此痛苦的境地。在它的基础上,两次世界大战所使用过的武器的毁灭性力量又有了异乎寻常的增长。核武器拥有巨大的杀伤力,它的出现使一个更大的毁灭和非人道的前景出现在人类面前。

作为一名伟大的科学家,爱因斯坦为核能开发奠定了理论基础。然而,当核武器这一魔鬼从潘多拉的盒子里跳出来之后,人类的生存立即就遭到了巨大威胁。看到这一可以毁灭人类的危险,爱因斯坦立即站出来坚决反对核战争,呼吁销毁核武器,和平开发利用核能。

像爱因斯坦一样,施韦泽也是一位坚决反对核战争的和平人士,他要竭尽全力为销毁核武器而努力。他和爱因斯坦深入探讨销毁核武器问题,广泛与社会名流接触,四处宣传敬畏生命的伦理观,坚决反对核战争。

施韦泽和爱因斯坦的声音是如此一致,为了全人类的福祉,他们的手紧紧握在了一起。

这一次美国之行,施韦泽会见了老朋友,结识了新朋友。在热情善良的美国人民的帮助下,他为丛林医院筹到了一大笔善款,得到了很多新研制生产的药品,特别是获得了治疗麻风病的新方法,这令他十分高兴。

巨大的收获,又一次激活了他的内心,建造一个完全独立的麻风病区的计划再一次在他的心中萌动了。

8

海伦娜是一个值得世人钦佩的女子,为了丈夫的志愿理想,她不顾病弱的身体,陪同施韦泽在非洲丛林里救死扶伤。她太了解自己的丈夫了,知道他心里装的全是非洲人民。

1949年10月,海伦娜又一次陪同施韦泽坐上了轮船,经过长途颠

簸,回到了兰巴雷内。这里的环境虽然艰苦,但对于她来说,能够在霞光掩映的晨晓,操劳忙碌的白天,暮色低垂的黄昏,明月皎洁的夜晚,时刻陪伴在丈夫身边,在离他最近的地方聆听他的心跳,和他一起奉献人生,这样的生活充满了幸福。

爱,滋润着她的生活。人生倘若没有爱,不过一具简单的躯壳。只有爱,才是时光里最大的幸福。人生,因为爱而美丽。

此刻,丛林医院已有几十个工作人员和400多个住院病人了。虽然医疗设备尚不够先进,但施韦泽对此并不是太担心。在他眼里,如果太依赖现代化的医疗设备,常会导致医生和病人之间关系的疏远,没有情感的机器很有可能会在他们之间竖起一道隔离墙。工作中,他更注重的是医生的爱心和医患之间的沟通,他认为只有这样才能真正体现医者对病人的人性关怀。

从医学作为一门人学的角度来看,兰巴雷内丛林医院最大的成就既不是它的医疗技术,也不是治疗各种热带疾病所取得的医学成果,而是施韦泽的医疗团队无私奉献、极尽关爱的形象。事实上,施韦泽以敬畏生命的人文情怀去呵护生命,他如此敬业,如此富有爱心,团队里的每一个医护人员也都像他一样慈悲为怀,带着一颗感恩与奉献的心给予了病人无微不至的照护。施韦泽和他的同事们在大众治疗、自动化和过度组织化的医学时代,能够在非洲贫穷落后的丛林里保持对病人个体的、人道的、无尽的关爱,这是最值得人们敬佩的。

施韦泽坚守在赤道非洲,几十年如一日,为了土著黑人的身体健康,不惜献出自己的一切。从医学的角度看,他是一个敬畏生命、思想和行动高度统一的医学伦理学家,为大家树立了一个仁医典范。对全世界的医生来说,他是真正关爱病人、呵护生命的榜样,是值得全体医务人员学习的楷模。

9

1950年1月14日,施韦泽在兰巴雷内度过了自己75岁的生日。此刻,他已经誉满全球了,从世界各地传来了众多对他的祝福。他是一个肩负责任、淡泊名利的人，感觉自己所做的一切都是应该的。丛林之夜，他徐徐漫步在明月的清辉里，想着不尽的心事，任思绪飞升漂浮。

在热带雨林闷热潮湿的气候里，麻风病患者很多，他们饱受着病痛的折磨和世俗的冷漠。虽然丛林医院有相对独立的几间麻风病房，但完全不能适应对麻风病人的收治，必须拥有一个有一定规模、完全独立的麻风病区。虽然这项工作对于年逾古稀的他来说，无论是体力还是精力都将是一个巨大的负担，而且医院的成本也将因此大大增加，但施韦泽觉得现在美国已经发明了治疗麻风病的药物，丛林村民不应失去这个治疗机会，自己苦点累点，医院多花些费用，全都是值得的。

经过仔细周详的实地调查勘察后，他将地址选在了离医院 800 米处的原始森林边缘，计划借助传教事务所和丛林村民的力量，开辟出一块土地，建一些房屋，包括诊疗室、处置室、病房等，设计床位 250 张。他要将麻风病人在这里集中收治，为他们建立属于自己的家园，让他们能够有机会享受新的化学药物的良好疗效。他知道，这个计划一旦启动，又将耗去他巨大的体力与精力，但为了这些可怜的麻风病人，他再苦再累也心甘情愿。

就这样，建设独立的麻风病区的工作正式启动了，他又一次陷入了繁忙操劳之中。恶劣的气候和整日的忙碌，使海伦娜的身体状况再度变差，已不能再待在兰巴雷内了。5 月中旬，施韦泽将爱妻送回了欧洲。因为放心不下他的病人，在黑林山国王地的家中稍事休息后，他立即就要返回兰巴雷内。

对于丈夫不能再多花一些时间陪伴自己，海伦娜一点怨言也没有。

她爱他，理解他，支持他。她知道，此去一别，又会是很长一段时间，陪伴她的又将是刻骨的思念。

那年那月的那一天，海伦娜站在离别的岸边，深情地挥舞着双手。

这样的分别，对于海伦娜来说，早已是寻常。不寻常的是她伫立在清风里的背影和一颗永远支持丈夫的伟业的赤诚之心。

诺奖感言

1

时光清浅，一如既往地流淌不息。生命的旅程中，不老的岁月记住了一位白人医生与赤道非洲的倾心相约。世事的相框里，定格着施韦泽对丛林村民的真情付出。

流年的歌吟，翩飞在心头。念在天涯海角，心在咫尺之间。施韦泽对非洲人民无怨无悔的真情奉献，有力地保障了土著村民的身体健康，仿若荆棘丛生中旭日的暖，撒向人间的都是爱。

一路走来，风雨飘摇。在赤道非洲气候恶劣的热带丛林里，施韦泽以漫长的、坚韧不拔的、极为艰辛的自我献身，去帮助弱势人群，其爱心从一种自小就有的伦理情感，发展为几十年如一日的道德行为。

丛林深处，草木葱茏，花开满季，情暖三生。温婉的时光里，他以医者的仁爱情怀，将自己的献身行为升华为一份人生的责任。濯一颗尘心，握一份执着，在不如意的现实中，他为生命中的这一场相逢，编织了最美的情节。

施韦泽坚守在非洲丛林，用心聆听村民的心语，以超凡的坚毅，谱写了生命最美的乐章。没有坚定信仰和强大内心的人，根本无法做到这些。无论经历怎样的坎坷，他的内心始终保持着对生命的敬畏。他的道德情操，他的宗教信仰，他的睿智思想，他的坚定信念，成了他最大的精神支撑。

2

1952年7月,施韦泽感到极度疲惫,看完一个病人站起来时,居然脚步踉跄站立不稳,差一点摔倒。一旁的病人连忙扶住他,关切地说:"老博士,你太辛苦了,你没日没夜地为我们治病,你也要注意自己的身体啊。"

"呵呵呵,谢谢你,其实我没有事的,晚上早点睡觉,我就可以好起来的。"

一旁的护士见此情景,也走过来关心地对施韦泽说:"院长,你实在太辛苦了,你就回去休息半天吧。"

施韦泽笑着对护士摆了摆手,说:"呵呵,我可没有那么娇嫩啊,没有事的。你看,还有这么多病人等着看病呢,你赶紧安排下一个病人过来吧,我来好好给他看看。"

"好吧,不过你还是要自己多保重啊。"护士很感动,也很无奈,只好安排病人到施韦泽的诊疗桌前,让他继续不停歇地看门诊。

别看施韦泽口中说得轻松,其实他心里非常清楚,自己的身体在丛林恶劣气候的摧残下,已经病得很重了。他确实应该离开这里,回欧洲好好休养一段时间了。但是不到迫不得已,他怎么可能放得下这里的一切?他继续坚持着,可是一个月后,终于支撑不住了,毕竟他的身体不是铁打的,和别人的血肉之躯没有什么区别。

客观现实面前,他只能屈服了,在小木屋的家里静静地休息了几天。在体质日益虚弱的日子里,在人生的低谷中,他对妻女的挂念竟一日比一日强烈。思念,沿着攀墙的藤疯长。此去经年,是该回去探望一下至亲的人了。

于是,他听从了大家的劝告,在对医院工作做了必要的安排后,依依不舍地辞别兰巴雷内,一路颠簸回到欧洲,探望妻女和孙辈,希望尽早将身体养好。在家里,他尽情享受着亲情的甜蜜。爱,是人生温馨的港湾,累了的时候,让心靠岸。在亲人的拥围下,让疲惫去流浪,使身心彻底放松。

施韦泽在赤道非洲的无私奉献,为他赢得了全世界的尊敬。鉴于他在

非洲丛林为维护土著黑人的健康所做出的杰出贡献以及他对热带病的长期研究，法国政府于 9 月 30 日将帕拉克尔苏斯奖章这一医学荣誉献给了他。施韦泽很看重这一荣誉，因为这是他获得的第一个医学奖章。

12 月 20 日，施韦泽又当选为法兰西科学、道德和政治学院院士，并做了题为《在人类思想发展中的伦理问题》的精彩演讲。演讲中，他对人类思想发展中的伦理问题做了深刻的剖析与反思，将敬畏生命的伦理原则做了系统阐述。

他告诉大家，伦理进步的标志不仅体现在人与人之间互助范围的扩展，更应该体现在人与自然界所有生物的关系上。一个真正伦理的人，他不仅尊重其他人的生命，还应该尊重自然界所有生物的生命，包括动物和植物，这才是真正对生命的敬畏。只有通过与所有生物的伦理关联，人类才能与宇宙建立一种有教养的和谐关系。若能如此，人类的明天必将光芒万丈。

蓦然回首，夜色阑珊，似乎可以听到遥远非洲土著村民的呼唤。带着心的挂念，施韦泽在做过演讲，身体稍微康复一些后，便匆匆告别妻子女儿，一路风尘回到了兰巴雷内。

3

此刻，兰巴雷内的丛林医院越来越受人关注，施韦泽本人也已经获得了诸多荣誉，各种光环笼罩着他，可他并不知道，还有一个更高的荣誉在等待着他。

1953 年 10 月 11 日，他像往常一样在丛林医院里忙着给村民们看病。一名年轻医生突然跑到他的面前激动地对他说："伯父，喜讯来了。"这位医生是施韦泽的一个侄子，受伯父影响去读了医学院，并志愿来到兰巴雷内丛林医院当了一名住院医师。

施韦泽抬头望着他，幽默地问道："什么喜讯呀，是不是羚羊跳进了护栏，自投罗网啦？"

"不，伯父，"侄子十分兴奋，"广播里说，你获得了 1952 年度诺贝尔和平奖。"

"诺贝尔和平奖?"施韦泽愣了一下,随即朗朗大笑起来,"我怎么会得诺贝尔和平奖呢,快别胡闹了,呵呵呵。"

"真的,"侄子抑制不住内心的激动,"我没有开玩笑,我刚从广播里听到这个消息,千真万确。"

"不会吧?我并没有为这个世界做出多大的贡献呀,我怎么会得诺贝尔和平奖呢?你一定是听错了,这个世界上同名同姓的人多着呢,呵呵呵,一定是这样的。"施韦泽依然不信侄子的话。

"伯父,真的是你得了奖,我听得清清楚楚的,广播里说的就是在非洲丛林里志愿服务的阿尔贝特·施韦泽博士!"

这世间,许多事,求之总不得;一些事,从不去想,却自来。生命中,如果你去爱大家,大家也一定会来爱你,这就是因果的魅力。

很快,更多的人来向施韦泽祝贺了,获奖的正式通知也随之而到。

轻抚岁月的沧桑,感怀生命的旋律,伫立窗前,眺望丛林深处那一抹浓绿,施韦泽依然不敢相信这是真的。他太过谦逊,感觉自己不该得到这个奖项,觉得自己所做的工作离这个奖项的要求还差得太远。当他明白自己已无法拒绝这个奖项时,又觉得人们也许该在他死后再授予他这一荣誉可能更加合适。

不知是风吹皱了窗外湖面的涟漪,还是这涟漪荡漾在了施韦泽的心湖里,他对自己荣获诺贝尔和平奖深为感动。

一抹明媚,一瓣馨香,他衷心感谢世人对自己人道奉献的肯定。而今,他必须面对现实,准备领奖和获奖感言了。

4

像以往一样,丛林医院的病人每天都很多,许多手术等着要做。由于其他几个外科医生因为身体原因回欧洲休养了,医院里此时只剩下施韦泽一个外科医生了。事实上,他不仅是外科医生,外科以外的其他任何疾病他都要看,是一个地地道道的乡村全科医生,所以他的每一天都十分忙碌。

而且,离医院800米处单独设置麻风病区的建设工作正在进行之

中,令他暂时也不能离开。他是一个真诚善良、肩负责任的人,像星星一样散发着熠熠光芒。为了医院,为了病人,他毅然推迟了领奖时间,无悔地坚守在丛林医院。

此刻,施韦泽获得诺贝尔和平奖的消息已经传开,大量问好与祝福的信件、电报从世界各地涌向兰巴雷内。一些国家的国王、总统也给他发来了贺电,更有大批记者直接来到兰巴雷内,实地察看丛林医院,了解他在这里的工作与生活情况,对他进行面对面的采访。

"施韦泽博士,请你谈谈你来这里志愿服务的动机?"

"动机?哪有什么动机,这是心灵的呼唤,是帮助弱势人群的需要。这里需要医生,于是我就来了。"

"那么请问,在这么艰苦的环境里,你是怎样坚持下来的呢?"

"是丛林村民的病痛触动了我的心。每一个心中有爱的人,都会像我一样在这里奉献,在这里坚持的。"

"那么请问,你现在年岁已大,你打算什么时候回欧洲去过退休的生活呢?"

"年岁已大?哈哈哈,我可没有感觉自己年岁已大哦,我还能继续为丛林村民们服务,给他们治病是我一辈子的事情,我永远也不会退休的。"

每一个和施韦泽对话的人,都被他对非洲人民的深情厚谊和无私奉献深深地感动。

看到施韦泽在赤道非洲极其艰苦的条件下,历尽艰辛创立的丛林医院正在发挥巨大的作用,看到施韦泽年近八十仍日夜忙碌,不辞辛劳地为非洲人民的健康服务,看到施韦泽幽默乐观、积极向上的人生态度,看到施韦泽情系患者、志存高远、一心为民、无私奉献的大医风范,大家从内心深处对他充满了敬意。人人都明白,在这个世界上,真的还找不出另一个可以代替他的人。

5

1954年,休假的外科医生回来了,麻风病区的建设也暂告段落,施韦泽终于可以暂时放下兰巴雷内的医疗事务,返回欧洲处理一些事

情,领取诺贝尔和平奖,发表获奖感言了。

施韦泽回到阿尔萨斯,和海伦娜甜蜜地相聚。此时,海伦娜的身体状况已有所好转,丈夫的到来令她开心不已。伴着如水的月色,喝一口爱妻为他冲泡的咖啡,施韦泽摊开稿子,静静地写起了获奖感言。

受到邀请,施韦泽于7月28日、29日,在斯特拉斯堡托马斯教堂举办的巴赫纪念音乐会上,作为音乐家在公共场合作了自己最后一次登台演出。

这是一场超一流的演出,他一登台,强大的气场立即笼罩了现场。巴洛克洛可可建筑风格的教堂里,弥漫着从施韦泽指间流淌出的古典音乐的一个个音符。跃动的旋律如此悦耳动听,仿若天籁之音。每当一曲结束,掌声总是经久不息。

10月,在海伦娜的陪伴下,施韦泽前往挪威首都奥斯陆接受诺贝尔和平奖。

11月4日,施韦泽穿着西服,打着领结,在爱妻深情目光的注视下,潇洒地登上了奥斯陆大学的讲台,发表了题为"我的呼吁"的获奖纪念演讲。他环视了一下现场后,满含深情地说:

我要呼吁全人类,重视敬畏生命的伦理。这种伦理,反对将所有生物分为有价值与没有价值、高等与低等。这种伦理否定这些分别,因为评判生物当中何者较有普遍妥当性所根据的标准,是以人类对生物亲疏远近的观感为出发点的。这标准是纯主观的,我们谁能确知这种生物本身有什么意义?对全世界又有何意义?

这种区分必然产生一种见解,以为世界上真的有无价值的生物存在,我们可以随意破坏或伤害它们。由于环境的关系,昆虫或原生动物往往被认为没有价值。事实上,我们的直觉意识到自己是有生存意志的生命,环绕我们周围的,也是有生存意志的生命。这种对生命的全然肯定是一种积极的态度,有了这种认识,我们才能一改以往的生活态度,而开始尊重自己的生命,使其得到真正的价值。同时,获得这种想法的人会觉得需要对一切具有生存意志的生命采取尊重的态度,就像对自己一样。这时候,我们便进入了另一种迥然不同的人生境界。

这时候,善就是:爱护并促进生命,把具有发展能力的生命提升到最有价值的地位。恶就是:伤害并破坏生命,阻碍生命的发展。这是道德上绝对需要考虑的原则。由于敬畏生命的伦理,我们将和全世界产生精神上的关联。平时我都尽力保持清新的思考和感觉,而怀着善的信念,时时依据事实和我的经验去从事真理的研究。

今日,隐藏在欺瞒之后的暴行,正严重威胁着全世界,造成了空前烦闷的气氛。虽然如此,我仍然确信真理、友好、仁爱、和气与善良是超越一切暴行的力量。只要有人始终充分地思考,并实践仁爱和真理,世界终将属于他。现世的一切暴力都有其自然的限制,早晚会产生和它同等或超越它的对抗性暴力。可善良所发挥的作用却是单纯而持续不断的,它不会产生使它自己停顿的危机,却能解除现有的危机,消除猜疑和误解。因此善良将建立无可动摇的基础,而追求善良是最有效的努力。我们常常不使用能帮助我们千百倍力量的杠杆,却想移动重物。耶稣曾经说过一句发人深思的至理名言:温和的人有福了,因为他们必承受土地。

敬畏生命的信念要求我们去帮助所有需要帮助的人,防治大众疫病的奋斗是永远比不上这种帮助的。我们对旧日殖民地的民众所给予的善良帮助,并不是什么慈善事业而是赎罪,因为从我们最初发现航线,到达他们的海岸以来,我们已经在他们身上犯下了许多罪恶。所以白人和有色人种必须以伦理的精神相处,方能达到真正的和解。为了实践这种精神,我们应该推行富有将来性的政策:凡受人帮助,从艰难或重病中得救的人,必须互助,并帮助正在受难的人。这是受难的人之间的同胞爱,我们对所有的民族都有义务以人道行为及医疗服务来帮助他们。从事这些工作时应带着感谢和奉献的心情。我相信必定会有不少人挺身而出,怀着牺牲的精神替这些受难的人服务。

可是,今天我们还深陷在战争的危机里,我们正面临着两种冒险之间的选择。一种是继续毫无意义的原子武器竞赛,以及继之而来的原子战争;另一种是放弃原子武器,并寄望美国和苏联以及其他国家,能在互相信任的基础上,和平共存。前者不可能为人类带来繁荣,但后者可以给人类带来繁荣与幸福。我们必须选择后者。也许有人会以为

他们可以利用原子装备来吓退对方,可在战争危机如此高升的时刻,这种假设毫不值得重视。

今后,我们的目标是使国家与国家之间的问题,不再以战争的方法来解决。我们必须寻求和平的方法来解决问题。我敢表白我的信心,当我们能从伦理的观点来拒绝战争的时候,我们必定能以谈判的方法来解决问题。战争到底是非人道的。我确信,现代人必能创造出伦理的观点,因此今天我将这个真理向世人宣布,希望它不会只被当作虚假的文字看待,以致被搁置一旁。

希望掌握国家命运的领袖们,能致力于避免一切会使现状恶化、危险化的事情。希望他们铭记使徒保罗的名言:若是能够,总要尽力与众人和睦。这不但是对个人之间的关系而言,也是对民族之间的关系而言。希望他们能互相勉励,尽一切可能维持和平,使人道主义和敬畏生命的理想,有充分的时间发展,并且发挥作用。

施韦泽利用诺贝尔和平奖的巨大影响力,在获奖感言中以精彩的语言对全人类发出了呼吁:呼吁人类重视尊重生命的伦理;呼吁人们从善去恶,远离暴行;呼吁人类珍视和平,放弃原子武器,从而避免战争,永远和平共处。

施韦泽发出敬畏生命的呼吁,希望人道主义和敬畏生命的理想能有充分的时间发展,并在现实生活中发挥作用,成为人类和平共处的伦理基础。在他看来,渴望生存、害怕毁灭与痛苦,不但是人类的一种本能,也是每一个生命个体的本能。

他伦理地将生命伦理学的范畴从人扩大到全部生物,强调了敬畏生命对于人类命运的重要性,只有这样,我们才能和全世界产生精神上的关联。他理性地告诫世人,善就是爱护并促进生命,恶就是伤害并破坏生命。

他呼吁平等、博爱与和平的精神,坚定地认为当人类能从伦理的观点来拒绝战争的时候,必定能以谈判的方法来解决问题,从而为世界赢得和平。他的字里行间充溢着正义、理性与博爱,为了世界和平与反对核战争,他在竭尽一切地努力着。

正是鉴于对人类命运所肩负的无限责任，才有了施韦泽这个被称为"良知的宣言"的诺贝尔和平奖获奖感言。

6

诺贝尔和平奖是五个诺贝尔奖项中的一个。根据诺贝尔的遗嘱，和平奖应该颁给"为促进民族团结友好、取消或裁减常备军队以及为和平会议的组织和宣传尽到最大努力或做出最大贡献的人"。此次施韦泽获得诺贝尔和平奖，代表了全世界对他的尊敬和推崇。

颁奖委员会给出的获奖理由十分简单，就是他揭示了一个极为重要的哲学理念——他把自己对生命的思考总结为"敬畏生命"。

这是一个极为了不起的概括，蕴含了认识生命、敬重生命、热爱生命、呵护生命的至深内涵，对于人类的未来有着极为重要的意义。这么伟大的一个理论，听起来却如此简单、浅显，几乎所有的人都能明白其中的意思——无论你是何种信仰、背景、肤色、性别、民族，所有的人都应该敬畏生命。

敬畏生命不仅是一种哲学理念，一种生命伦理观，更是一种对待人生的积极态度。要想真正认识施韦泽，就得更加深刻地去理解他的哲学思想——敬畏生命。请看诺贝尔奖颁奖委员会的授奖辞："对人类自由平等的热爱，以及达到四海一家，在为非洲人民医疗服务过程中的自我牺牲精神。"

诺贝尔奖颁奖委员会的这个颁奖辞，简洁而精要，对一位丛林乡村医生给予了最高的评价。老骥伏枥，志在千里；烈士暮年，壮心不已。浮华尘世，有这么一位老人，他要用尽自己一生的精力，以一颗感恩和奉献的心，为人类求得一个永久的安宁！

7

诺贝尔和平奖并不是施韦泽期待的收获。他对非洲人民的真情付出，完全是无私的，不求任何回报。而今，当这个荣誉意外来临的时候，他并没有表现出太多的欣喜，反而觉得内心不安。自然地行走，自

然地面对,这才是最好的人生姿态。当记者问他将怎样使用这笔奖金时,他立即不假思索地说:"当然用在兰巴雷内丛林医院上,用在改善丛林村民的医疗条件上。"

对于施韦泽而言,自从来到兰巴雷内,在热带丛林的烟雨深处,他所有的心思都用在了土著黑人的健康和丛林医院的建设上。

人间自是有痴情,此情不关风与月。来到非洲,是一种缘分,一份命中注定的感情。今生今世,只盼丛林村民的身体健康能有保障。

事实上,在他获知自己获得诺贝尔和平奖这项殊荣后,就为这笔奖金做了盘算。他要把奖金用来改善医院的条件,购买建设独立的麻风病区的水泥、木材、铁皮屋顶等建筑材料。而正是利用这笔奖金,他最终完成了麻风病区的建设,在离丛林医院 800 米处独立建起了一个可以容纳 250 名麻风病人的麻风村,造福了许多麻风病患者。

施韦泽出生的时候是德国人,一战后成了法国人。走过了一季又一季的人生,国籍对他来说已不重要了。他爱德国,爱法国,爱整个世界。他爱音乐,爱上帝,爱人类,敬畏这世上的每一个生命。

8

施韦泽获得诺贝尔和平奖,并在奥斯陆发表获奖感言,全世界的目光都聚集到了这里。

在奥斯陆,政府部门为施韦泽获奖举办了盛况空前的庆祝活动。在人生漫长的旅程中,施韦泽第一次经历专为自己举办的这样盛大的庆典,这令他激动万分,又深感不安。这次领奖,对他来说既是一种经历,又是一次成长,更是一场修行,让他的人生折射出了更加明丽的光芒。

星期六的傍晚,落日的余晖洒在大地上,用它一天最后的绚烂,装点着这个北欧的名城。在有关部门的安排下,奥斯陆的青年代表们激动地聚集在市政厅。施韦泽置身于青年中间,愉快地与他们交谈,向他们介绍非洲丛林的情况,宣传敬畏生命的伦理学思想,呼吁大家共同为世界和平而努力。

看着青年们赞同的目光,施韦泽非常欣慰,他说:"我们每个人都应该以适合自己的方式去最大限度地实现自身价值。我们应该把自己一部分的时间奉献给我们周围的人,为需要帮助的人们做些有益的事情。虽然你不能由此得到什么奖励,但你最终会真切地感受到,这样的人生才是真正美丽的人生……"

施韦泽和年轻人交谈得很投入,不知不觉,天已经完全黑了。这时,从窗外传来了一阵阵欢呼声,大家聚到窗前向外望去,但见大学生们正在举行烛光游行。欢乐的人们聚集在市政厅的阳台前,他们热情地邀请施韦泽夫妇来到阳台上接受他们的敬意。

夫妇俩站在阳台上,面对万千烛光和欢呼的人群,心里十分激动。施韦泽在非洲丛林里,以自己山长水远的人生,独守着一方蓝天,一花独放,灼灼其华,从不期待别人前来欣赏他。而今,他却得到了如此高的荣誉,被万人赞颂。作为一个理性善良的人,在感动之中他也感到了深深的不安。

感动于施韦泽对非洲人民的自我献身精神,挪威两家报社发起了一个支援施韦泽的非洲善举的募捐运动,筹建"兰巴雷内的挪威病房"。募捐运动得到了社会各界的积极响应,大家慷慨解囊,所募款项居然超过了诺贝尔奖的奖金数目。

施韦泽非常高兴,他感谢挪威人民对他的慈善义举的大力支持,感谢大家对非洲人民的关心与爱护。对于自己的献身义举能够感动和鼓舞整个民族,他深受鼓励,下决心在未来的日子里,为人类奉献更多的精力与智慧。

9

在获得诺贝尔和平奖后,世界各国又给了施韦泽许多荣誉,联邦德国授予他德国科学、艺术最高奖——和平奖,法国巴黎授予他大金质奖章,英国女王授予他最高英国国民勋章,歌德的故乡法兰克福以他的名字命名了一条"施韦泽街",很多地方建起了"施韦泽学校",一些国家为他发行了荣获诺贝尔和平奖纪念邮票……然而,所有这一切,并没有在施韦泽的心中停留过久。他走过了人生的沧桑,不为虚名所累,很快就收起了多彩的记忆,将这辉煌的一页匆匆翻过,迅速回归到既往的简单之中,让心安静下来。

1954年12月,海伦娜不顾身体虚弱,再一次打点好行囊,陪同丈夫一路风尘回到了兰巴雷内。能跟随丈夫从事救死扶伤的慈善事业,对她来说就是今生最大的幸福。一路上,多快乐,与他同行走过的每一步,都在充实着生命的意义。

于是,在非洲丛林的兰巴雷内医院里,施韦泽身边又多了一个形影不离的身影。海伦娜又一次成了丈夫工作上的好帮手,生活中的好伴侣。

施韦泽的无私付出和荣获诺贝尔和平奖的殊荣,使奥果韦河流域的土著黑人更加信赖丛林医院了。每当有人病了,村民们马上就想到了老博士,他们或划着独木舟,或抬着担架踩着长满杂草的林间小道,将一个个病人送来丛林医院,放心地交到老博士的手中。

丛林医院真正成了土著村民的健康圣地了。

化作永恒

1

流光似水,远去无声。

苍天不老,人生易老。

1957年,施韦泽已经82岁,海伦娜也已78岁了。为了自己的献身理想,施韦泽仍在努力工作着。但是,海伦娜的身体状况越来越差。她满头银发,身子佝偻,弯着腰,双手不时颤抖,只能费力地依靠拐杖走动。由于许多年前在瑞士的一次滑雪过程中脊柱受到了损伤,随着病情的加重,她的腰现在已经直不起来了,行动自由受到了限制,只能坐在阳台上眺望丛林。她在过度操劳中长期忍受着赤道的闷热与潮湿,热带贫血引起的并发症也越来越严重,现在已经到了生命的极限。

此刻,太阳已经落下山去,夜的黑幕已经拉开。带着对这一方山水的无限眷恋,她努力向远处眺望,想要看清丛林深处的每一道河湾,看清远方的每一道山冈。然而,随着夜色渐浓,她的眼前竟越来越模糊了。

在逐渐老去的时光中,海伦娜的病情越来越严重,她执意陪在丈夫的身边,见证他的志愿服务善举,可是进一步恶化的健康状况,已不允许她在热带丛林的恶劣环境里再多待一天了。

5月22日,在一位护士的陪伴下,施韦泽安排海伦娜回欧洲去接受治疗。想到此番一去将天各一方,再相逢已不知何时,海伦娜的心头有一种滴血的痛。在一起的日子是如此美好,怎舍得就此别离?

分别时,怀着一腔离愁别绪,海伦娜伤感地对丈夫说:"我舍不得离开你,想和你在一起,直到永远。可是,我这不争气的身子,无法让我再在这里陪你了。我离开的这些日子里,你一定要照顾好自己。"

对施韦泽来说,海伦娜是独一无二的,是这个世界上最欣赏他、最懂他、最爱他的人。在她的心中,丈夫就是自己的天。风雨几十年,欣赏过了漂泊旅途上的一道道风景,便也铸成了一份永恒的情感。

"珍重。"海伦娜抽噎着说道。

"珍重。"施韦泽低声应道。

"珍重"两字从海伦娜口中说出时,她的心儿已碎,眼泪如断了线的珍珠从她的脸上滚滚而下。

此番离别,远去天涯,不知何时才能再相聚,怎不令她肝肠寸断,喟然涕下。

施韦泽口中应着"珍重",心里却多了一丝不祥的征兆。既是说出了如此珍惜的话,就该是一场特别刻骨的别离。她已病得形销骨立了,这一次分别,不知是否还能再相聚。

对于施韦泽夫妇来说,爱有多深,分别时心就有多疼。爱的分别,是一种难以言说的感觉。今日的分别之痛,只为他日的相聚变得更加甜蜜。期待她的身体能再一次好起来,可以早日重回非洲丛林。到那时,一定要在月光下为她弹奏一曲最美的曲子——爱在丛林。

海伦娜必须走了,她的病体不允许她再做多一刻的停留。风刮过树梢,落叶飞扬,仿若灵魂深处无处可安放的忧伤,在四处飘荡。

望着妻子憔悴的眼眸,施韦泽难过地与她道别:"亲爱的,你安心养病去吧,等医院工作稍微空一些时,我就来欧洲看你。"

"嗯,一定!"海伦娜的声音里充满了不尽的期待。

在护士的搀扶下,海伦娜缓缓走上了河轮。随着轮船离岸,她的心底涌起闲愁万缕,止不住又一次泪如雨下。

天地寂寥,河岸怆然。望着爱妻远去的身影,施韦泽的心里立刻变得空空荡荡了。天色向晚,送别的人都已回去,唯他还孤独地站在码头,泪眼模糊地眺望着轮船消失处的江面。

涛声如泣,斜阳似血。此番别过,何日重逢?

2

岁月在四季的轮回里逐渐走远,生命在走过了黎明、走过了晌午、走进了黄昏之后,也将在某一个日子里,伴随着夕阳一同坠落。

海伦娜回到瑞士,远离丈夫,在苏黎世的一家医院里接受治疗,独一弯残月陪伴着她。她等待着不久的那一天,丈夫会放下医院的工作,不远万里前来看她,苦苦思念的一颗心里布满了孤独和沧桑。

静夜里,她睡在病床上做了一个梦,梦见天空下起了暴雨,花在枝头被雨点打得纷纷散落。很快,天又转晴,彩虹高挂,蓓蕾绽放,花又开放得分外香艳。

可是待她醒来,依旧一个人孤独地躺在病床上,四周一片死寂,漫过心底的,竟是深深的绝望。她哭了,伤心地抽泣着。梦中的一切可以重来,可是人生呢?

相聚的日子总是短暂,离别的日子总觉得漫长。守候在时光的长廊里,苦等着丈夫的到来,她的这一份化不开的思念,除了泪水再也无人倾听。

寂寞病痛之中,相思无穷无尽。经过了最后的抗争,海伦娜的生命依旧没能像经历了暴风雨的花朵一样再度绽放,而是像一片泛黄的秋叶,在风吹中静静地飘落,凄凉地化作了一曲离殇。

6月,令人悲痛的消息传到了兰巴雷内:海伦娜已在苏黎世的医院里病逝了。在她离开人世的时候,呼唤着丈夫的名字,只影孤灯,泪流不止,唯一的心愿就是在自己死后,把骨灰送回兰巴雷内,安葬在他们夫妇小木屋的窗下,陪伴在丈夫的身边。

听到海伦娜离去的消息,施韦泽在刹那间泪盈满眶。这么好的一个女人,她把美丽柔软的感情全都交付给了他,而在激滟红尘中,走过岁月山河,历尽劫数,尝遍百味之后,他却没能给她一份起码的安稳,甚至在最后的日子里,也没能陪在她的身边。

他难过、他伤心、他自责,这一刻,她的笑意、她的温情、她的明眸,尽在眼前。那一次的错过,竟然成了永别。一想起她离去的背影,施韦泽的心便痛如刀绞。

人生苦短,海伦娜的美丽生命,终究随了漫漫红尘决绝而去,化作他心中永远的痛。

在一个细雨无声的日子里,施韦泽迎来了海伦娜的骨灰。他流着眼泪,将骨灰葬在了他们卧房的窗下。

每一份感情都期待着一个最美的结局,而今她安息在丛林里,终于可以如愿,天天陪伴在自己心爱的人身边了。

雨季来临,绿肥红瘦。花在雨中呻吟,叶在雨中苏醒。滴答的雨声,如泣如诉,淋湿了施韦泽绵长的记忆。那些远去的时光,开始在雨夜里重现,一路上携手走过的风景,一一在眼前展现。

回眸探看,这一份揪心的情思,在流光中飞落成片片的伤心。空山静雨里,寂寞如孤鸿,冥想她往昔的模样,依然清丽如故。

"听,雨滴声声,那是我对你的呼唤,在把你深深地念起!"深深思念着亲爱的妻子,施韦泽一个人喃喃自言道。这一生能够坚持到今天,皆因幸运地遇见了她。

而今,爱人已去,所有刻骨铭心的感情,都已化作生命里绵绵不绝的惦念。施韦泽站起身,慢慢地踱到窗前,他呆呆地看着窗外,用心聆听自己的心音,将亲爱的妻子深深地思念。

细雨如丝,丝丝缱绻,任寂寞在雨中湿透,任相思在夜里成冢。

3

情有多深,意有多长,都抵不过亲人的相依相随,永远相伴。

作为女儿,赖娜十分理解父母这辈子的情感与追求。父亲把自己的一生全都无私地奉献给了非洲丛林苦难的人们,母亲则把自己的一切完全奉献给了父亲和他的事业。而今,母亲已彻底融入了丛林的土壤,长眠在父亲的身旁。而父亲,虽已十分年迈,却还在为非洲人民的身体健康做着最后的操劳。作为女儿,赖娜觉得她此刻要做的,就是好好陪在父亲身边,为父亲做最后的分担。她是一位了不起的女性,像她的母亲一样娴静优雅、知书识礼。在父母潜移默化的影响下,她对非洲人民充满了感情,毅然接过家庭的传承,来到兰巴雷内,守着父亲和长

眠在这里的母亲,让自己的芳菲年华在热带雨林里像花儿一样绽放。

在丛林医院,赖娜担任实验室的负责人,帮助父亲处理一些事务性工作。岁月就是如此,在见证了一代人的奉献后,又将敬佩的目光投向下一代人,看着他们成长,并将其书写成历史巨著中的又一个感人的篇章。轻轻翻动书页,从泛黄的记忆里,我们可以寻找到太多生命的感动。

女儿的到来,亲情的陪伴,给了施韦泽巨大的安慰,但依然不能减轻他对妻子的思念。满怀一腔心事,想念一个人,这一份不语的情怀,错落了多少诗行。沧桑人世间,人往往会在一瞬间成熟,在一瞬间变老。他一直是个不知老之将至的人,精力充沛,整日忙碌,不肯停歇。而今妻子的离去,令他突然意识到自己已经是个耄耋之人了,探寻心灵深处,竟然堆满了岁月的残片。

轻轻地铺开一纸素笺,将心中所有的思念和情感都融入字里行间。读着一页页墨迹未干的日记,看笔墨间游走的岁月,施韦泽不知道自己还能写多久,也不知道未来的路还有多长。于是,在某个不眠之夜的深思之后,他决定亲自动手,给海伦娜做一个十字架,用心传递出对妻子的至深情感。

想那如花美眷,都付与了似水流年;想那青春岁月,都化作了苍烟夕照。曾经的缠绵都已经远去,当年的韶光也已消逝,而今只能借着无言的十字架,将往昔的记忆来追思。

连续花了几个晚上的时间,施韦泽为亡妻精心制作了一个木十字架,写上了"海伦娜·施韦泽,1957,逝世于苏黎世"字样。于他而言,这个他一生珍爱的女子虽然已经不在人世了,却依然鲜活在自己的生命里。她那不老的灵魂,时刻陪伴在他的左右。他处处都能感觉到她的存在。

夜深人静之际,最是辗转难眠之时。

思念,在黑夜里滋长,风从窗外吹来,爱人的呢喃在耳边回响。

那年,那月,那时光,都在一幕幕回放,仿若往事就发生在昨天。

她,依然那么年轻,那么美丽,是他永远的"只如初见"。这一份思念,成了晚年施韦泽夜间的功课。无论月圆月缺,透过浸着月光的镜子,总可以看见她的如花笑靥。

4

施韦泽把海伦娜的十字架立于卧房窗下她的墓前。每当晨曦初露,清风踱进窗牖,他就伫立窗前,凝眸十字架上妻子的名字和墓旁那棵棕榈树。"海伦娜"这个名字,已经凝聚成了一份花开时的宁静,芬芳在他的心间。墓旁这棵棕榈树,愈发苍翠挺拔,莫非是自己的爱人转世,化作了这树上的片片绿叶,以娉婷清雅的姿态端然于丛林之中?

人生,是一场漫漫的旅程。以花的芳容、树的姿态伫立于你面前的,不是你最爱的人,还会有谁? 拾一掬月华,挽一缕清风,往日的缱绻,那些相伴的日子,永远不能相忘。

从此,在每一个云淡风轻的日子里,都将截留下一段或短或长的光阴,静静地思你,与君安然。

驻足在人生的长河边,隔着岁月的依稀,回味匆匆流逝的华年,想要掬起,已是不能。走过阳光灿烂,穿过风雨迷离,听流水轻吟长河,望白云漂浮碧空,不知不觉,自己的爱人就这样悄无声息地匿迹于岁月的渡口,再不能相见。

爱人的名字,想起来就是温暖,那是心中永不会老去的美丽。素色时光里,从不言说,因为爱在心中,心由此变得分外温馨。

安置好海伦娜的十字架后,施韦泽又为自己做了个十字架,上面只写了"阿尔贝特·施韦泽"这几个字。他知道总有一天,他会停止在这世上的劳作,去与爱妻地久天长,这将是他这一生最幸运的事。

生命中,那些鲜花满径的日子,抑或风雨飘摇的瞬间,都将成为今生的记忆,如有来世,也终将化作转世后的最美风景。

5

伫立于光阴的水岸,施韦泽越来越感到自己的年老,然而在医院里上班的时候,他的工作热情和精神状态不比任何人差。

白天,他依然忙碌在诊室里,不辞辛劳地给丛林村民看病,遇到一

些难度较大的手术,坚持到手术室里现场指导。他喜欢到麻风病区去,和麻风病人握握手,拉拉家常,问问他们的身体情况,没有一点世俗的偏见,令那些饱受歧视的麻风病人十分感动。

一天的忙碌结束后,吃过晚饭,他一定要到病房里去看望病人,这是他几十年来养成的习惯。回到小木屋里,他会坐在钢琴前,披一身皎白月光,弹上一曲巴赫的作品。每当这时,美妙的乐声就会悠悠地从窗户里飘出去,回荡在丛林的夜空。

此刻,他的身边常会坐着一个美丽的女子,像花一样盛开在他的身旁。她静静地听他弹奏,就像海伦娜当年一样专注地倾听着,只觉得他指尖流淌出的每一阕乐曲都是温暖灵动的诗篇,仿若花开嫣然的风景,馨香悠远。

她,就是赖娜,施韦泽和海伦娜的爱情结晶,他们事业的接班人。一曲乐声,一份懂得,唯美了星月下的百花。捻花为梦,掬月在心。而今,她追随父母的足印,把自己活成了一朵花的姿态,在皎白的月光下,立于苍莽的丛林之中。

6

清浅的流年里,沉淀着世事沧桑。季节的叶片上,记录着发生在丛林深处的一个个故事。奥果韦河水面上来往不息的汽艇与小舟,将康复的病人送回家去,又把新病人送来医院。丛林医院,真正成了丛林村民心中的白色圣殿——呵护健康与生命的圣地!

生命中有许多感动,源自生命本身。丛林医院常有挺着大肚子的孕妇前来分娩。每当这时,施韦泽总是特别高兴,他亲切地喊着她们的名字,和她们拉着家常,像一家人一样。

"噢,这日子过得可真快啊,一眨眼,你自己也要当妈妈啦,真太神奇了。"

"嗯,老博士,只不过又要给你添麻烦啦。"

"哈哈哈,哪里添麻烦,我高兴还来不及呢。你想生个男孩哦?"

"不,我想生个女孩。"

"好呀,祝你如愿生个女孩。"

原来,这些孕妇当中,有许多是他当年接产的女婴,他看着她们一路成长。而今,她们已经长大了,并且嫁了人,马上就要当妈妈了,怎不令他感到高兴。

一份情缘,清清浅浅;似水流年,花开有痕。那些生命留白处的阳光,温暖了岁月,明媚了时光。看到当年自己接生的女婴成了母亲,看到她们的孩子出生时,那一声声生命的啼哭,总会令他在生命的感动中意识到自己真的老了。

沿着时光的隧道,走向人生的终点,拾一枚风花雪月,让这苍老的生命,优雅地走过春夏秋冬。季季花开,丰盈了生活,饱满了人生。只不知能否用今生的执着,来守住这一生最美的花开?

1959年,84岁的施韦泽身体疲惫,热带贫血症状又明显加重,在同事们的劝导下,赖娜陪他返回欧洲休养了一阵子。

他是一个充满责任的人,在汉堡期间,阿尔贝特·施韦泽学校的师生请他讲话,他给他们讲发生在水与丛林之中的故事,要大家崇尚人道与奉献,对生命敬畏,成为爱的践行者。

在巴塞尔,人们要他谈一下世界和平问题,他说了自己对当今世界的看法,对愈演愈烈的核竞赛予以了坚决的谴责。他说:"如果我们使用非人道的核武器,那么我们便将变成非人道的人,将人类带上毁灭之路,这太可怕了,现在是结束人类历史上这可怕一幕的时候了。让我们大家携起手来,共同保卫世界和平,为人类的前途与命运而不懈努力吧!"

施韦泽虽然人在欧洲,心却留在非洲丛林里。由于放不下心中的牵挂,他随即和女儿重返兰巴雷内,每天都坚守在丛林医院里。他知道自己已来日无多,更加珍惜每一寸光阴,尽可能多为丛林村民操一份心、尽一份力。

1960年1月14日,施韦泽在兰巴雷内度过了自己的85岁生日。半年以后,法属赤道非洲宣布独立,成立了加蓬共和国,这里的人民从此摆脱殖民统治获得了自由。这个刚刚成立的国家,立即把第一枚赤道十字勋章授予了施韦泽,并于7月23日发行了1枚以他的肖像为图

案的施韦泽纪念邮票，以感谢他为加蓬人民所做出的巨大贡献。

7

1963年4月18日，丛林医院举行了施韦泽夫妇到非洲志愿服务50周年纪念活动。

整整50年前的1913年4月，施韦泽在新婚妻子海伦娜的陪同下，第一次来到非洲，沿奥果韦河溯江而上，坐一叶独木舟，划进热带雨林中的兰巴雷内，在水与丛林之中建起临时诊所，在极其艰苦的条件下竭诚为土著黑人服务，结束了当地30多年没有任何医疗保障的状况。他用高超的医术和一颗大爱之心，维护了无数人的健康。对于丛林村民来说，施韦泽就是他们的再生父母。对于施韦泽来说，丛林村民的健康，是他最大的心愿。

行走于尘世，与丛林村民结下至深的情缘。半个世纪走过的时光，在心间留下了深深的印记。人生之路，总有沟坎；生活的味，总有苦涩。深的，浅的，心底都流淌着一抹难忘的记忆。就让这个执着的身影，行走成风中的典雅，无论时光如何流转，都将一如既往，直至化作丛林永远的生命卫士。

年年岁岁花相似，岁岁年年人不同。此时，海伦娜已经去世6年，施韦泽在爱妻亡灵的陪伴下，坚持着自己的善举，用一片赤诚书写真情漫漫。50周年庆祝会上，所有的人都向他表示了敬意，很多黑人小孩为他献上鲜花，围着他跳舞。

面对大家的祝福，施韦泽非常感动，他对大家说道："感谢大家这么关心我，爱护我。我常常这样问自己，假如我不来这里，我的生活将会怎样？我始终觉得，我是一个非常幸运的人。我有幸来到兰巴雷内，在这里找到了我追寻的东西：爱、信任、乐善好施和有益的工作。我生活在你们中间，一起经历了两次战争，互相之间建立了深厚的友谊。我能留在我热爱的这片土地上，这是我的幸运。和你们在一起，我觉得就是在自己的家里。我知道，直到最后的一刻，我都属于你们。"

说这话时，施韦泽很动情，大家再一次报以热烈的掌声。晚餐过后,施韦泽像平常一样弹起了钢琴,大家围在四周唱起了歌,像一大家子一样亲密无间。一曲弦音轻抚,灵动飘逸的旋律里,生命中的美好都跃然指尖。

8

日子在指尖轻轻地滑过,仿佛越走越快了。施韦泽知道,这是人到晚年的特征。

1964年,他已经89岁了,尽管依旧步伐有力,但他明显感到特别容易疲惫,开始有意无意地与人谈论死亡。当他接到欧美的演讲请柬时,总是毫不迟疑地予以谢绝。他说:"我在非洲度过了自己的大半生了,我的身上早已打满了非洲的烙印,现在我已经很年迈了,明天到底怎样已经很难预料了。我出生在欧洲,大部分时间生活在非洲,我应该死在非洲才对。所以我不能再离开这里了,如果离开这里在世界上其他地方突然死去,我会特别难过,我的非洲兄弟也不会理解我的。"

就这样,晚年的施韦泽固执地以自己的一片真情,坚守在非洲的丛林里,静静地等待自己与这片土地融为一体的那一天到来。

穿过岁月的沧桑,循着记忆的长河逆流回溯,有许多往事都应该将其好好保存。只要懂得珍惜,即使是一些淡淡的过往,在回忆中也必定充满甜蜜。很多尘封的故事,被馨香的笔墨镌刻在笺底,在时光里温婉与铭记。

回眸,是生命的概括;总结,是人生的安慰。于是,施韦泽在医疗工作之余,花了一段时间来整理他的大量手稿,包括一些日记、哲学思考、回忆录和未完成的著作。在兜兜转转的光阴之后,他觉得有必要给这些东西做个安排了。

他把这些年来一些重要的信件整理好后编了号码,大量的书籍也一一编制了目录。然后,在女儿和同事们的帮助下,把它们装进5个大箱子里,运回了欧洲。这些资料大部分被赠给了母校斯特拉斯堡大学,另一些以回忆为主的手稿被放在了根斯巴赫的亲戚处。

一切做了安排以后,他了却了心事,幽默地说道:"人们在离开房子之前,必须把它整理好。现在好了,我已经完成了整理工作,可以随时离开了。"

就这样,他一个人静静地坐在夕阳里,拾掇着过往,而对亡妻的思念,也愈发浓郁了。

9

岁月轮回,年华逐渐苍老。1965年1月14日,施韦泽迎来了自己90岁的生日,世界各地的祝福也纷纷涌向兰巴雷内。

在他的小木屋里,他对给他庆祝生日的医务人员说:"在这间小屋子里,在这个桌子边,你们来为我过生日,祝我生日快乐,我真是太幸福了。就我的一生来说,最重要的是我的医院。你们放弃欧洲的舒适,来到这闷热潮湿的丛林里工作,帮助丛林村民,使他们的健康能够有所保障,对此我非常感谢你们。"

施韦泽动情地讲着,大家静静地听着,眼睛渐渐湿润了。施韦泽继续说道:"此刻,我想起了我开始行医的日子,眼前浮现出在最艰难的时刻和我一起工作的人们,虽然他们大多已经去世了,但我仍然想念着他们。他们给了我勇气,和我一起创办诊所,正因为有了他们,我才能够坚持到今天,才有了医院的今天。"

施韦泽停顿了一下,看着正在悄悄抹泪的同事们,说:"我特别要感谢在座的各位,因为你们的不懈努力,医院的现状好得超出了我的期待。此外,我还要感谢欧洲关心我们、为我们送药品送设备的朋友们,感谢所有关心医院发展、真诚帮助我们的人们……感谢大家,是我这个生日最为重要的事情。"

尽管别人看来这位可敬的老人一直都很健康,但只有他自己明白,他已是垂暮之年的人了,最后的时刻已越来越近。从他刚才讲的这段话中,就可以看出他已经知道自己的人生就要走到尽头了。

这时候,美国医生约瑟夫·蒙塔古前来访问兰巴雷内丛林医院,专访了施韦泽,两人进行了愉快的交谈。蒙塔古问他:"你以长达半个多世纪的时间坚守在这里,是什么支撑着你?"

施韦泽答道:"是信念,帮助弱势村民的信念。我的心要求我必须这么做。"

蒙塔古又问:"我们都是医生,我在都市里行医,你在丛林里行医,你认为做医生最重要的品德是什么?"

"爱!"施韦泽毫不思索地答道,"爱生命,对生命敬畏!"

稍顿,他又对蒙塔古说:"你回美国后,写有关兰巴雷内丛林医院的报道的时候,请你把我对医生这一职业的亲人般的情意的尊重表达出来。我觉得,与许多其他职业相比,医学充满了爱,散发着人性的温暖。"

兰巴雷内之行,令蒙塔古对医学有了新的理解。他感谢施韦泽以他的无私奉献与人道实践,为全世界医务人员树立了一个光辉的榜样。

10

赖娜陪伴着父亲,一边在实验室里工作,一边参与医院的行政事务管理。受父亲的影响,她越来越喜欢这里了。

令施韦泽特别高兴的是,外孙女克利斯蒂娜受外公的影响,也选择了学医,正在瑞士读医学院。施韦泽感觉自己后继有人了。

作为一名丛林医生,一个哲学家,在经历了长久的人生奋斗之后,施韦泽对医生的职业有了更深的理解。医学作为一门神圣的职业,肩负着救死扶伤的使命,附加了远远超过职业本身的道德内涵。他特别看重医学的哲学属性和人文情怀,坚信医生开给病人的第一张处方就应该是关爱。

8月底,施韦泽感到浑身不适,不思饮食,卧床不起。回首如潮的往事、走过的悲欢,他感觉到自己已经走到生命的尽头了。他把赖娜叫到身边,慈爱地对她说:"女儿啊,操劳了一生,我终将去见你的母亲了,我是多么的高兴啊。在我死后,你先把消息告诉家里人和斯特拉斯堡的熟人,并按照文件执行遗嘱。另外还要多考虑病人和黑人朋友的感情。至于安葬,要像安葬兰巴雷内的其他人那样,一定要简单、迅速,葬在你母亲的身边。人生的晚年有你陪在我身边,我感到特别知足。"

向女儿交代完后事,施韦泽便安静地昏睡了过去,呼吸变浅,脉搏也越来越微弱了。他这一生操劳太多,太辛苦了,心中装着别人,唯独没有他自己。而今,他终于睡下了,如此安详。天之涯,海之角,水之湄,山之巅,请不要再去流浪了,就这样睡吧,睡吧。

然而,他又突然醒了过来。9月4日,他一度清醒,精神矍铄,并想起床看一眼窗外的风景。可是,他很快就又陷入了昏迷。他是放心不下丛林医院,放心不下非洲的兄弟姐妹。遗憾的是,他再也站不起来,再也无法去看一眼美丽的热带丛林,去看望他的病人了。

时光终无涯,聚散却有时。当晚11时30分,这位兰巴雷内的坚守者,这位慈悲的丛林医生,这位敬畏生命的道德楷模,终于走过了山长水远的流年,走过了世事沧桑,走过了人生的全剧,在丛林的小木屋里落下了此生的帷幕。

月,沁凉如水,洒落一地轻寒。他的离去,像丛林里其他黑人一样,像根斯巴赫小山村外雷帕山上的落叶一样,静静地,无声无息地,悄然而去了。

父亲走了,这样安静地走了。他穿越了世纪风雨,走过了季节轮回,终于可以放下对丛林村民的牵挂,长久地安息了。赖娜发电报、打电话给叔叔保尔、阿尔萨斯的其他亲戚和根斯巴赫的老朋友。她脸上挂着泪水,平静地说:"父亲去了,他是安恬、尊严、幸福、慢慢地故去的,好像睡着了一样。"

施韦泽来这世上走了一圈,留下鲜花、芳草、爱心、奉献,撒下了一地的芳华。他留给这个世界的最后表情是那样的安详,留给我们的记忆是那样的绵长。他完美地实践了人道主义,出色地将自己的生命与浩瀚宇宙永远融合在了一起。他的人道精神和敬畏生命的理念,化作了璀璨的星空,照耀着人类的思想家园。

尾　声

1

　　碧蓝的天空下,凝眸雨雾氤氲的热带丛林。一棵棵高大的乔木高耸不见其端,乔木下面灌木丛生,灌木下还生长着茂盛的草丛,层层叠叠,密密麻麻。大自然的每一寸空间,都有生命的能量在勃发。

　　这绿意盎然的茂密丛林,阳光蓦然从树缝之间穿插游走,闪光在一片片深深浅浅的水洼上。这是热带森林对生命的诠释,更是对水与阳光无私馈赠的感谢。它走过了风,走过了雨,走过了风起云涌的时代,走过了岁月沧桑的变幻。而今,它走出了困境,走出了苦难,正在走向生动、精彩、花香弥漫、林海参差的明天。

　　施韦泽的一生,就像这热带雨林一样,虽历经风雨,却生机勃发,每一天都在努力,每一天都在奉献。他携着一颗永不变色的爱心,走过岁月四季,走过风雨流年,从风华正茂走到霜染华发,坚守在贫瘠落后的丛林深处,与非洲人民执手天涯,风雨无悔。在兰巴雷内这片热土上,他像蜜蜂一样每天都在辛勤地劳作,用忘我奉献的善举,活出了生命的精彩。

　　作为一名哲学家,一名医学博士,一名丛林乡村医生,他胸怀大爱,情系患者,救死扶伤,不辞艰辛,为非洲人民的福祉无私地奉献自己,完美地诠释了敬畏生命的伦理理念和医圣希波克拉底誓言的至深内涵。

　　医学的手段是有限的,医生的情感是无限的。半个多世纪的春华秋实,他在呵护生命的过程中所体现出的医者之爱,他在反对战争、呼唤和平的不懈努力中所发出的声声呐喊,为全世界竖起了一座巍巍的

道德丰碑。

过往的岁月，总是用黑与白来泼墨写意，厚重的历史一页页翻开，唤醒了丛林不老的记忆。时光深处，素色洇染了苍茫岁月的一语心笺，在一个个皎白月光浸染大地的夜间，轻抚云烟的细软，打开紧锁的心扉，把一些跌宕起伏的故事来回味。

良善与博爱是盛开在施韦泽心中最美的两朵鲜花。初来非洲的时候，兰巴雷内原始森林里没有任何医疗服务。对丛林村民遭受的苦难，他感同身受，不顾非洲烈日的威胁，立即戴上厚厚的宽沿遮阳帽，在室外给黑人看病，在极其艰苦的环境里，开始了长达半个多世纪的志愿服务，用大医情怀温暖了土著黑人的心。

他捧着一颗心来，不带半根草去。在他半个多世纪的不懈努力下，丛林诊所被建设成为一家拥有 600 多个床位、医疗条件良好、充满了人性关爱、服务一流的教会医院。医疗服务之光照亮了丛林深处的每一个村落。

施韦泽是一个内心善良、爱心弥漫、以终为始、意志坚强的人，什么也夺不走他的志愿服务理想，生命不息，奉献不止。他这一生栉风沐雨。风雨带给他的不仅是打击，更是催人奋进、引人向上的力量。他拥有一颗强大的内心，不惧怕迎面而来的任何困难。或许，生活就是这样，一路风雨、一路晴朗地交替，以此对人心进行考验。风雨路上，高歌前行，这就是施韦泽，像一面映照心灵的镜子一样，用他的高尚行为和持久张力，向世人展示了人间真善美的力量。

对于这样一位伟人，在《我为什么而活着》一文中说出"对于人类苦难痛彻肺腑的怜悯"这句话的罗素是这样评价的："世界上真正善意、献身的人非常罕见，施韦泽就是真正善意、献身于世界的人。"

爱因斯坦也非常尊敬施韦泽，这位科学巨匠认为道德的高尚比科技进步更加重要，人类完全有理由把高尚的道德标准和价值观念置于客观真理的发现者之上。他说："在20世纪的西方世界，施韦泽是唯一能与甘地相比的具有国际性道德影响的人物。像他这样理想地集善和对美的渴望于一身的人，我几乎还没有发现过。"

人类最该拥有的本质是真善美，它是我们人生的底色，可以带我们走向光明的未来。不管生活的节奏多么快捷,不管身边的环境多么嘈杂,我们都应该打开心门,植入真善美的种子,让它沐浴着阳光雨露,生根发芽,开出最美的花朵,结出最甜的果实。

在当今这个物质富足、精神荒芜的年代,我们缺少的不是诗情画意,不是歌舞升平,不是霓虹璀璨,更不是随波逐流,而是施韦泽这样的人,这样的真,这样的善,这样对美的渴望,这样对生命的敬畏,这样与心灵的贴近。

站在岁月之巅,伟人不死的灵魂在尘世间诗意地行走,把我们的心带往光明与灿烂。

2

花谢花飞,本属寻常,可有些离歌响起的时候,却会令人伤心落泪。施韦泽来非洲丛林这些年里,离别也属寻常,可这一次分离,却悠悠长长,如此决绝,不再回头。

此岸,是诉不完的衷肠;彼岸,是望不尽的天涯。依着时光的沧桑,思悠悠,念幽幽,这一段别离恨,这一曲离殇情,只令泪落千行,梦断清秋。

施韦泽去世后,翌日凌晨五点半,丛林医院的钟声敲响了,麻风村的钟声也随即响起,清澈的声音带着揪心的痛楚划破了晨曦的宁静,传向丛林深处。

这充满了离愁别恨的钟声,是在向丛林里的一个个村落发布报丧的信息。汽艇在钟声的悲鸣中驶离了医院码头,沿奥果韦河向丛林村民宣布了一个令人痛心的消息:"昨天夜里,老博士在他的小木屋中去世,永远离开了我们。"

那一刻,风雨哀泣,山河动容,水与丛林陷入了深深的悲恸之中。

本来生老病死乃是每一个人的必由之路。施韦泽年岁已高,人们预感到这一天终会来临,可当它真的到来时,没有人愿意相信这是真的。

接到消息的村民们悲从心起,忆起这些年来他的无私奉献,他对大家的深情厚谊,他的千般好万般情,无不清泪长流,衣襟湿透。

一时间,哭声从一个又一个村落里响起,和着咚咚的鼓声,回荡在丛林的山水间。在这广袤的非洲热带原始森林的上空,呜咽的声音悲戚地传递着同一句话:"我们的老父亲死了。"

生命对于每个人来说都充满了意义。在兰巴雷内土著黑人的眼中,施韦泽的生命就如同这丛林里的一条河流、一座山岗,是可以和日月同辉的。

而今,如此精彩的生命、如此圣洁的灵魂、如此可敬的人物竟然也会倏然而去,实在太难让人接受了。他的离去如此决绝,只把苦与痛、悲与泪,还有那无尽的思念留给了人们。

3

接到医院的报丧后,丛林村民从四面八方赶来,为施韦泽送行。半个多世纪以来,村民们与施韦泽结下了至深的情感,他们敬仰他、崇拜他、感激他,把他当作自己的亲人,自己的兄长,在他的晚年更是把他当成了自己最可敬可亲的老父亲。

在施韦泽的小木屋前,人们燃起了营火。熊熊火焰映红的是泪水盈盈的脸庞和思念不绝的哀痛。风吹动着枝叶,凄凄然,声声怜,好像就着一地的沧桑,在簌簌的呜咽声中,追忆着一个伟大的灵魂。

丛林村民们簇拥在小木屋的周围,望着棕榈树摇曳不停的绿叶,感叹这一份生命的颜色,为什么不能长存?

生如夏花之绚烂,逝如秋叶之静美。此刻,他是如此宁静无声,如此超然物外,如此安详,终于把尘世间的一切,统统都放下了。

这一天,响起在小木屋四周的,是送葬的人们用不同的部落语言所唱的挽歌。大家说着各种感激与怀念的话,说得最多的一句话是:"最爱我们的老父亲走了。"

心若烟雨,催人泪;情似雾霭,断寸肠。丛林村民多么期待,在阳光明媚的流年里,施韦泽能以父爱的慈祥,永远和他们在一起。而今,他却决绝地走了,抛下他们绝尘而去。这么多年来,土著黑人与施韦泽,彼此的心早已紧紧相连,血脉相通,他们早已是最亲密的一家人了。

茫茫人世,岁月蹉跎,蓦然转身,物是人非。一起走过的日子,多么温馨;一起度过的岁月,多么充实。而今,施韦泽却独自而去,怎不令人伤心欲绝。他走了,只留下忆不完的丛林往事,成为丛林村民生命中永远的感动。

丛林村民多么期待,在下一个生命的轮回里,他依然是他们最慈爱的老父亲。

4

天,渐渐阴沉下来,太阳躲进了厚厚的云层,像是不忍目睹人间的哀痛。

兰巴雷内的丛林里,土著村民们哭泣着,呼唤着自己最可敬的老父亲。风吹了又止,止了又起,簌簌作响的风语,仿佛正在为施韦泽做最后的送别。

在小木屋的窗前,爱妻海伦娜的墓旁,麻风病人为他挖了一个墓穴,给他做了一副简朴的棺木。他静静地、安详地躺在里面,仿佛熟睡了一般。

送葬的人们一边流着眼泪,一边将油棕榈的枝叶撒在棺木上,以此寄托不尽的哀思。

几个黑人壮汉抬着棺木,将他下葬在海伦娜的身旁。墓地竖立的十字架,是他先前自己做的,上面没有任何墓志铭,只写着他的名字。

赖娜含着眼泪,站在父亲坟墓的上方。医务人员和丛林村民围在墓的四周,一起含泪吟唱施韦泽生前喜爱的歌曲,依依不舍地与他道别。

这是别离的渡口,此岸是痛彻心扉的悲哀,彼岸是遥远的不可知处,此情此景何时了? 从此以后,就像那彼岸花一样,花与叶再不能相见。他的音容笑貌,他的伟岸身影,他的善良人性,他的医者情怀,只能成为人们心中的一份悲戚记忆了。

在施韦泽的葬礼上,加蓬政府专门派代表前来哀悼,并做了现场发言。站在施韦泽的墓前,代表悲切而动情地说:"最受我们尊敬的公民离我们而去了,我们的国家和人民将珍视他的墓地。伟大的施韦泽博士,你永远留在了这里,留在了我们的心中……"

一阵清风拂来,将这一段感人的话语,吹向丛林深处,向四周荡漾开来。

是的,自他踏上这片土地,就把自己融入了这里的山水之中,与丛林村民鱼水情深。他是非洲之子,加蓬公民中的一分子,最受这个国家人民的尊敬。

而今,他又毫不迟疑地把自己留在了这里,永远与这一方土地、这里的人们相依相偎,不再分离。

一个将自己的一切无私地奉献给人民的人,人民是不会忘记他的。非洲人民永远记着他,永远感谢他。

落花飘舞着凄凉,流水轻弹着忧伤,云海苍茫的丛林,谁把思念来深种?丛林村民不是飞鸟,却想飞越万水千山去找他。可是,他已去了远方,而村民们却不知道远方到底有多远。此恨绵绵无期,唯留思念不绝。

5

前尘往事,写不尽千古芳华;伟人风范,书不完万千笔墨。

施韦泽把自己的一切,无私地献给了非洲人民,他那丰沛的人生,向我们昭示了一种生命的价值。他以大医的襟怀,把尘埃中的生命一个个捡起,救民于病痛之中。他敬畏一切的生命,像一片洁白的云朵,飘荡在丛林的上空,把爱洒向这片土地,洒向全世界。

岁月里那一抹嫣红,点缀了一世春秋;生命中那一份灿烂,感动了世俗人心。施韦泽去世的消息,很快就传遍了全球,各界人士纷纷发表悼念声明,大家都为他的去世而感到伤心,为人类少了一位道德天使而深深地悲戚。

施韦泽的一生,是对人类赤诚奉献的一生。他对事业与道德的献身,内心深处对人类文化与命运的思考,深深震撼了我们的心灵。他的人道奉献精神,像璀璨的星空一样照耀着整个世界。

施韦泽的人生经历,给了后人许多启示。生前,当被问及"关于志愿者的事业,我们能做些什么"时,他常会说:"找到属于你的兰巴雷内,在世界上找到那个属于你自己的地方,然后全身心地奉献于此。"

而今,他虽然早已远离我们而去,可他的事业却没有停止,无数的后来者以他为榜样,正在实践着四海一家的人道精神。兰巴雷内的施韦泽医院依然坚守在丛林里,大医精诚、大爱无疆的人文情怀继续在闪光,施韦泽的宝贵遗产至今仍在造福着人类。